D0813841

LA TRAVERSÉE DES SENTIMENTS

DU MÊME AUTEUR

ROMANS, RÉCITS ET CONTES

Contes pour buveurs attardés, Éditions du Jour, 1966; BQ, 1996.
La cité dans l'œuf, Éditions du Jour, 1969; BQ, 1997.
C't'à ton tour, Laura Cadieux, Éditions du Jour, 1973; BQ, 1997.
Le cœur découvert, Leméac, 1986; Babel, 1995.
Les vues animées, Leméac, 1990; Babel, 1999.
Douze coups de théâtre, Leméac, 1992; Babel, 1997.
Le cœur éclaté, Leméac, 1993; Babel, 1995.
Un ange cornu avec des ailes de tôle, Leméac/Actes Sud, 1994; Babel, 1996.
La nuit des princes charmants, Leméac/Actes Sud, 1995; Babel, 2000; Babel J, 2006.
Quarante-quatre minutes, quarante-quatre secondes, Leméac/Actes Sud, 1997.
Hotel Bristol, New York, N.Y., Leméac/Actes Sud, 1999.
L'homme qui entendait siffler une bouilloire, Leméac/Actes Sud, 2001.
Bonbons assortis, Leméac/Actes Sud, 2002.
Le cahier noir, Leméac/Actes Sud, 2003.
Le cahier rouge, Leméac/Actes Sud, 2004.
Le cahier bleu, Leméac/Actes Sud, 2005.
Le gay savoir, Leméac/Actes Sud, coll. «Thesaurus», 2005.
Le trou dans le mur, Leméac/Actes Sud, 2006.
La traversée du continent, Leméac/Actes Sud, 2007.
La traversée de la ville, Leméac/Actes Sud, 2008.

CHRONIQUES DU PLATEAU-MONT-ROYAL

La grosse femme d'à côté est enceinte, Leméac, 1978; Babel, 1995.
Thérèse et Pierrette à l'école des Saints-Anges, Leméac, 1980; Grasset, 1983; Babel, 1995.
La duchesse et le roturier, Leméac, 1982; Grasset, 1984; BQ, 1992.
Des nouvelles d'Édouard, Leméac, 1984; Babel, 1997.
Le premier quartier de la lune, Leméac, 1989; Babel, 1999.
Un objet de beauté, Leméac/Actes Sud, 1997.
Chroniques du Plateau-Mont-Royal, Leméac/Actes Sud, coll. «Thesaurus», 2000.

MICHEL TREMBLAY

La Diaspora des Desrosiers

III

LA TRAVERSÉE DES SENTIMENTS

roman

LEMÉAC / ACTES SUD

Toute adaptation ou utilisation de cette œuvre, en tout ou en partie, par quelque moyen que ce soit, par toute personne ou tout groupe, amateur ou professionnel, est formellement interdite sans l'autorisation écrite de l'auteur ou de son agent autorisé. Pour toute autorisation, veuillez communiquer avec l'agent autorisé de l'auteur : John C. Goodwin et ass., 839, rue Sherbrooke Est, bureau 200, Montréal (Québec) H2L 1K6.
(artistes@goodwin.agent.ca, www.agencegoodwin.com)

Leméac Éditeur reconnaît l'aide financière du gouvernement du Canada par l'entremise du Programme d'aide au développement de l'industrie de l'édition (PADIÉ) pour ses activités d'édition et remercie le Conseil des arts du Canada, la Société de développement des entreprises culturelles du Québec (SODEC) et le Programme de crédit d'impôt pour l'édition de livres du Québec (Gestion SODEC) du soutien accordé à son programme de publication.Tous droits réservés. Toute reproduction de cette œuvre, en totalité ou en partie, par quelque moyen que ce soit, est interdite sans l'autorisation écrite de l'auteur et de l'éditeur.

© LEMÉAC ÉDITEUR, 2009
ISBN 978-2-7609-2930-2

© ACTES SUD, 2009
pour la France, la Belgique et la Suisse
ISBN 978-2-7427-8890-3

Comme pour les deux romans précédents,
certains des noms de personnages sont vrais,
mais tout le reste est inventé.

M. T.

Le sacrifice, le vrai, est de continuer à
aimer la vie malgré tout.

Yasmina Khadra, *Le quatuor algérien.*

Dans le silence de la campagne, chacun voyait
exactement où il en était, et les choses
se mettaient d'elles-mêmes à leur place.

Dominique Fernandez, *Les enfants de Gogol.*

Aucune bonne action ne reste impunie.

Dicton chinois.

Pour Françoise Careil…
… et en souvenir d'Amulette Garneau.

Première partie

L'OBSCURITÉ

Août 1915

« J'te le dis, moman, on va rester tranquilles ! On va se faire tout petits ! Tu te rendras même pas compte qu'on est là !

— Me semble, oui. »

Maria pose devant sa fille une assiette de petits chapeaux de baloney, ce plat de pauvres que Rhéauna aime tant mais qu'elle-même a toujours trouvé dégoûtant. C'est une recette que préparait sa propre mère, Joséphine, quand l'argent venait à manquer et qu'il fallait bien trouver un moyen de nourrir son mari et ses quatre enfants. Peu dispendieux et bourratif. C'est peut-être, en fin de compte, ce souvenir de grande indigence plus que le goût du plat en soi qui déplaît à Maria. Lorsque Rhéauna lui a demandé, peu après son arrivée de l'Ouest canadien, deux ans plus tôt, pourquoi elle n'en faisait jamais, des souvenirs déplaisants de son enfance lui sont revenus et elle a résisté pendant un moment parce qu'elle savait que la seule odeur du baloney en train de frire dans la poêle la ramènerait en Saskatchewan où elle avait été si malheureuse et lui rappellerait sa mère, courageuse et soumise au point d'en être ridicule, la faim omniprésente parce que le père buvait le peu d'argent qu'il gagnait, tous ces clichés de la pauvreté dont elle avait essayé de se débarrasser en quittant sur un coup de tête son village natal et qu'elle n'avait jamais réussi à oublier. Mais c'est vrai que les petits chapeaux de baloney ce n'est pas cher et ça ravit les enfants…

Quelques minutes plus tôt, elle a jeté dans sa grosse poêle à frire des tranches de mortadelle, la plus grasse, celle avec ces taches blanches que Joséphine appelait des «yeux de cochon». Elle les a laissées rôtir jusqu'à ce qu'elles gonflent sous l'effet de la chaleur et prennent cette forme de petits chapeaux qui a donné son nom au plat. Juste avant que la viande commence à brûler sur les bords, elle a ajouté un reste de pommes de terre bouillies coupées en cubes et un peu de beurre pour lier le tout. Elle a brassé le contenu de la poêle comme elle l'aurait fait d'une fricassée pendant qu'une odeur de porc trop cuit envahissait la cuisine. Elle s'est même dit qu'elle aurait de la difficulté à débarrasser ses vêtements et ses cheveux de cette senteur avant de partir pour travailler. Nana et Théo sont arrivés en trombe, roses de plaisir. Elle leur avait dit, le matin, lorsqu'ils le lui avaient demandé, que c'était un plat trop lourd pour le mois d'août, que c'était difficile à digérer, qu'elle ne voulait pas que l'un d'eux fasse une indigestion pendant qu'elle serait partie. Mais ils avaient insisté et elle avait fini par céder. Il fallait bien les consoler devant le refus qu'elle opposait depuis des jours à la demande de Nana de les emmener avec elle en vacances à Duhamel, dans les Laurentides, où Teena, sa sœur, possède une petite maison. Les trois sœurs Desrosiers, Tititte, Teena et Maria, planifient depuis des mois une semaine complète de vacances à ne rien faire d'autre que jaser, rire, boire un coup et trop manger en se prélassant au soleil, et Maria a décidé de laisser ses enfants à Montréal sous la garde d'une voisine, madame Desbaillets, qui la dépanne quand elle a besoin d'elle. Bien sûr, la perspective de rester à Montréal pendant que sa mère et ses tantes partent en vacances à la campagne ne fait pas l'affaire de Rhéauna qui voudrait bien les suivre. Maria a beau lui expliquer que la maison est trop petite, qu'il n'y aurait pas de place pour eux, Nana n'en démord pas et se rebiffe.

Elle vient d'ailleurs de lever les yeux sur sa mère qui refuse de toucher au plat qu'elle leur a préparé, se contentant de boire du thé noir à petites gorgées. Bon, qu'est-ce qu'elle va encore sortir?

«T'en manges pas?

— Tu sais que j'aime pas ça.

— C'est tellement bon pourtant…»

Aussi heureux que sa sœur, Théo, juché sur sa chaise haute, joue dans son assiette et enfourne des poignées de nourriture qui lui recouvrent la bouche d'une épaisse couche de gras. Il ne prend pas la peine de s'essuyer. Le plancher, autour de sa chaise, est jonché de débris de mortadelle et de patates que Nana va ramasser tout à l'heure.

«Juste à vous regarder manger ça, ça me donne mal au cœur…

— Ben, regarde-nous pas, c'est toute!»

Rhéauna ajoute un peu de ketchup Heinz à ce qui reste dans son assiette, reprend sa fourchette.

Maria porte sa tasse de thé à ses lèvres avant de parler. Il ne faut pas qu'elle se fâche, ce n'est surtout pas le moment d'amorcer une de ces discussions sans fin qui les opposent presque chaque jour et les dressent l'une contre l'autre depuis le début des vacances scolaires. Au seuil de l'adolescence, Rhéauna a son petit caractère et Maria a décidé de ne pas se laisser grimper sur le dos et d'imposer à sa fille sa façon à elle de voir les choses chaque fois que l'occasion s'en présenterait. Et ce n'est pas les occasions qui manquent parce qu'elles ne partagent pas les mêmes idées sur la plupart des sujets, tant s'en faut. Sous prétexte qu'elle prend soin de son frère quand Maria part pour travailler, vers huit heures du soir, Rhéauna a tendance à penser qu'elle n'est plus une enfant et se montre un peu trop indépendante au goût de sa mère.

«Bois ton thé, Nana.

— Tu sais que j'aime pas ça.»

Ça a été dit sur le même ton qu'elle-même vient d'utiliser. Maria sait que Rhéauna la cherche, qu'elle va sauter sur la moindre excuse pour éclater en reproches précis qui, et c'est ça qui la choque le plus, sont en grande partie fondés, parce que c'est vrai, en fin de compte, qu'une mère ne devrait pas abandonner ses enfants aux soins d'une voisine pour partir en vacances, argument presque irréfutable que Rhéauna lui sert depuis des jours. Mais elle aussi a un appétit d'indépendance, elle voudrait respirer pendant quelque temps, ne serait-ce qu'une courte semaine, s'amuser, s'étourdir, sans avoir à penser sans cesse à eux, à leurs besoins, à leurs exigences. Non pas qu'ils soient difficiles, loin de là. Même Théo, du haut de ses deux ans, accepte sans rechigner que sa mère disparaisse pendant qu'il prend son bain, le soir, avant de se coucher. Il ne sait pas où elle va, il ignore qu'elle travaille le soir, mais il tolère tout de même qu'elle s'en aille. Non, ce sont les responsabilités qui lui pèsent et elle voudrait pouvoir les oublier pour un temps. Juste une toute petite semaine. Elle sait très bien, cependant, qu'elle va tout de même s'inquiéter si elle laisse Rhéauna et Théo à Montréal, et c'est ce qui l'enrage le plus.

En attendant, Rhéauna lui tient tête et mange trop vite cette espèce de gibelotte qu'elle n'aurait pas dû cuisiner par une chaleur pareille et qui n'est que le résultat de sa propre culpabilité.

« Bois ton thé, Nana, j'te dis, ça va te dégraisser l'estomac. »

Un autre héritage de sa mère qui servait toujours du thé fort avec ses plats les plus lourds parce qu'elle croyait, ou faisait semblant de croire, que ça faisait fondre les gras et empêchait de prendre du poids. Plus le plat était lourd, plus le thé était fort. Ce qui ne l'empêchait pas, par ailleurs, d'élargir au fil des années.

Rhéauna hausse les épaules.

« C'est pas du vinaigre, c'est du thé ! Pis du thé, ça fait juste faire pipi ! »

Elle s'essuie le bec avec le chiffon qui lui sert de serviette de table, le pose à côté de son assiette.

« Savais-tu ça, moman, que les reines de France, là, dans le temps de Louis XIV, pis tout ça, buvaient des pintes pis des pintes de vinaigre pour pas engraisser? C'est vrai qu'y connaissaient peut-être pas encore le thé...»

Maria frappe la table du plat de la main. Une seule fois mais avec une telle force que Théo arrête de mâcher ce qu'il a dans la bouche et se met à hurler.

«Nana! Tu viendras pas me donner une leçon d'histoire de France à soir, c'est vraiment pas le temps!»

Rhéauna sait quand s'arrêter.

«Excuse-moi, moman, j'voulais pas te fâcher.»

Elle se lève de table et commence à nettoyer le visage de son petit frère qui en a bien besoin. Elle embrasse Théo sur le front, lui parle doucement à l'oreille, et il finit par se calmer.

Elle sait aussi qu'il est inutile de pousser sa mère à bout ce soir, que ce n'est pas avec de l'ironie qu'elle va gagner sa cause, surtout que Maria, qui lit peu, déteste que sa fille fasse étalage devant elle des informations qu'elle puise dans les livres. En particulier quand Rhéauna prend ce petit air supérieur d'enseignante qui sait tout et qui daigne partager son grand savoir avec l'ignorante qu'est sa mère. Maria n'est pas ignorante, loin de là, Rhéauna le sait bien, elle connaît de la vie des tas de choses qu'elle n'a pas trouvées toutes faites dans des ouvrages érudits, mais ses connaissances sont d'abord pratiques. Elle n'a pas le temps de plonger dans des romans historiques – comme *Les trois mousquetaires*, par exemple –, qui passionnent tant Rhéauna depuis quelques mois, à la recherche de la description détaillée des mœurs d'autres époques et d'autres pays, de ce qui provoquait les agissements des grands personnages de l'Histoire, ce qu'ils mangeaient, ce qu'ils pensaient, comment ils se vêtaient. Elle a trop de problèmes à régler ici, aujourd'hui, pour se perdre dans des fictions qui n'arrangeraient rien, même si elles lui faisaient passer de bons moments. Rhéauna a donc eu tort de parler du régime de vinaigre de la cour de Louis XIV, de jouer encore une fois les femmes savantes, et elle ne voit pas le moyen de sortir de son pétrin. Si elle veut aller passer une semaine à Duhamel, s'aliéner sa mère n'est pas le moyen le plus intelligent pour y parvenir.

Alors pourquoi ne pas opter pour la vérité toute simple? Sa mère y serait plus sensible qu'à travers ces discussions sans fin teintées de part et d'autre de mauvaise foi et d'arguments tirés par les cheveux qui les opposent depuis l'annonce des vacances à Duhamel dont elle et Théo ne feront pas partie parce qu'il n'y a pas de place pour eux dans la maison de la tante Teena. Ce qui ressemble d'ailleurs plus à une excuse qu'à une vraie raison.

Lorsqu'elle a fini de nettoyer le plancher autour de la chaise haute de son frère, elle reprend sa place à table. Sa mère vient de se verser une deuxième tasse de thé. Elle souffle sur le liquide brûlant avant chaque gorgée.

«Tu m'as pas répondu, moman.»

Un long moment passe avant que Maria ne parle.

«Ben oui, je t'excuse. Mais t'as le don de m'exaspérer, ça fait mille fois que je te le dis. On parle de quequ'chose, là, pis quand tu sais pus quoi répondre, tu changes la conversation pis on sait pus quoi dire! Je le sais pus comment te l'expliquer, Nana, qu'y a pas de place, que la maison est trop petite, que c'est trop loin, Duhamel! Ça prend une demi-journée pour se rendre jusque-là pis on est déjà quatre dans l'automobile de monsieur Lebrun qui va être obligé de coucher dans le hangar à côté de la maison parce que y a juste deux chambres! Pis on est trois femmes avec des bagages pour une semaine! J'ai besoin de vacances, Nana, es-tu capable de comprendre ça une fois pour toutes?»

Rhéauna finit son assiette, son verre de lait, va les porter dans l'évier. Elle fera la vaisselle plus tard, quand Théo sera couché et sa mère partie travailler. En attendant, elle rince chaque assiette, chaque ustensile, avant de les déposer sur un linge propre qui sert d'égouttoir. Elle parle en s'affairant, sans regarder Maria. Ce qu'elle a à dire est difficile. Elle a peur des réactions de sa mère.

« Duhamel, c'est la campagne, moman. Pis ça fait deux ans que j'ai pas vu la campagne. J'ai passé cinq ans au milieu des champs pis des animaux, pis j'me sus retrouvée ici tout d'un coup, en pleine ville, oùsqu'y a presque pas d'arbres, sauf dans les parcs, au milieu du bruit pis de la puanteur. Je l'avais pas demandé, moman, j'avais pas demandé de laisser la campagne, à l'autre bout du pays, pour venir m'installer ici ! C'est toi qui m'as obligée à le faire ! Ma tante Teena dit qu'y a plein de montagnes, à Duhamel, que sa maison est entourée de montagnes, pis j'en ai jamais vu, des montagnes ! Je connais pas ça ! Je connais juste la Saskatchewan qui est plate comme une assiette vide pis j'aimerais ça en voir, des montagnes ! Tu m'as montré le mont Royal de loin, mais on y est jamais allées parce que t'avais jamais le temps ! J'arrête pas de te le répéter, on va rester tranquilles, Théo pis moi, si tu nous emmènes avec toi, on va se faire tout petits ! J'vas prendre soin de lui, j'vas le surveiller jour et nuit ! Je le sais que t'as besoin de vacances, je le vois ben que tu travailles fort pour nous faire vivre tous les trois, mais on pourrait être en vacances en même temps, non ? Coudonc, on est-tu si encombrants que ça, lui pis moi ? »

Elle s'est retournée en disant cette dernière phrase et ce qu'elle lit dans les yeux de sa mère lui fait peur. C'est un regard différent, voilé, qui cache quelque chose qu'elle ne saurait définir, un mélange de toutes sortes de sentiments qui se heurtent et qui s'opposent. Il y a de l'amour quelque part, oui, et beaucoup, mais aussi une sorte de ressentiment. Ou une certaine forme de regret. Pendant un court moment, elle se dit que c'est sans doute vrai qu'ils sont encombrants, en fin de compte, son frère et elle, que Maria préférerait sans doute parfois qu'ils ne soient pas là, qu'elle les endure juste parce qu'ils sont ses enfants : elle, Rhéauna, qu'elle a fait venir de si loin pour prendre soin de Théo, et lui, l'enfant qu'elle n'a peut-être pas voulu et qui est arrivé au début de son veuvage. Et là, au milieu de la cuisine, un torchon à la main, elle comprend qu'il n'y a rien à faire, qu'elle n'ira pas à Duhamel et que sa mère, parce qu'elle en a besoin, va passer une magnifique semaine loin d'eux, enfin libérée, enfin heureuse. Que c'est juste, aussi, qu'elle l'a mérité.

Et pour la première fois depuis son arrivée de la Saskatchewan, elle entrevoit la possibilité que sa mère ne soit pas heureuse.

« Avec tout ça, j'ai fini par me mettre en retard, moi... »

Maria s'agite dans la salle de bains, retouche son rouge à lèvres, se passe la main dans les cheveux, vérifie le tracé de ses sourcils. Elle est belle lorsqu'elle part pour travailler, on dirait une autre femme, plus alerte et plus élégante, et Rhéauna respire à pleins poumons, chaque soir à la même heure, cette odeur de tilleul dans laquelle sa mère baigne. Elle est allée vérifier la signification du mot tilleul dans un dictionnaire, à l'école, l'année précédente : c'est un arbre des climats tempérés à petites fleurs blanches ou jaunâtres. Rhéauna a donc décidé que sa mère sentait l'arbre plutôt que la fleur. Elle a trouvé dans un roman de la comtesse de Ségur, *L'auberge de l'ange gardien*, une illustration qui représentait deux enfants au pied d'un tilleul et s'est dit que oui, sa mère pourrait très bien être ce bel arbre protecteur et qui sent si bon. Maria fait venir son parfum et son savon des États-Unis parce qu'elle n'en a pas trouvé à Montréal, même chez Ogilvy, un grand magasin pourtant chic, même chez Dupuis Frères où, avait-elle prétendu chaque fois qu'elles s'y rendaient toutes les deux, on trouve de tout. Rhéauna lui avait bien sûr fait remarquer qu'on ne trouvait pas de tout puisqu'il n'y avait pas de parfum ou de savon de tilleul, et sa mère avait ri en lui répondant qu'on ne trouvait pas non plus de crocodiles ni de sous-vêtements de roi. Et le tilleul était devenu pour Rhéauna aussi exotique que les crocodiles et aussi rare que les sous-vêtements du roi d'Angleterre. En attendant, et malgré sa grande déception, Rhéauna respire à grandes goulées cet effluve si doux qui va flotter dans l'appartement pendant de longues minutes après le départ de Maria.

Elles n'ont pas reparlé du problème qui les a opposées à table. Elles sont toutes les deux convaincues que le cas est réglé, que les deux enfants n'iront pas à la campagne, et une sorte de trêve, faite de frustration d'un côté et de soulagement de l'autre, s'est installée entre elles. Comme d'habitude, Maria a choisi d'oublier le différend aussitôt la dispute terminée en se réfugiant dans un babillage sans queue ni tête coupé de petits rires qui cachent mal sa nervosité. Elle dissimule souvent son malaise derrière le rire, comme ça, lorsqu'elle est décontenancée. C'est ce que Rhéauna appelle «regarder ailleurs», un des traits de caractère de sa mère qui l'exaspèrent le plus. Au beau milieu d'une discussion, surtout si elle se sent piégée et ne trouve rien à répondre, Maria se met à rire, balaie le problème d'un geste de la main et quitte la pièce en chantonnant. Elle ne l'a pas fait, plus tôt, parce que le sujet était plus sérieux, mais aussitôt la conversation terminée, elle a fait une blague, a embrassé Théo sur le front et est sortie sur le balcon fumer une cigarette, une nouvelle mauvaise habitude attrapée au cabaret dansant où elle travaille. Elle a parlé à ses enfants à travers la moustiquaire, comme si de rien n'était, des glaïeuls qui poussent en beauté cette année dans la cour de madame Desbaillets, du vert des arbres qui a foncé depuis quelques semaines, de l'école qui va bientôt commencer, de l'anniversaire de Rhéauna qui approche à grands pas. Rhéauna qui est maintenant presque une femme! Pendant ce temps-là, Rhéauna a lavé et rangé la vaisselle avant de sortir de la cuisine en tirant Théo par la main sans prévenir sa mère qui a continué à pérorer comme s'ils étaient encore là.

Ensuite, Maria a pris un bain en vitesse pour se débarrasser de l'odeur de baloney rôti. Elle s'est même lavé les cheveux. C'est la raison pour laquelle elle a pris du retard sur son horaire habituel, ce qui, à l'évidence, la rend nerveuse. Elle vient d'appeler un taxi, chose qu'elle ne se permet qu'à de très rares occasions.

«J'ai jamais été en retard en deux ans, je commencerai pas à soir!»

Rhéauna s'assoit sur le siège des toilettes pendant que Théo joue avec son canard jaune en pataugeant dans l'eau tiède que sa mère a laissée dans la baignoire. Elle pose le menton sur le bord de l'évier.

«Tu dis toujours qu'y a presque personne avant dix heures, au Paradise...

— C'est vrai, mais y faut que je sois là pareil! Même si y a juste deux ou trois clients, y faut ben que quelqu'un les serve! Chus souvent la seule sur le plancher jusqu'à dix heures, oublie pas ça! C'est toute une responsabilité!»

Le téléphone sonne dans le salon.

Maria lance un soupir d'exaspération.

«Bon, v'là autre chose. C'est vraiment pas le temps! Va donc répondre, Nana. Dis-leur que chus partie.»

Rhéauna, qui n'a à peu près jamais la permission de se servir du téléphone, se précipite sur l'appareil après avoir traversé l'appartement à la course.

«Allô?

— Nana? C'est ma tante Teena. Ta mère est-tu là?

— Oui, mais a' partait justement pour travailler. J'pense pas qu'elle aye le temps de venir vous parler...

— Dis-y que c'est ben important!

— Ça peut pas attendre jusqu'à demain matin?

— Ça peut pas attendre cinq minutes!»

Maria a dû sentir venir une mauvaise nouvelle, elle est déjà à côté de Rhéauna et tend la main.

«C'est ma tante Teena. Ça a l'air que c'est important...»

Maria lui arrache le récepteur.

«Chus t'en retard, ça fait que fais ça vite!»

Sa sœur ne prend pas la peine elle non plus de lui demander comment elle va.

«Tu sais pas ce qui arrive! Monsieur Lebrun peut pus venir à Duhamel, son char est cassé!»

Rhéauna s'est rendu compte depuis quelque temps que tout ce que Théo comprend de l'histoire c'est les dernières paroles : « C'est pour mieux te manger, mon enfant ! » qu'elle prononce en faisant une grimace qui lui déforme le visage et sur un ton qui, du moins elle l'espère, suggère le Grand Méchant Loup pris d'une folie meurtrière. Quand elle lance sa réplique, elle écarquille les yeux, lève les bras en pliant les mains pour s'en faire des griffes, bave quand elle trouve de la salive, se jette ensuite sur le ventre de son petit frère et produit avec sa bouche des bruits de pets qui le ravissent et le font hurler de rire. Au lieu de dévorer sa victime, le Grand Méchant Loup fait son comique ! Elle arrête son histoire là, chaque fois, Théo ne connaît donc pas la fin heureuse du *Petit chaperon rouge*, juste la version où la petite fille trop curieuse est dévorée tout rond avec son petit panier et son beurre non salé – Rhéauna a lu quelque part que les Français ne salent pas leur beurre et s'est demandé ce que ça pouvait bien goûter. Elle n'a jamais été intéressée, même toute petite, par l'arrivée du bûcheron avec sa hache, l'assassinat du loup, la résurrection de la mère-grand que le héros va retirer des entrailles de l'animal, non, elle a toujours préféré la fin violente, celle qu'on trouve dans les contes de Perrault, qui la terrorisait quand elle était enfant et qui fait maintenant si peur à son petit frère. Du moins jusqu'à ce que le Grand Méchant Loup se penche sur lui pour faire exploser des bruits incongrus sur son ventre. Dans la nouvelle version concoctée par Rhéauna Rathier, futur auteur de romans lus à travers le monde, le Grand Méchant Loup n'est pas puni, mais il n'est en fin de compte pas dangereux non plus : c'est celle pour endormir les enfants, pas celle qui donne des cauchemars.

À son grand étonnement, ce soir-là Théo n'a pas demandé sa ration quotidienne de course à travers la forêt, de cabine cachée dans les arbres, de fausse grand-mère avec un long museau et des dents pointues, de fameux «Tire la bobinette et la chevillette cherra» dont Rhéauna lui a dit que c'était une formule magique parce qu'elle ignore elle-même ce que ça peut bien vouloir dire (pour elle, c'est une espèce d'abracadabra traduit en français). Aussitôt couché dans son lit de bébé à montants de métal dans lequel il commence à se sentir à l'étroit, Théo s'est tourné vers le mur, chose qu'il ne fait jamais avant que sa sœur, son histoire terminée, n'ait éteint la lumière de leur chambre. Rhéauna lui a tapoté les fesses comme lorsqu'elle veut l'endormir après une grande crise de larmes ou une partie de fous rires.

«Pas d'histoire, à soir, mon Théo?

— Non.

— Pas de petit chaperon rouge, t'es sûr?

— Voui.

— Pourquoi? C'est ben la première fois.»

Elle essaie de le faire basculer sur le dos en le tirant par une épaule ; il résiste.

«C'est-tu parce que moman est partie pour travailler en criant pis en sacrant?»

Pas de réponse. Théo s'enfonce la tête un peu plus dans son oreiller. C'est donc ça. Elle le soulève sans le découvrir, en fait un paquet bien enveloppé dans sa couverture qu'elle serre contre elle en le transportant vers le salon. Théo commence par lui résister en lui donnant de petits coups de pieds, puis se calme lorsqu'elle se met à le bercer en lui chantant sa chanson favorite, *À la claire fontaine,* à son avis bien mièvre et qu'elle voudrait remplacer par une autre, mais qu'il adore et qu'il réclame sans cesse.

Sa chanson terminée, elle se met à parler.

« Si moman est partie en sacrant, Théo, c'est pas à cause de toi. C'est pas de ta faute. Est pas fâchée contre toi. Ni contre moi. Même si on s'est un peu chicanées pendant le souper. Elle a fait ça parce qu'est désappointée. Par quequ'chose qui a rien à voir avec nous autres. Ma tante Teena y a dit qu'y peuvent pas partir en vacances parce que l'automobile de monsieur Lebrun est cassée pis qu'a' sera pas réparée avant longtemps. Monsieur Lebrun, c'est le monsieur qui devait aller les reconduire à Duhamel pis qui devait rester toute la semaine pour faire les commissions. Je sais pas pourquoi j'te dis tout ça, tu sais pas c'est quoi, Duhamel, tu sais même pas que la campagne existe… Mais y a une chose importante, c'est que moman est pas fâchée après toi… Tu peux dormir tranquille, tu peux me demander de conter *Le petit chaperon rouge* trois fois de suite si tu veux… »

Il dort déjà. Il a dû s'endormir aussitôt qu'elle a commencé à le rassurer, se réfugiant dans le sommeil quand il a su que sa mère n'était pas fâchée contre lui mais contre quelqu'un d'autre et pour une raison qu'il ne comprenait pas.

Rhéauna continue quand même à lui parler. Elle lui dit tout ce qu'elle lui aurait raconté s'il avait été réveillé, tout en sachant qu'il n'en aurait pas compris le quart… Elle parle des vacances manquées, pour eux comme pour leur mère, de la déception de Maria qui travaillait si fort et qui méritait tant cette semaine passée à respirer du bon air en compagnie de ses deux sœurs, des Laurentides aussi, qu'elle aurait aimé connaître et qui sont, paraît-il, les plus vieilles montagnes du monde.

« Les plus vieilles montagnes du monde ! Imagines-tu ? Les plus vieilles montagnes du monde sont dans notre pays, y nous appartiennent, pis on aurait pu passer toute une semaine dedans ! Y a plein de couleuvres, t'aurais aimé ça, des ours aussi, mais y paraît qu'y faut pas s'en approcher. Ma tante Teena m'a dit qu'a' restait à un mille du village pis qu'entre sa maison pis Duhamel, y avait juste de la forêt. Comme dans *Le petit chaperon rouge*, Théo! Avec peut-être des loups déguisés en grands-mères!»

Elle sourit à l'idée d'un loup dans la robe de nuit de sa grand-mère Joséphine, là-bas, si loin, dans ces plaines sans fin où il n'y a pas de loup.

«Une forêt! Une vraie forêt, pas juste des champs de céréales!»

Quand elle sera plus grande, elle va inventer des histoires qui vont se passer là, dans le fin fond de la Saskatchewan, des histoires vraies, des histoires fausses, reproduites sur du beau papier blanc avec une encre très noire et qu'elle va signer de son nom. Pas d'un nom de plume, de son vrai nom. Une autre œuvre, un autre livre de Rhéauna Rathier, la plus grande romancière du Canada. Pas du Canada français! Du Canada au complet! D'un bout à l'autre! Elle y pense de plus en plus souvent, elle se réfugie, se perd dans des possibilités d'histoires inventées ou non qu'elle a l'intention d'écrire un jour, quand elle aura l'âge, quand elle sera une femme. Si elle a du talent, bien sûr.

Elle s'est essayée à l'écriture à quelques reprises au début de l'été. Sans grand résultat cependant. Elle s'est installée devant une pile de feuilles blanches, la plume à la main, prête à griffonner tout ce qui lui passerait par la tête. Mais ce qui lui passait par la tête provenait de ses lectures récentes et non pas de son imagination ou de ses expériences personnelles – des bribes d'histoires, des descriptions de paysages, des dialogues puisés çà et là dans les romans qu'elle a dévorés, des événements qui se passaient toujours à l'étranger, la France d'Alexandre Dumas, la Russie de la comtesse de Ségur, l'Angleterre de Charles Dickens – alors qu'elle aurait voulu décrire son enfance dans les plaines de l'Ouest canadien ou sa traversée de la ville, l'été précédent, lorsqu'elle a voulu repartir vers la Saskatchewan pour sauver sa famille de la guerre. Elle a fini par se dire qu'elle n'était pas assez vieille, qu'elle n'avait pas encore assez vécu ou bien que ce qu'elle avait vécu demandait à être bien assimilé, bien compris, avant de devenir sujet à écriture. Elle a reposé la plume en remettant tout ça à plus tard. Et elle va s'y remettre un jour, elle le sait. Parce que, du talent, elle croit bien en avoir.

Elle remonte la couverture sur les frêles épaules de son frère. La nuit est plutôt fraîche après une journée suffocante où planait toujours une menace d'orage qui ne s'est jamais décidé à éclater. Mais une fraîcheur est tout de même tombée sur Montréal et Théo est sensible aux changements de température. Il ne manquerait plus qu'un rhume pour gâcher cette fin d'été.

«Mais ça a ben l'air que même moman pourra pas y aller, au milieu des montagnes...»

Elle se penche un peu plus près de la tête de son frère. Ça sent la poudre de bébé et quelque chose d'autre, peut-être une haleine de lait. Elle parle tout bas, comme si elle ne voulait pas qu'il entende alors que c'est à lui qu'elle s'adresse.

«Si moman va pas en vacances, va falloir prendre soin d'elle, Théo. L'empêcher de faire des bêtises aussi, tu sais comment elle est quand elle a rien à faire... Va falloir l'empêcher de boire toute seule, ici, dans' maison, parce que dans ce temps-là a' sait pas où s'arrêter pis ça vire toujours mal... Elle a beau s'excuser après, c'est pas une raison... Va falloir y trouver des choses à faire, la sortir, organiser des pique-niques, aller aux vues, je sais pas... Je sais pas comment l'occuper pendant toute une semaine, c'est ça mon problème!»

Elle l'embrasse sur le front.

«Mais on va s'arranger. Je suppose qu'on va s'arranger...»

Un nuage de fumée flotte déjà dans l'établissement, volutes grises qui serpentent vers le plafond de tôle ondulée en changeant de couleur lorsqu'elles frôlent les ampoules rouges ou vertes ou bleues plantées autour d'une petite élévation de bois pour donner l'illusion qu'il s'agit d'une scène. Une chanteuse va venir là plus tard pousser dans l'indifférence générale des ritournelles plus ou moins salaces puisées dans le répertoire des chansons grivoises françaises et auxquelles on ne comprendrait de toute façon pas grand-chose parce que les clients qui fréquentent le Paradise ne savent rien de l'argot parisien. Ou bien une danseuse va se dandiner en faisant semblant de vouloir retirer ses vêtements alors que c'est défendu par la police des mœurs et qu'elle risquerait de finir en prison si elle l'osait. Le maire de Montréal lui-même est parti en guerre, l'année précédente, contre ces cabarets chantants qui pullulent à Montréal et où, prétendait-il, les honnêtes citoyens étaient floués, dévalisés et, surtout, précipités dans la luxure et le stupre (ce sont là ses propres paroles, appuyées par l'évêque du diocèse de Montréal qui est d'ailleurs apparu en page frontispice de *La Presse*, l'air scandalisé et la main sur le cœur). Ses efforts furent vains, cependant, parce que personne n'a pu prouver quoi que ce soit. Après tout, les tavernes, les clubs et les cabarets existent pour dépenser son argent en buvant, tout le monde sait ça. Il faudrait donc *tous* les fermer pour plaire au maire et à l'évêque? On a même prétendu, mais ça aussi reste à prouver, que des enveloppes rebondies seraient apparues de façon mystérieuse sur des bureaux cirés qui sentaient le cigare éteint – à la ville – ou l'encens qu'on vient de faire brûler – devinez où. Les cabarets chantants ont donc continué à proliférer, surtout sur le boulevard Saint-Laurent qui est en train de devenir le cœur du Montréal rebelle et subversif. Quant à la luxure et au stupre, ils ne font pas plus de victimes que d'habitude.

Les clients ne sont pas nombreux à cette heure mais ils fument comme des cheminées. Maria a déjà l'impression d'évoluer dans un fond de cendrier. Qu'est-ce que ce sera vers onze heures! Elle se demande pourquoi elle a pris la peine de prendre son bain pour se débarrasser de l'odeur de baloney rôti, personne ici ne s'en serait rendu compte. Mais une serveuse qui se respecte se doit de sentir bon. Malgré les effluves ambiants d'alcool mal digéré et de mégots froids. Et son parfum au tilleul – que son patron appelle son arme secrète – fait fureur, seul élément quelque peu subtil dans cet endroit où les femmes sentent souvent trop fort la rose ou la violette. Son parfum n'est pas violent, les hommes s'en étonnent et la font revenir souvent à leur table.

Des clients sont arrivés aussitôt le Paradise ouvert, certains déjà éméchés, provenant de tavernes avoisinantes à la recherche de présence féminine parce que les femmes n'ont pas le droit d'entrer dans les tavernes, derniers refuges où les hommes peuvent se retrouver entre eux pour boire tout leur soûl, sacrer, rire ou péter sans vergogne. C'est bien beau de s'amuser entre soi, mais n'est-ce pas plus agréable de laisser son regard errer sur des silhouettes sinueuses, des épaules dénudées et des tailles serrées, même si on sait qu'on ne pourra pas les approcher? D'autres passaient par là en revenant du travail ou en se promenant et s'y sont accroché les pieds pour une couple d'heures qui risquent cependant de s'éterniser, si la chanteuse est ragoûtante ou la danseuse cochonne. À la fermeture, à minuit pile, les serveuses devront en réveiller quelques-uns, affalés sur leur table, la joue collée dans une flaque de bière ou de rye en train de sécher, un mégot éteint planté entre l'index et le majeur. Plusieurs vont sortir du Paradise en protestant parce qu'on les aura réveillés au beau milieu de leur nuit de sommeil, les autres sortiront le dos rond et les mains dans les poches pour aller retrouver leur femme inquiète du retard ou furibonde de l'haleine vinaigrée.

Les serveuses ayant le droit de s'asseoir avec les clients pour encourager la vente d'alcool quand il n'y a pas grand monde, Maria est attablée en compagnie d'un régulier du Paradise qu'elle trouve sympathique et qui lui fait depuis quelque temps un brin de cour. Elle reste cependant sur ses gardes parce qu'il est poète et que les poètes sont souvent pauvres. Sans compter le côté dépravé de leur existence, qui la rebute. Il s'est intéressé à elle parce qu'elle avait le sens de la repartie et semblait plus éduquée que les autres serveuses. Elle le laisse la couvrir de compliments et toucher son avant-bras quand elle vient lui servir sa boisson, mais elle a jusque-là refusé tout attouchement plus sérieux et tout rendez-vous à l'extérieur de son lieu de travail. Surtout qu'elle vient de faire la connaissance de sa femme dont il est séparé mais qu'il revoit assez souvent, écrivain elle aussi et, c'est lui qui le dit, pas du tout jalouse et à l'esprit plutôt ouvert. Sont-ils divorcés, même s'ils n'en ont pas le droit?

Mais elle le trouve gentil, inoffensif – sauf quand, pris de boisson, ce qui lui arrive souvent, il se met à haranguer ses voisins de table qu'il traite volontiers de flancs mous et de moutons de Canadiens français –, il l'amuse, et elle a besoin de s'étourdir un peu, surtout ce soir, après ce qu'elle vient d'apprendre.

L'ancienne femme du poète, qui signe Gaétane de Montreuil – mais il a dit à Maria que son vrai nom était Géorgina Bélanger –, vient de le quitter, boudeuse, et lui-même a l'air songeur. Il a offert à Maria de s'asseoir avec lui, de l'aider à finir la bouteille de champagne, denrée plutôt rare au Paradise où la bière blonde et l'alcool brun coulent à flots, qu'elle a apportée plus tôt. Maria a accepté la place à table mais refusé la consommation.

Il continue le monologue qu'il lui sert depuis quelques minutes.

« C'est tout ce qu'on est capables de faire, ça, nous autres Canadiens français, enfermer nos poètes... En plus, ils ne sont jamais allés le voir ! Imaginez ! En vingt ans ! Pas une seule fois ! Ses propres parents ! »

Il a élevé la voix. Elle se permet de poser la main sur son bras pour le calmer.

« Vous, vous étiez son ami, êtes-vous déjà allé ?

— Certainement ! Mais on ne m'a pas permis d'entrer parce que je n'étais pas de la famille ! Imaginez ! J'étais plus que de la famille ! J'étais un ami ! Je le suis toujours, d'ailleurs, même s'il l'ignore sans doute, le pauvre bougre, enfermé dans sa petite chambre d'hôpital pour les fous ! Il n'était pas fou, vous savez ! C'est un génie ! »

Quand il a un peu trop bu, il est intarissable au sujet de cet ami d'adolescence que ses parents ont fait enfermer, à la fin du siècle dernier, parce qu'il osait écrire de la poésie au lieu de vouloir suivre les traces de son père, un quelconque employé du gouvernement fédéral. Il dit souvent que lui-même n'avait que du talent, que c'est l'autre qui avait du génie et qui aurait dû faire carrière. Un génie étouffé dans l'œuf, assassiné avant de prendre son essor par une société ignare. Tout ce qu'on connaîtrait de lui, ce seraient ses œuvres de jeunesse alors qu'il aurait pu devenir un immense poète si on lui en avait donné la chance. C'est de lui qu'il parlait lorsque son ex-femme est partie, quelques minutes plus tôt. Maria a entendu la poétesse lancer : « Ça fait cent fois que je te le dis, c'est lui que t'aurais dû marier ! J'en peux pus d'entendre parler de lui !

Slaque, un peu! » avant de quitter la table après avoir sifflé sa flûte de champagne.

« Mais j'ai assez parlé de lui pour ce soir, madame Rathier. Je me rends compte que je vous rebats encore les oreilles au sujet de quelqu'un que vous ne connaissez même pas. Déjà que ma femme est partie un peu à cause de lui, en 1913... »

Il tire un crachoir avec son pied. Il pourrait cracher dans la sciure de bois qui couvre le plancher du Paradise, c'est permis, c'est même là pour ça, mais il est de ces hommes qui préfèrent le *spitoon* – que certains appellent la spitoune – qu'ils trouvent plus hygiénique. Il y en a une vingtaine, placés çà et là dans les coins ou sous les tables. Les hommes soûls s'y accrochent parfois les pieds en sacrant. En général, cependant, ils sont très commodes et les serveuses apprécient de ne pas avoir à piétiner sans cesse les glaviots puants laissés la plupart du temps par les fumeurs de pipe, qui sont nombreux. La sciure de bois est changée chaque soir et les crachoirs vidés par monsieur Lemieux, l'homme de ménage au mauvais caractère légendaire, qui trouve que c'est du gaspillage et que ce serait plus simple de laisser traîner tout ça une bonne semaine. Mais Tit-Pit Lamontagne, le patron, un géant qui sert lui-même de videur à son établissement, insiste et monsieur Lemieux ne veut pas perdre sa job. Il ne passe donc jamais un jour sans changer le bran de scie ni vider les *spitoons* parce que Tit-Pit Lamontagne a la réputation d'avoir des yeux tout le tour de la tête et de savoir tout ce qui se passe au Paradise. Même quand il est absent.

Le poète vise le crachoir sans s'excuser. Maria ne s'en formalise pas, c'est une chose qu'elle voit des dizaines de fois chaque soir et à laquelle elle ne fait plus attention depuis longtemps. Si quelqu'un lui en faisait la remarque, elle répondrait que le Paradise n'est pas le Ritz-Carlton où, semble-t-il, ces objets-là sont dissimulés dans des toilettes pour hommes en marbre d'Italie et où la clientèle féminine perdrait sans doute connaissance à la vue d'un seul *spitoon*.

Il finit son verre d'un trait, étire le bras en direction de la bouteille. C'est du champagne bon marché qui déclenche des aigreurs d'estomac, mais c'est tout de même du champagne.

«Vous n'en voulez toujours pas?

— Non, merci. Sans façon… J'pourrai pas rester ben ben plus longtemps non plus, j'ai des clients à servir.»

Il regarde autour d'eux.

«Personne ne semble avoir besoin de vous.»

Il a passé quelques années à Paris et il lui en est resté un fond d'accent français qui amuse Maria. Il roule encore ses r en bon Montréalais, mais il prononce chacune de ses syllabes comme si elles étaient toutes d'égale importance et il fait ses négations, chose rare dans la province de Québec. Maria se dit parfois qu'il pourrait être acteur parce qu'il est plutôt beau en plus de bien parler. Elle a entendu dire qu'il donnait en compagnie de sa femme des récitals de poésie, en face du Paradise, au Monument-National qui sert à la fois de salle de spectacle et de bibliothèque publique, et que c'était de toute beauté de les entendre. Maria voudrait bien y assister, mais elle n'est pas sûre d'avoir envie d'écouter de la poésie pendant toute une soirée…

«Ne vous en faites pas, madame Rathier, vos moutons sont contents de leur sort. Ne les dérangez pas.»

Elle fait un petit sourire triste qui n'échappe pas au poète.

«Mes moutons vont être obligés de se passer de moi pour un temps, j'm'en vas en vacances.

— Vous n'avez pourtant pas l'air très heureuse…

— Je l'étais jusqu'à tout à l'heure, mais là…

— Une déception?

— Oui, une déception…

— Vous partez en dehors de la ville?

— C'est supposé, oui.

— Où, ça?

— À Duhamel, dans la Gatineau. Vous connaissez ça?

— Jamais entendu parler.

— C'est en haut de Papineauville. Pas mal plus haut.

— J'ai entendu parler de Papineauville qui est une ville assez importante. Mais Duhamel... Comment vous rendez-vous jusque-là? En train?

— C'est ben ça le problème! On devait y aller en automobile, mais le char qui devait nous emmener est cassé... Faut se trouver un autre chauffeur.

— En automobile? Vous êtes sûre que vous pouvez vous rendre jusque-là en automobile?

— Pourquoi vous me demandez ça?

— C'est carrossable?

— Carrossable? Qu'est-ce que ça veut dire, carrossable?

— Les routes ne sont peut-être pas aménagées pour recevoir des automobiles dans cette partie de la province! Jusqu'à Papineauville, oui, ça va, mais plus au nord, j'en doute! Ce sont des routes pour les bœufs, les chevaux... »

Maria l'interrompt, de toute évidence furieuse.

« Êtes-vous en train de me dire, vous, là, qu'on aurait pas pu se rendre jusqu'à Duhamel même si le char avait pas été cassé? »

Rhéauna tourne la dernière page de *Patira* en pleurant. Elle a trouvé la trilogie de Raoul de Navery, *Patira, Le trésor de l'abbaye* et *Jean Canada,* dans une des boîtes de livres que madame Desbaillets garde au fond d'un placard – héritage d'une mère qui a passé sa vie plongée dans les romans, surtout les français du dix-neuvième siècle – et dans lesquelles elle lui permet de fouiller quand la fillette n'a plus rien à lire. C'est de cette façon que Rhéauna a pu passer, depuis un an, de ses lectures d'enfant (contes de fées et comtesse de Ségur, *Peter Pan* et *Alice au pays des merveilles*) à des choses plus sérieuses (Dumas, Verne, Féval, Hugo, vite devenus ses auteurs favoris même si ce qu'ils écrivaient ne s'adressait pas aux filles) sans que sa mère le sache. Madame Desbaillets ne lit pas, elle préfère parler même si elle n'a pas grand-chose à dire, et laisse Rhéauna piger dans le tas de vieux livres à condition qu'elle l'écoute pérorer, se souciant peu de savoir si tout ça est de la littérature à laisser entre les mains d'un enfant ou non. Elle a bien sûr entendu parler de l'Index, comme tout le monde, cette liste de livres défendus à cause de leur contenu scandaleux, mais jamais elle n'oserait imaginer que sa propre mère a pu enfreindre les règlements de la religion catholique pour se lancer dans la lecture de telles cochonneries. Elle ne s'est jamais non plus débarrassée de ces fameux cartons parce qu'elle ne savait pas si le goût de lire ne la prendrait pas un jour. Ce jour-là ne s'étant jamais présenté, madame Desbaillets laisse désormais Rhéauna faire le ménage du fond de son placard à sa place. Elle ne lui demande même pas de rapporter les livres. Rhéauna se contente donc d'acquiescer à tout ce que dit madame Desbaillets pendant qu'elle fouille dans l'odeur de poussière, de vieux papier, à la recherche de titres qui vont l'intéresser. Elle a déjà dépouillé deux boîtes et la troisième se vide à toute vitesse. Que fera-t-elle quand elle en aura vu le fond? Tout recommencer depuis le début? Les intrigues de la méchante Lady de Winter, les souffrances de l'homme au masque de fer, les aventures de Michel Strogoff, les déguisements du Bossu, la mort de Fantine? Elle ne connaît personne d'autre qui possède un tel trésor et se demande si sa mère lui permettra de fréquenter une bibliothèque publique. Mais elle est habituée à choisir ses lectures et craint qu'à la bibliothèque publique on essaie de lui imposer des lectures ennuyantes, des livres insignifiants de petites filles sages qui ne se sentent pas concernées par la traversée de la Patagonie, ou les vents glacés des grandes steppes de la Russie impériale, ou l'invention de l'imprimerie. Elle sait cependant que ses auteurs favoris ont écrit des tas d'autres choses – elle est allée vérifier dans le dictionnaire et a trouvé des titres comme *Les travailleurs de la mer*, *Cinq semaines en ballon*, *Les compagnons du silence*, *La reine Margot* – et s'imagine déjà serrant sur son cœur une œuvre de Victor Hugo, de Jules Verne ou de Paul Féval à découvrir. Combien d'années prendra-t-elle pour passer à travers *tous* leurs livres?

Elle avait laissé la trilogie de Raoul de Navery de côté tout l'été dernier et tout cet été parce qu'elle n'aimait pas les illustrations qui en ornaient les couvertures. Mais elle avait fini par apporter chez elle les trois livres abîmés, tout mous et qui sentaient mauvais en se disant qu'elle les abandonnerait si le premier se révélait décevant. Pourquoi perdre son temps à lire un roman qui nous ennuie?

Elle a, en effet, un peu résisté à *Patira*, au début. Elle trouvait que ça manquait d'action. Mais les malheurs de Blanche de Coëtquen enfermée dans une cave humide du château de son mari qui la croit morte alors qu'elle est sur le point d'accoucher dans des conditions effroyables et le courage du petit Patira, orphelin, martyr et beau comme un cœur, qui ose la délivrer, l'ont vite passionnée. C'est donc avec une excitation grandissante qu'elle a passé à travers les vicissitudes de ces personnages instables et compliqués séparés en deux camps : les bons qui souffrent et les méchants qui les martyrisent. Elle a rêvé qu'elle était Blanche de Coëtquen, que Patira venait la délivrer, qu'ils se mariaient. Mais son rêve s'est arrêté au moment de consommer le mariage parce qu'elle ne savait pas encore comment ça se faisait.

Elle lit Victor Hugo mais ne sait rien de la sexualité. Et commence à se poser de sérieuses questions.

Elle étire le cou. Théo a gémi pendant plusieurs minutes, un peu plus tôt – sans doute un mauvais rêve –, il a même appelé sa mère, puis il a fini par se calmer, quelques pages avant la fin du dernier chapitre de *Patira*. Elle se lève, traverse la petite chambre et vient se pencher sur son lit au cas où il se serait découvert en agitant les pieds. Il est couché sur le dos, bras et jambes écartés, un sourire aux lèvres, abandonné au plaisir de dormir. Elle se demande si elle a l'air de ça, elle aussi, quand elle dort. Ce serait étonnant. En tout cas, elle sait qu'elle ne dort jamais sur le dos parce qu'elle a peur d'étouffer. Sur le ventre non plus, d'ailleurs. Elle sait aussi qu'elle est souvent agitée pendant son sommeil, c'est sa mère qui le lui a dit. Surtout à l'époque des examens, semble-t-il. Ou lorsqu'un événement important se prépare. Ce qui est le cas ce soir. Va-t-elle encore passer une partie de la nuit à se tourner dans son lit, à repousser la couverture pour ensuite la ramener sur elle, à se réveiller en sursaut, trempée de sueur ou gelée comme un glaçon?

Elle essuie ses larmes avec la manche de sa robe de nuit et revient se coucher. Elle prend le deuxième volume de la trilogie, *Le trésor de l'abbaye*, l'ouvre. Non, elle n'aura pas le courage de le commencer maintenant, il est trop tard, elle a peur de se laisser emporter par la lecture et de se faire surprendre encore une fois par sa mère au retour de son travail. Maria déteste qu'elle l'attende en lisant et la chicane chaque fois avec cette voix avinée, rauque et peu contrôlée que Rhéauna déteste tant. Elle éteint la lumière, se couche sur le côté droit, glisse une main sous l'oreiller, là où c'est encore frais.

Elle a conscience que ce n'est pas juste la fin du roman qui l'a fait pleurer, tout à l'heure. Sa déception est grande parce qu'elle avait espéré convaincre sa mère de les emmener en vacances, elle et son frère. Elle s'était pourtant bien préparée toute la journée. Elle a toutefois l'impression d'avoir mal défendu son point de vue, de ne pas avoir su trouver les mots justes, les arguments forts, que ça sera sa faute si sa mère part pour Duhamel en les laissant avec madame Desbaillets et son éternel verbiage. Pendant toute une longue semaine. Elle sait bien que sa mère déteste qu'on lui tienne tête, qu'elle accepte mal qu'on critique ses décisions, mais elle était sincère quand elle disait qu'ils se feraient discrets, Théo et elle, qu'elle était prête à prendre son frère en charge, qu'elle l'empêcherait d'être dans les jambes de leur mère et de leurs deux tantes, qu'elle le nourrirait elle-même, qu'elle l'amuserait, qu'elle l'emmènerait se promener sans jamais s'éloigner de la maison parce qu'elle a trop lu de contes où les enfants se perdaient dans la forêt pour ne pas s'en méfier. Une famille, ça ne se sépare pas pour les vacances! L'idée que sa mère aimerait se débarrasser d'eux pour une semaine lui a effleuré l'esprit, mais elle l'a vite repoussée. Quoique ce ne serait pas la première fois. Qu'elle se débarrasserait de ses enfants. Non, il ne faut pas qu'elle se laisse glisser sur cette pente-là, sa mère ne les a pas abandonnées, ses deux sœurs et elle, il y a de ça maintenant sept ans, elle n'avait pas le choix, c'était une question de survie... N'empêche... N'empêche que...

Elle entend la porte s'ouvrir à l'autre bout de l'appartement. Sa mère va-t-elle tituber en direction de sa chambre, de fatigue ou de boisson, comme ça lui arrive de plus en plus souvent? Ou va-t-elle aller boire une dernière bière dans la cuisine, affalée sur une chaise, les pieds posés sur la table, comme un homme, des cernes sous les yeux et une mine grave imprimée sur le visage? Rhéauna l'a souvent surprise dans cette position, elle aussi abandonnée, mais pas au sommeil. Alors, à quoi d'autre? À quoi sa mère pouvait-elle penser quand, bouteille de bière à la main, elle regardait dans le vide, le menton agité de tremblements et les larmes aux yeux? Cachait-elle un malheur trop grand pour le partager avec sa propre fille, un secret d'adulte qu'on ne raconte pas aux enfants parce que parfois la vie est plus tragique encore que ce qu'on trouve dans les livres et qu'il ne faut pas les effrayer? Et pourquoi s'adonne-t-elle à la boisson? Juste parce qu'elle travaille dans un café chantant, plongée chaque soir durant de longues heures dans l'odeur tentante de l'alcool? Victime de la proximité de la tentation? Non, ce serait une explication trop facile.

Une ombre se dessine dans le cadre de la porte. Sa mère s'appuie sur le chambranle. Elle attend sans doute que sa vue s'habitue à l'obscurité avant d'entrer embrasser ses enfants.

« Je le sais que tu dors pas, Nana. »

Rhéauna soulève la tête.

« Nana! J'te parle! Je sais que tu dors pas!

— En tout cas, si je dormais, tu m'as réveillée! Pis comment tu peux savoir ça?

— Une mère, ça sait tout. »

Rhéauna sourit dans le noir, repose sa tête sur l'oreiller.

« C'est pas vrai, ça. Une mère, ça sait pas tout.

— Non, c'est vrai que c'est pas vrai. Mais je le savais pareil.

— Pourquoi?

— Parce que je te connais.

— Tu me connais pas tant que ça…

— Tu serais surprise…

— Tu me connais pas tant que ça!

— Nana! Faut pas me prendre pour une niaiseuse! J'en vois, des choses, tu sais! Pis le reste, je le devine!»

Elle s'approche du lit de sa fille, s'assoit. Ça sent la boisson, tout à coup, et Rhéauna a de nouveau envie de pleurer. Théo perçoit-il dans son sommeil cette haleine désagréable quand sa mère se penche sur son lit?

«J'ai quequ'chose à te dire.»

Bon, ça y est. Autre chose. Peut-être pire. Peut-être qu'elle va partir – les abandonner! les *abandonner*! – pour plus longtemps… Maria pose une main sur le bras de Rhéauna.

«En fin de compte, vous allez pouvoir venir en vacances avec moi.»

Rhéauna lui saute au cou en hurlant de joie.

Teena vient visiter sa sœur Maria au Paradise chaque vendredi soir depuis le début de l'été. Elle arrive vers onze heures, s'installe tout près de la minuscule scène, s'il reste une table, pour écouter les ritournelles mielleuses ou les chansons à double sens interprétées la plupart du temps par des femmes trop fardées, plus ou moins déshabillées et toujours sans talent. Elle sirote son brandy jusqu'à la fermeture, les larmes aux yeux à la mort de la mère du petit garçon des *Roses blanches,* le sourire aux lèvres et les joues toutes rouges aux jeux de mots les plus scabreux et aux contrepèteries les plus ridicules. Si c'est une chanson à répondre, elle n'ose pas participer, se contentant de regarder les autres chanter. Quand Lothaire Létourneau, l'accompagnateur, exécute son solo de piano le temps que la chanteuse aille changer de costume ou boire un coup aux toilettes, Teena branle la tête au rythme de la valse ou de la polka. Il lui arrive même de chantonner. Si un homme l'aborde, ce qui est rare, elle s'en débarrasse d'un geste de la main comme d'une mouche achalante. Quand Maria vient lui demander si elle veut un autre brandy, elle lui tend son verre sans un mot. Tout le monde au Paradise sait qu'elles sont sœurs et personne d'autre que Maria ne vient la servir. Après la fermeture, elle reste à sa place. Maria s'installe avec elle pour boire un dernier petit quelque chose. Elles jasent pendant que monsieur Lemieux pose les chaises à l'envers sur les tables et vide les crachoirs en maugréant avant de sortir son balai pour ramasser la sciure de bois sale qu'il va ensuite jeter dans d'énormes poubelles de métal qui sentent de plus en plus mauvais au fur et à mesure que les jours passent. Arrivé à leur table, il leur dit de lever les pattes, ce qu'elles font en retenant leur jupe pour qu'il ne reluque par leurs jambes. Les jupes se portent plus courtes depuis le début de la guerre, l'année précédente, mais ce n'est pas une raison pour laisser les hommes en profiter. Lothaire Létourneau se joint parfois à elles. Pas les artistes, cependant, qui ont toujours quelque part où aller – un club clandestin ouvert tard la nuit et plus payant que le Paradise – ou un homme à leur bras. Teena trouve l'accompagnateur de son goût, ça paraît à la roseur de ses joues lorsqu'il s'adresse à elle et aux regards qu'elle lui jette quand il parle avec Maria. Elle ignore s'il est là pour elle ou pour sa sœur, elle se fait donc discrète, attendant un geste encourageant, un sourire, une parole qui ne viennent pas. Les autres serveuses passent les saluer dans une brassée d'odeurs corporelles et de parfums bon marché. Ça sent très fort la rose ou le jasmin pendant quelques secondes, des embrassades sont échangées, des *à demain* sont lancés à la cantonade. Teena et Maria continuent à parler jusqu'à ce que le patron, Tit-Pit Lamontagne, vienne leur dire qu'il va les enfermer dans le Paradise si elles ne le suivent pas. Toujours la même plaisanterie à laquelle elles répondent par un petit rire poli pendant qu'elles ramassent leurs affaires.

Maria n'avait donc pas eu à appeler sa sœur au téléphone après sa conversation avec le poète parce qu'elle savait que Teena allait arriver d'une minute à l'autre. Elle s'était contentée de l'attendre en maudissant le sort. Comment allaient-elles se rendre à Duhamel si les chemins n'étaient pas carrossables? Elle aurait eu bien des questions à poser au poète – comment il savait ça s'il ne connaissait pas Duhamel, par exemple –, mais elle n'avait pas le temps, les clients entraient à pleine porte depuis quelques minutes et la vedette de la semaine, une chanteuse qui avait connu des jours meilleurs, se préparait à monter sur la scène pour interpréter sa version personnelle de *La Madelon* ou des *Cinq étages*, une chanson particulièrement mélodramatique qui lui tombait sur les nerfs. (*Le premier étaaage, le deuxième étaaage, le troisième étaaage…*)

C'est ainsi qu'elle n'avait pas vu Teena arriver, trop occupée qu'elle était avec une bande de malpolis dont le plus jeune, à peine sorti de l'adolescence et déjà soûl mort, fêtait son enterrement de vie de garçon. Elle plaignait la jeune mariée qui allait se retrouver le lendemain matin au bras d'un épouvantail à moineaux aux yeux cernés et au teint vert. En attendant, c'était elle qui profitait de la situation : les commandes étaient nombreuses, les pourboires généreux.

Ce n'est que pendant les applaudissements, plutôt faibles, à la fin de la première chanson, qu'elle avait aperçu sa sœur assise à sa place habituelle. En fait, elle avait été attirée par le chapeau trop chic et trop élaboré pour le Paradise que portait Teena et qui obstruait sans doute la vue des gens attablés derrière elle. Surtout que la scène n'était pas haute et la chanteuse un peu bas-cul.

Elle s'était aussitôt précipitée vers sa sœur, un plateau rempli de verres de bière à la main.

« Si on était dans un théâtre de vues animées, y projetteraient une annonce pour te demander d'enlever ton chapeau ! »

Teena avait tourné vers elle un visage trop fardé où le rouge des lèvres brillait dans la lumière des petits spots de couleur dirigés sur la chanteuse. Maria s'était dit que sa sœur, peu habituée à se maquiller, avait l'air d'une guidoune et avait retenu un éclat de rire.

« Bonsoir, Maria, moi aussi chus contente de te voir !

— C'est pas le temps des civilités, là, on a un problème… »

Teena avait soupiré en levant les yeux au ciel.

«Bon! Ça y est! V'là autre chose!»

Maria l'avait traînée avec elle jusqu'à la table où les fêtards frétillaient d'impatience. Après les avoir servis et avoir empoché son pourboire, elle avait poussé sa sœur vers celle du poète.

«Teena, j'te présente monsieur Charles Gill. C'est un poète. Ben connu, ça a l'air...»

Teena avait porté la main à son cœur avant de s'asseoir en face du monsieur bien mis qui lui souriait.

«Un poète! Mon Dieu! J'ai jamais rencontré de poète de toute ma vie! Enchantée!»

Puis elle avait tendu une main gantée en répétant:

«Enchantée!»

Maria avait posé ses mains sur ses hanches.

«Depuis quand tu portes des gants à l'intérieur, toi?»

Teena leur avait montré ses mains avec grande fierté. Et s'était adressée davantage à Charles Gill – qu'elle trouvait plutôt beau – qu'à Maria:

«C'est notre sœur Tititte qui m'a dit que c'était plus chic... Une femme chapeautée pis gantée, y a rien de plus chic au monde, ça a l'air... Une femme gantée, ça attire le respect, pis Dieu sait qu'on en a besoin quand on vient ici...»

Maria l'avait interrompue.

«Même pour boire du brandy? Même pour tendre la main à quelqu'un qu'on connaît pas?»

Teena avait regardé sa main droite comme si ça avait été un objet étranger à son corps.

«Tu penses que ça se fait pas? Pourquoi Tititte m'aurait dit ça, d'abord?

— Tititte se prend pour une princesse, c'est pourtant juste une vendeuse de gants! La femme du roi d'Angleterre peut se permettre ça, pas nous autres!»

Teena avait enlevé son gant droit et tendu la main une seconde fois à l'homme qui lui souriait.

«Excusez-moi. J'pensais que ça se faisait...»

Cette fois, Charles Gill s'était soulevé à moitié de sa chaise.

«Tout se fait quand on sait y faire.»

Les deux femmes l'avaient regardé avec des yeux ronds.

Il avait toussé dans son poing, s'était rassis, avait croisé la jambe.

«Je veux dire que tout est permis à une femme quand elle sait comment s'y prendre...»

Sans transition et en haussant les épaules comme si le poète venait de proférer une absurdité, Maria s'était penchée sur sa sœur...

«Quand tu vas à Duhamel, Teena, comment tu fais pour te rendre?

— Pourquoi tu me demandes ça?

— Réponds à ma question!

— Ben oui, mais tu me présentes un poète connu pis tout de suite après tu me demandes comment j'fais pour me rendre à Duhamel... Veux-tu l'emmener avec nous autres? Y a pas de place, tu le sais ben!

— Teena, réponds à ma question, j'te répondrai après!»

Teena avait retiré son deuxième gant, pris une gorgée de brandy qu'elle avait avalée après avoir aspiré de l'air par le nez pour mieux goûter l'alcool brûlant.

«J'pensais que j'te l'avais déjà dit... C'est pas ben ben compliqué, mais c'est long: j'prends le train jusqu'à Papineauville, pis Simon, le mari de notre cousine Rose, vient me chercher en charrette... J'fais trente milles en charrette dans des chemins de terre!»

Maria avait tiré une chaise sans s'occuper de ses clients qui la réclamaient à hauts cris, la chope de bière vide au bout du bras. Leurs voix commençaient à enterrer celle de la chanteuse qui fronçait les sourcils en jetant des regards furibonds dans leur direction.

«Ben, pourquoi tu nous as dit que monsieur Lebrun viendrait nous reconduire en automobile jusqu'à Duhamel?

— Y m'a dit qu'y était capable avec son nouveau char! Que c'est un char qui peut aller partout tellement y est bâti fort!

— Y est pas bâti si fort que ça, y est cassé!

— Ben oui, y est cassé, qu'est-ce que tu veux que je te dise!

— Mais quand y est pas cassé, y peut aller dans des chemins pas carrossables, c'est ça?

— C'est quoi, ça, des chemins pas carrossables?

— Teena, fais pas l'innocente!

— J'fais pas l'innocente, j'le sais pas!»

Ses clients se faisant de plus en plus bruyants, Maria s'était levée.

«Attendez-moi deux minutes, je reviens...»

Aussitôt sa sœur disparue, Teena s'était penchée au-dessus de la table.

«Excusez-nous, monsieur Gill, des fois on se comporte comme des petites filles de quinze ans...

— Vous n'avez pas à vous excuser, c'était charmant... madame? Mademoiselle?

— Mademoiselle, malheureusement.»

Confuse de cet adverbe révélateur, elle avait rougi et s'était jetée sur son reste de brandy qu'elle avait avalé d'un coup avant de se tourner vers la chanteuse qui achevait, dans un sanglot, de raconter la mort d'une prostituée de Pigalle nommée Pommette, comme le rappelait le refrain lancinant et répétitif.

«J'sais pas comment a' fait pour chanter dans tout ce bruit-là! Moi, à sa place, je descendrais dans la salle pour aller taper ceux qui parlent trop fort.

— Dans ce cas, vous passeriez toutes vos soirées dans la salle au lieu de sur la scène...»

Elle s'était retournée vers lui pendant les applaudissements timides des quelques buveurs qui avaient écouté la romance jusqu'au bout. Les femmes, quelques-unes elles-mêmes des prostituées, écrasaient une larme pendant que leurs compagnons levaient la main pour attirer l'attention d'une serveuse.

Charles Gill jouait avec les gants que Teena avait laissé traîner sur la table où ils risquaient de s'imbiber d'alcool. Elle les lui avait enlevés et les avait frottés avant de les ranger dans son sac à main.

« Vous venez souvent ici? Je ne vous ai jamais vue. »

Teena avait failli répondre qu'il n'était pas le seul, que les hommes ne la voyaient presque jamais, qu'ils avaient sans doute été présents au Paradise en même temps plusieurs fois, qu'il ne l'aurait sans doute jamais remarquée si Maria n'avait pas été sa sœur et ne les avait pas présentés. Mais elle s'était dit que son chapeau, ses gants et son maquillage étaient peut-être, en fin de compte, plus efficaces qu'elle ne l'avait escompté, et s'était tue.

« Tous les vendredis soirs. J'viens jaser avec ma sœur. »

Elle supposait qu'il était un peu plus vieux qu'elle, peut-être au milieu de la quarantaine. Son sourire était de toute beauté. Sa barbe, généreuse, bien entretenue, lui donnait un air sérieux et prospère. Et ces dents si blanches. Un poète, peut-être bien, mais aussi un gentleman. En tout cas, un poète propre! Elle avait un peu froncé les sourcils parce que la notion de poète et celle de propreté, à son avis, ou plutôt à ce qu'on disait, n'avaient rien à voir l'une avec l'autre. Un homme bien curieux… Et bien charmant.

Maria était revenue en comptant son argent, de toute évidence heureuse de sa courte visite à la table de fêtards.

« Si y continue comme ça, le pauvre jeune marié pourra pas partir en voyage de noces demain! »

Elle s'était rassise entre Charles Gill et Teena.

« Qu'est-ce qui faisait dire à ton monsieur Lebrun que son char pouvait se rendre jusqu'à Duhamel?

— Écoute, Maria, recommence pas avec ça… Ça sert à rien d'en parler jusqu'à demain ! J'vas dire ma façon de penser à monsieur Lebrun, j'vas l'envoyer promener, pis on va trouver un autre moyen, c'est toute ! Chus allée à Duhamel au moins dix fois, chus capable d'y retourner ! »

Maria s'était tournée vers le poète.

« Vous êtes sûr de ce que vous m'avez dit tout à l'heure, là, vous ? »

Ce dernier avait pris une dernière gorgée de champagne avant de lui répondre. Il n'avait pas l'air d'avoir l'intention d'en commander une seconde bouteille – ce qui lui arrivait assez souvent –, il semblait plutôt vouloir se sauver sans demander son reste.

« Écoutez, je ne voulais pas déclencher de drame… Mais je suis assez convaincu qu'une voiture, aussi puissante soit-elle, aurait de la difficulté à se rendre jusqu'au cœur de la Gatineau ! Des charrettes à bœufs, oui, des… des… des carrioles, des diligences, mais une voiture ! Vous imaginez les routes au nord de Papineauville ? La garnotte, les laveuses… »

Le mot garnotte semblait étrange dans sa bouche, surtout après *carrioles* et *diligences*, et les deux femmes l'avaient dévisagé comme s'il venait de dire une énormité. Il s'en était rendu compte et avait rougi.

« Je suis désolé si je suis la cause d'un important changement dans vos plans de vacances, mais avouez que ce serait ridicule de risquer de rester bloquées dans un chemin de terre entre deux villages sans eau ni électricité au milieu de nulle part ! J'espère que vous me pardonnerez mon indiscrétion, mais je trouve qu'il serait dangereux de vous lancer dans une pareille aventure… En attendant, je vais vous laisser démêler tout ça. Après tout, ça ne me regarde pas… Encore une fois, toutes mes excuses, et à bientôt, mesdames. »

Deux courts baisemains, un peu secs, vite expédiés, et il avait disparu dans la fumée des pipes et la vapeur d'alcool.

Maria avait lancé sa condamnation d'une voix rageuse :

« C'est ça, mets la marde pis sauve-toi tu-suite après ! C'est ben les hommes, ça ! Toutes pareils ! »

Ce à quoi sa sœur avait ajouté :

« Qu'est-ce que tu veux, c'est un poète.

— Dans ce cas-là, tous les hommes sont des poètes ! »

Maria s'était passé un mouchoir dans le cou. Il était temps que le Paradise ferme, la chaleur était devenue insupportable.

« Comme si tu connaissais quequ'chose aux poètes, Teena ! Tu viens de dire que t'en as jamais rencontré un de ta vie !

— Je parlais pour parler…

— Tu disais ça pour pas me laisser le dernier mot.

— Maria !

— Comme d'habitude.

— Maria, voyons donc !

— Ben, tu l'auras pas ! »

La chanteuse sortait de scène. On l'aurait oubliée avant qu'elle n'atteigne le cagibi qui servait de loge, elle semblait le savoir et arrondissait les épaules. Lothaire fermait déjà son piano. Aucun applaudissement ne la suivait. Qu'est-ce qui l'attendait en coulisses ? Un homme ? Une bouteille ?

Teena avait tendu son verre à sa sœur.

« En attendant, va donc me chercher un dernier petit brandy… »

Maria s'était levée en soupirant. Teena l'avait retenue par le bras.

« Tu sais ce que ça veut dire, ça, hein ? »

Maria avait froncé les sourcils.

« Qu'est-ce que tu vas encore me sortir… De quoi tu parles ? »

Teena avait alors produit un sourire que sa sœur avait trouvé inquiétant.

«Ça veut dire que t'as pus de raison de pas emmener tes enfants à Duhamel! C'est vrai qu'y avait pas de place dans l'automobile de monsieur Lebrun, que le voyage aurait été trop long pour eux autres, mais de la place, y en a en masse dans le train! Pis y vont adorer la *ride* en charrette! J'vas écrire à Simon, j'vas y dire de préparer la petite maison pour trois personnes au lieu d'une, à quelle heure qu'on va arriver, pis y va venir nous chercher toute la gang à Papineauville! Y a une énorme charrette avec des bancs! Ça va être le fun, tu vas voir!»

Devant l'air sidéré de Maria, Teena avait éclaté de rire.

«Je l'ai-tu eu ou si je l'ai pas eu, le dernier mot?»

En sortant du Paradise, Teena était tombée sur Charles Gill qui semblait l'attendre en faisant les cent pas sur le trottoir du boulevard Saint-Laurent. Elle boutonnait son gant droit – un bouton de nacre, une petite loupe de satin – et avait failli le reverser. Il avait enlevé son chapeau pour la saluer.

«Permettriez-vous à un pauvre poète de vous reconduire jusque chez vous, mademoiselle Desrosiers?»

Teena, flattée, aurait voulu jouer l'indifférence, mais la question était sortie sans qu'elle puisse la retenir :

«Comment ça se fait que vous connaissez mon nom de famille, vous?

— Je sais que madame Rathier, votre sœur, était une demoiselle Desrosiers, c'est elle qui me l'a dit.»

Il lui avait emboîté le pas. Teena avait caché son embarras derrière une deuxième question.

«Vous y avez déjà offert d'aller la reconduire chez elle, elle aussi?

— Non.

— Pourquoi pas?

— Madame Rathier travaille ici. Elle est fatiguée lorsqu'elle sort du Paradise...»

Elle marchait de plus en plus vite; il la suivait, le chapeau à la main.

«Pis moi, j'ai pas l'air fatiquée?

— Non.

— J'ai pourtant eu une grosse semaine, moi aussi.

— Vous faites le même genre de travail que votre sœur?

— Non. Pis c'est vrai que c'est peut-être moins fatiquant en fin de compte... »

Il semblait hésiter.

« Vous cherchez un taxi?

— Oui...

— J'ai une automobile... Il est passé minuit et une femme seule dans ce quartier, ce n'est pas très prudent... Même les taxis ne sont pas toujours sûrs... »

Elle s'était arrêtée et l'avait regardé droit dans les yeux.

« J'viens voir ma sœur tous les vendredis soirs depuis des mois, monsieur Gill, je remonte la rue Saint-Laurent jusqu'à Sainte-Catherine, et j'ai jamais eu de problème!

— Il suffit d'une malchance... »

Elle avait baissé les yeux.

« Oui, c'est vrai. Y suffit d'une malchance.

— Alors vous acceptez mon offre? Mon automobile est juste un peu plus haut... Vous habitez loin?

— Dans l'est de la ville. Sur la rue Fullum. Vous connaissez ça? Ça coupe la rue Mont-Royal.

— J'ai bien peur de ne pas être très familier avec la rue Mont-Royal...

— Vous vous tenez dans l'ouest?

— Pas nécessairement, mais je ne connais pas bien ce quartier...

— J'vas vous guider. C'est facile à trouver. »

Un poète qui possédait une automobile! De l'argent de famille? Une profession payante en dehors de la poésie? Teena pensa pendant un court instant qu'elle avait peut-être trouvé le jackpot et prit le bras de Charles Gill.

En ce début de vingtième siècle, à Montréal, une femme qui se promenait seule après minuit boulevard Saint-Laurent ou rue Sainte-Catherine était toujours mal jugée : ce ne pouvait être qu'une prostituée en mal de client ou une soûlonne qui ne savait plus très bien où elle se trouvait et qui cherchait un moyen de rentrer chez elle.

Cependant, celle qui marchait à pas lents, cette nuit-là, sur le trottoir sud de Sainte-Catherine – elle venait de tourner à l'intersection des deux rues et se dirigeait vers l'est –, n'était ni l'une ni l'autre. Son pas n'était pas très assuré, c'est vrai, il lui arrivait de parler tout haut en faisant de grands gestes, elle s'était arrêtée au coin de Saint-Dominique pour s'appuyer contre une vitrine où trônaient des sous-vêtements féminins. Elle reprenait peut-être son souffle, mais ce n'était pas la boisson qui était responsable de ses agissements et elle n'avait dévisagé aucun des passants qu'elle avait croisés. Certains auraient pourtant suivi volontiers cette superbe créature, plus distinguée et plus altière que celles qu'on trouvait d'habitude dans ce quartier de la ville où les rencontres étaient faciles et bon marché. Elle ne faisait rien pour les encourager et, devant son évident désarroi, ils n'osaient pas l'aborder. Surtout qu'un policier à cheval semblait la suivre en retenant sa monture au pas. Ils auraient été étonnés d'apprendre qu'il la protégeait – un de ses confrères ferait la même chose, le lendemain, un autre l'avait fait, la veille. D'habitude, ils allaient par deux, imposants et sérieux, perpétuels sujets d'ébahissement pour les passants qui admiraient leurs chevaux plus beaux, plus en santé, mieux étrillés que ceux qui tiraient les voitures dans les rues. Chaque soir, toutefois, un des deux policiers qui surveillaient la rue Saint-Laurent à la fermeture des clubs et des tavernes quittait son compagnon pour escorter, en se faisant le plus discret possible, cette belle femme qui allait emprunter la rue Sainte-Catherine vers l'est jusqu'à la rue Montcalm où elle habitait.

Tout le monde la connaissait dans le quartier. On savait son histoire – une veuve qui élevait deux enfants toute seule en travaillant au Paradise au lieu de se chercher un mari comme l'aurait fait une femme moins dégourdie –, on louait son courage, on appréciait son franc-parler, son sens de l'humour, sa grande efficacité dans son métier de serveuse. Elle était bilingue, ce qui n'était pas le cas de toutes les serveuses du Paradise, et traitait tous les clients sur un même pied, les Anglais de l'ouest de Montréal qu'elle remettait à leur place quand ils étaient trop arrogants, les Français de l'est quand ils se montraient trop entreprenants. Les policiers, ceux des mœurs comme ceux qui, plus décoratifs qu'autre chose, faisaient leur ronde à cheval et à qui elle refilait de temps en temps une petite bière très appréciée qu'ils allaient boire dans les toilettes des hommes, surtout l'hiver, l'avaient donc prise en affection et décidé depuis quelque temps de la suivre pour la protéger des mauvaises rencontres quand elle rentrait chez elle après son travail. Ils s'étaient eux-mêmes baptisés avec grande fierté « les anges gardiens de Maria ». Elle n'était pas dupe, mais elle faisait celle qui ne se rend compte de rien. Elle se sentait en sécurité dans un quartier réputé dangereux la nuit, et leur en savait gré.

Au coin de Saint-Denis, elle avait semblé vouloir rebrousser chemin. Le policier avait arrêté sa monture. Elle avait peut-être oublié quelque chose au Paradise. Devrait-il lui offrir de l'accompagner, ou continuer son chemin comme si de rien n'était? Puis elle avait traversé la rue Saint-Denis en pressant le pas et le policier avait continué de la suivre, humant l'air frais de la nuit d'août pendant que son cheval encensait.

* * *

Le combat qui se livrait dans la tête de Maria avait été déclenché d'un seul coup. Elle avait cru un problème résolu une fois pour toutes – une décision prise depuis des semaines qui avait abouti, le jour même, à une conclusion définitive et sans appel après sa discussion avec Rhéauna –, et voilà qu'un détail, insignifiant en soi, venait tout chambarder et qu'elle se retrouvait au point de départ, devant un choix qui se posait à nouveau alors qu'elle croyait pourtant le problème réglé de façon irrévocable.

Elle adorait ses enfants, là n'était pas la question. Pour leur procurer l'essentiel – plus, même, parce qu'elle gagnait assez bien sa vie – au milieu des remugles d'alcool et des invectives, elle se tuait à la tâche chaque soir souvent pénible d'hommes frustrés qui venaient noyer au Paradise une vie de misère ou de malchance sans cesse répétée.

Mais cette petite promesse de paix, cette plage de repos, ce projet de vacances, pourtant courtes, qu'elle avait planifiées en compagnie de ses deux sœurs dans un coin reculé de la province de Québec dont à peu près personne n'avait jamais entendu parler lui avaient permis de traverser ce maudit été où ses doutes et ses questionnements, refoulés depuis son arrivée à Montréal, étaient revenus la hanter. Peut-être ces quelques jours passés loin de tout au milieu des montagnes, avec pour seul souci la question de savoir ce qu'on va manger au souper ou s'il reste assez d'huile pour les lampes, desserreraient en partie cet étau qui s'était refermé sur son cœur, ce poids sur sa poitrine qui rendait sa respiration difficile, la libéreraient de ce besoin de liberté qui l'avait reprise alors qu'elle avait cru trouver une certaine forme de sérénité avec cette routine qu'elle s'était imposée à cause de ses deux enfants depuis deux ans : des gestes et des déplacements répétés à l'infini – la maison, le travail, la maison, le travail... Cette volonté sans cesse reconduite de ne pas penser à l'avenir, aussi, le leurre, la tromperie d'un esprit qui se sait prisonnier, qui refuse d'y réfléchir en se faisant croire que tout est bien qui finit bien dans le meilleur des mondes pour éviter d'exploser. Mais voilà, tout n'était pas bien, et le monde, une fois de plus, s'il était meilleur que la vie qu'elle avait connue à Providence, était loin d'être celui dont elle avait rêvé. Et elle avait peur d'exploser d'un moment à l'autre.

Toute sa vie, quoi qu'elle fasse ou décide, malgré des décisions prises après mûre réflexion, ou sur des coups de tête, ou même les sanctions qu'elle s'imposait pour se punir de n'être jamais satisfaite, le besoin de liberté, l'envie de ruer dans les brancards, de tout envoyer promener et de se sauver, la soif de se retrouver sans attaches, sans responsabilités, la peur de rater quelque chose de plus beau et de plus gratifiant ailleurs, là-bas, loin, bref, cette maudite bougeotte, tare des Desrosiers, lui sautait à nouveau dessus et la submergeait sous une vague de doutes, de tâtonnements, d'incertitude. Elle avait quitté la Saskatchewan en pensant trouver la liberté dans le Rhode Island, elle avait quitté le Rhode Island treize ans plus tard en espérant recommencer sa vie à Montréal. Et chaque fois la déception avait été cuisante.

Si elle avait failli rebrousser chemin, au coin de Sainte-Catherine et Saint-Denis, c'est que cette image qui lui gâchait tant la vie depuis quelques semaines lui était revenue. Une vision qui, en plus de la troubler, la jetait dans une insupportable culpabilité. Ça avait d'abord été un rêve qu'elle avait fait et qui l'avait beaucoup ébranlée, un rêve pourtant ridicule, d'une enfantine évidence, et dont elle aurait dû rire avant de le chasser de son esprit, mais qui, au contraire, l'avait perturbée au point de l'empêcher de dormir : c'était un soir très occupé, au Paradise, elle courait comme une folle pour servir ses clients, mais deux boulets, un à chaque pied, l'empêchaient de se mouvoir de façon normale. Elle savait ce que représentaient ces boulets, surtout qui, et essayait en vain de briser ses chaînes. Les clients l'invectivaient, le patron la poursuivait avec des plateaux remplis de verres de bière, elle s'accrochait les pieds dans les spitounes qui se renversaient sur le plancher en éclaboussant les boulets. C'est surtout cette image qui l'avait perturbée : ses deux enfants salis par ce qui s'échappait des crachoirs. Des nuits durant elle avait essayé de comprendre ce que ça pouvait vouloir dire, si ces salissures n'étaient qu'un détail sans importance du cauchemar ou si elles ne venaient pas plutôt d'elle, de ce qu'elle pensait au plus profond d'elle-même, mère indigne qui non seulement considérait ses enfants comme des boulets, mais qui, en plus, les souillait de la façon la plus dégradante.

Ses enfants n'étaient pas des boulets ! Elle avait voulu ses trois filles, même si elle avait dû se séparer d'elles plus tard, le choix le plus difficile et le plus douloureux qu'elle avait jamais eu à faire, et son garçon, pourtant arrivé à un bien mauvais moment, remplissait sa vie de joie quand il lui tendait les bras pour l'embrasser ou essayait de lui communiquer des pensées qu'il n'arrivait pas à mettre en mots et qui sortaient en un jargon compréhensible de lui seul et qui la ravissait. Il y avait de longues périodes où elle se sentait si bien entre Rhéauna et Théo, à leur popoter des plats hérités de sa mère – les petits chapeaux de baloney, bien sûr, mais aussi le pâté chinois, le chiard de Gaspésie, la gibelotte de Sorel, les rôtis de veau et de porc attachés ensemble et cuits à feu doux, la fricassée sèche qu'on laisse coller dans la poêle et qui goûte le brûlé, la tarte au sucre à la crème – ou de sa belle-mère, la détestée madame Rathier, froide comme une banquise, sévère à l'excès et sans doute frustrée, mais merveilleuse cuisinière et, malgré tout, excellent professeur. Surtout en pâtisserie. Les *cream puffs* de Maria, son far breton et sa tarte au citron, grâce à l'exécrable madame Rathier, n'étaient pas loin d'être les meilleurs hors de France.

Ces moments de paix – l'empressement de Rhéauna à vouloir lui plaire, les rires de Théo qui pouvait sans vergogne se rouler dans la farine sur le comptoir où elle préparait sa pâte –, ces heures passées à trois, les chicanes oubliées, les discussions sans fin mises de côté, lui suggéraient parfois que c'était ça qu'elle avait recherché toute sa vie, qu'elle était enfin arrivée là où elle avait toujours voulu se rendre. Elle découvrait une image d'elle-même qu'elle aimait et, chaque fois, elle entrevoyait la possibilité de faire revenir de la Saskatchewan ses deux autres filles, Béa et Alice, qu'elle n'avait pas vues depuis sept ans, à qui elle parlait au téléphone à peine quelques fois par année, et même, qui sait, de payer un jour un billet de train à ses parents qui, en vieillissant, devaient se morfondre là-bas, au cœur du continent, au milieu des plaines angoissantes et sans fin.

Mais sa joie était de courte durée. Les problèmes que tout ça représenterait lui tombaient vite dessus : les difficultés d'intendance, par exemple, la maison trop petite, sept personnes au caractère parfois explosif vivant sous un même toit, l'argent, c'était inévitable, qui viendrait à manquer, et c'est dans ces moments-là, alors qu'elle ne voyait pas de solution, quand elle se sentait prisonnière d'une situation sans issue, que son besoin de se sauver cul par-dessus tête la reprenait, vite suivi de cette maudite culpabilité qui lui serrait la gorge et lui griffait le cœur.

C'est pourquoi cette semaine à la campagne, loin de ses enfants et du café chantant, lui avait paru si importante. Après une cure de liberté, si courte fût-elle, des jours entiers passés à ne rien faire d'autre que penser à elle-même, rire avec ses sœurs, boire du caribou et trop manger, elle retrouverait peut-être avec plaisir et se remettrait à apprécier l'amour inconditionnel de Rhéauna et de Théo, même l'odeur de boisson du Paradise.

Elle l'avait bien méritée, non, cette fugace période d'insouciance ? Alors pourquoi la lui refusait-on ? Et qui se cachait derrière tout ça ? Le bon Dieu ? Le destin ? La malchance ?

En entrant chez elle, au moment d'annoncer à Rhéauna qu'elle avait gagné, qu'ils se retrouveraient en fin de compte à Duhamel dans quelques semaines, comme elle l'avait souhaité, un mouvement de révolte d'une insupportable intensité l'avait clouée sur place. Elle était appuyée contre le chambranle de la porte de la chambre de ses enfants, elle se voyait, à Duhamel, surveillant ce qu'elle faisait ou ce qu'elle disait à cause de leur présence, prisonnière encore une fois de cette censure qu'elles s'imposaient, ses sœurs et elles, qui consistait à passer à l'anglais quand elles ne voulaient pas que Rhéauna et Théo comprennent ce qu'elles disaient, subissant les reproches muets de sa fille si elle exagérait dans la boisson ou parlait trop mal, et elle avait envie de ne rien dire à Rhéauna, de se révolter devant l'injustice de la situation, de rebrousser chemin et d'aller se coucher en attendant de pouvoir courir s'acheter un billet de train pour n'importe où, n'importe quelle destination où elle se retrouverait seule, sans attaches et libre de commettre toutes les folies et toutes les erreurs qu'elle voudrait. Pour une courte semaine. Québec où elle ne connaissait personne ? Providence où elle connaissait trop de monde ? Un coin perdu, n'importe quelle petite bourgade anonyme, n'importe quel trou dans le sol à condition de se retrouver toute seule ?

Au lieu de quoi elle avait dit à Rhéauna qu'elle savait qu'elle ne dormait pas et qu'elle avait quelque chose à lui dire.

C'est la première fois depuis des années qu'un homme ronfle à côté d'elle. Sa bouche est entrouverte, ses narines frémissent de temps en temps, ses yeux bougent sous les paupières fermées. Il remue beaucoup. Il doit rêver. Lorsqu'il s'est retourné sur le dos, un peu plus tôt, il a cessé de ronfler pendant quelques minutes. Elle a cru qu'elle allait enfin pouvoir dormir, mais un long renâclement l'a fait sursauter et, exaspérée, elle a donné un coup de poing dans l'oreiller. Tout à l'heure il a souri. Puis il a marmonné des mots sans suite qui l'ont fait sourire, elle, parce qu'elle a cru y reconnaître son nom. Mais elle n'en est pas sûre. Après tout, ils ne se connaissent pas assez pour qu'il prononce son nom dans son sommeil… Elle se tourne à son tour sur le dos, résignée à ne pas dormir de la nuit. Elle pourrait aller s'étendre sur le sofa du salon. Elle le fera peut-être plus tard… En attendant, elle réfléchit à ce qui vient de se passer.

Les prémices ont pourtant été fort agréables. Quand il l'avait attirée à lui, sur le pas de sa porte, elle avait réfugié son visage dans son cou. Ça sentait la pommade pour la barbe et l'homme qui a eu chaud. C'était excitant. Et ça faisait si longtemps qu'une chose pareille ne lui était pas arrivée. Il lui avait murmuré à l'oreille des mots doux qu'elle avait espéré lui entendre dire pendant le trajet entre le Paradise et la rue Fullum, alors que son regard s'était concentré sur sa belle bouche de poète qu'elle espérait pouvoir embrasser dans la demi-heure. Il ne lui demandait pas une permission, non, c'était plus subtil. C'étaient, glissées à son oreille, des insinuations sur ce qu'ils pourraient faire, le plaisir qu'ils auraient là où il voulait l'emmener, des promesses précises et émoustillantes énoncées dans un langage fleuri auquel elle n'était pas habituée… Elle n'avait pas eu à céder, elle était déjà décidée.

Elle avait été prise d'un drôle de tremblement pendant qu'elle déverrouillait sa porte. Une envie, plus, un besoin qu'elle avait cru disparu de sa vie s'était jeté sur elle et elle avait conduit le poète tout de suite à la chambre, sans offre de tasse de café ou autre hypocrisie dont faisaient montre les héroïnes de romans français quand elles ramenaient un homme chez elles. Ici, dans la province de Québec, on ne ramenait pas d'hommes chez soi, ça ne se faisait pas, on en avait un à perpétuité et on s'en contentait. Et quand on n'en avait pas, après avoir coiffé la Sainte-Catherine à l'âge vénérable de vingt-cinq ans, on s'en passait.

L'acte sexuel lui-même l'a laissée perplexe. Lui, le mâle dominant écrasé sur elle, semblait y prendre un plaisir extrême : il soufflait comme un animal malade, il grognait, il gigotait, lançant parfois des insanités sans queue ni tête ou des cris ridicules, de toute évidence au comble d'une joie aussi incontrôlée qu'intense. L'homme chic, parfumé et tiré à quatre épingles, le dandy de province avec son faux accent, sa longue barbe frisée bien policée et ses politesses exquises, enfin, bref, le beau parleur qu'elle avait rencontré au Paradise avait disparu pour faire place au bûcheron qui arrive du chantier et qui n'a pas vu de femme de l'hiver, blasphèmes compris. Elle, pendant ce temps-là…

Elle ne sait trop quoi penser de ce qu'elle a ressenti ou, plutôt, de ce qu'elle n'a pas ressenti. Elle avait bien voulu se laisser aller, au début, essayant de le rejoindre dans ses ébats, frétillant comme elle le pouvait sous ses assauts, murmurant des encouragements auxquels elle ne croyait guère parce qu'elle n'éprouvait encore rien, mais elle s'est vite rendu compte que quelque chose n'allait pas, qu'elle sentait une insatisfaction, une sorte de manque, comme si, c'était étrange, elle refusait malgré elle de lui laisser le contrôle de ce qui se passait dans le lit. Elle s'est même demandé, à un moment donné – pendant une mêlée éreintante pour lui parce que l'intensité de ses plaintes et de ses vagissements avait soudain monté d'un cran –, pourquoi c'était lui qui était étendu sur elle, comme ça, pourquoi ce ne serait pas elle qui le chevaucherait, lui sur le dos et subissant ses agressions à elle. Parce que c'en était. Des agressions. Mais peut-être pas. En effet, si elle avait participé, si elle avait réussi à se joindre à lui dans ce qui aurait pu être pour elle un épisode aussi excitant que pour lui, si elle avait répondu à ses agressions par d'autres agressions, venues d'elle, de son initiative à elle, le combat – le combat? – aurait sans doute été plus égal, elle ne se serait pas sentie aussi soumise, aussi amorphe, presque inutile durant ces étranges jeux qui auraient dû, du moins lui semblait-il, être plus égaux, en tout cas plus justes pour elle. Elle se sentait accessoire à ce qui se passait dans son propre lit, là était le nœud du problème. Et ça n'avait rien à voir avec quelque culpabilité que ce soit. La religion, le jugement de la société sur la femme qui se permet de faire ces choses-là en dehors du mariage, ces préoccupations étaient bien loin d'elle à ce moment-là. Non, c'était bien leur position dans le lit qui la choquait, elle clouée sur le dos et lui la surplombant de toute son importance d'homme en santé et seul maître de leurs agissements, alors que son rôle à elle ne consistait qu'à le suivre sans jamais prendre le contrôle de la situation.

Elle avait essayé de le faire bouger, de le retourner sur le dos, mais il l'avait renfoncée un peu plus dans le matelas en poussant sur ses épaules avec ses mains. Alors elle avait abandonné, fermé les yeux et attendu que tout ça finisse. Sa barbe, soyeuse, lui chatouillait la joue, l'odeur de pommade avait disparu, remplacée par une forte odeur d'homme, la façade si bien érigée à grands coups de brosses et de produits sans doute très dispendieux avait disparu pour faire place à un simple homme tout nu.

Et lorsqu'il avait atteint le paroxysme, nerfs tendus, agité de soubresauts d'épileptique en pleine crise et bouche grande ouverte, elle avait failli rire. Mais elle avait deviné qu'il se sentirait insulté dans sa virilité s'il s'en rendait compte et avait plaqué une main sur sa bouche. Il s'était écrasé sur elle, le souffle court, tout en sueur, en lui disant qu'il espérait que ça avait été aussi bon pour elle que pour lui. Pauvre homme. Elle lui avait laissé ses illusions en lui murmurant à l'oreille que ça avait été formidable. Il s'était retiré, s'était tourné sur le dos, encore frémissant. Quelques minutes plus tard, il dormait déjà. Et le concert de ronflements avait commencé.

Elle devra le réveiller bientôt pour lui demander de partir. Il ne faut pas que les voisines, levées tôt et vite le nez à la fenêtre, le voient quitter son appartement au petit matin. Les ragots fuseraient de toutes parts et sa réputation de demoiselle seule, donc chaste, serait ruinée à jamais. La condamnation entre femmes est une chose terrible et Teena ne veut pas perdre l'estime du voisinage.

Elle regarde son beau profil. Comment ils disent ça, dans les romans? Un profil de médaille, voilà, un profil de médaille. Elle sourit. Il a peut-être un profil de médaille, mais il n'en mérite pas, de médaille, quand il fait l'amour! Juste quand il parle!

L'homme qui lui avait fait un enfant, cinq ans plus tôt, non plus, d'ailleurs. C'est alors qu'une tonne de briques lui tombe dessus: le danger de tomber enceinte de ces jeux en fin de compte si peu gratifiants. Elle se lève et traverse l'appartement en courant pour aller se laver dans la salle de bains.

Elle ne pense presque plus à la guerre. Elle sait maintenant que les Allemands ne viendront pas jusqu'à Montréal, que sa famille n'est pas en danger. Qu'elle ne l'a d'ailleurs jamais été. La peur de l'année dernière s'est donc évanouie au fur et à mesure que les nouvelles, toujours terribles et sanglantes, arrivaient d'Europe où, disait-on, le conflit allait se confiner. Elle a suivi, sans trop le comprendre, le récit pigé ici et là que ses tantes et sa mère faisaient des combats en Pologne, Varsovie qui tient encore bon contre les assauts des hordes allemandes, la description de la fin tragique du steamer anglais *Clintonia* coulé par un sous-marin ennemi il y a quelques jours, le 2 août. Elle n'arrive pas, bien sûr, à saisir les enjeux de cette catastrophe mondiale, elle est trop jeune et pas assez renseignée. Sa mère s'est contentée de lui dire, quand elle lui a posé la question, que la guerre, c'était toujours la même chose : deux gangs d'hommes orgueilleux et arrogants qui voulaient se montrer les plus forts en essayant par tous les moyens et de façon définitive de voler tout ce que les autres possédaient. Rhéauna, pour sa part, trouve que cette interprétation simpliste n'explique pas, n'excuse pas, surtout, les centaines de milliers de morts, les villes détruites, les vies brisées. Tout ça juste à cause de l'orgueil des dirigeants? Est-ce que c'est possible? Les rois, dans les romans qu'elle dévore depuis un an, partent en guerre pour agrandir leur territoire et souvent parce qu'ils manquent d'argent ; est-ce la même chose aujourd'hui? Les Allemands manquent-ils d'argent au point de vouloir envahir tous les pays autour pour les voler? Et pourquoi les laisse-t-on faire? Sa tante Titītte a dit qu'il est possible que les États-Unis se mêlent de tout ça d'ici quelques semaines. Est-ce que le danger que les Allemands débarquent dans son pays peut revenir parce que les États-Unis ne se seront pas mêlés de leurs affaires? Et est-ce que ça peut être leur rôle, comme le prétend la sœur aînée de sa mère, d'empêcher les Allemands de tout détruire en sauvant le monde de leur joug? Encore des questions sans réponses.

Au moins, si la guerre se déclare pendant la semaine de vacances à Duhamel, sa famille sera à l'abri. Et si la guerre s'installe, ils resteront tous les cinq à la campagne, bien cachés. Protégés. Elle a un peu honte de cette pensée qu'elle trouve égoïste, lâche, et s'efforce de penser à autre chose.

Elle n'arrive pas à dormir depuis que sa mère lui a appris la bonne nouvelle. Elle gigote sans arrêt dans son lit, essaie de contrôler sa respiration, serre fort les yeux; le sommeil ne vient pas. La possibilité de quitter enfin la grande ville après en avoir été prisonnière pendant deux longues années l'a projetée dans un intense état d'exaltation. Qu'est-ce qui a pu faire changer d'idée à sa mère si vite? Maria a refusé de le lui expliquer, se contentant de répondre que c'était vrai, en fin de compte, que ça leur ferait du bien, à tous les trois, le soleil, la montagne, l'odeur des épinettes, tout ça, qu'elle avait bien réfléchi, qu'elle ne pourrait pas passer une bonne semaine en sachant que ses enfants crevaient dans la chaleur humide de la ville pendant qu'elle se prélassait dans une chaise longue en compagnie de ses deux sœurs. À rire! Elle avait un tel besoin de rire! La culpabilité serait trop grande. Elle prétendait qu'elle s'était rendu compte, en pensant à tout ça pendant son travail, ce soir, que Nana avait raison: ils avaient *tous les trois* besoin de vacances, pas juste elle.

Mais Rhéauna est sceptique. Jamais sa mère ne change d'idée de façon aussi radicale en si peu de temps. Que s'est-il passé pour la faire réfléchir et revenir sur sa décision? Quelqu'un est-il intervenu? Une de ses tantes? (Teena et Tititte lui ont promis, chacune à son tour et en secret, qu'elles feraient tout pour que Rhéauna et Théo les accompagnent à Duhamel.) Celle qui est intervenue a-t-elle réussi là où Rhéauna a échoué depuis de longues semaines? En un seul soir? Et au Paradise où jamais, jamais dans cent ans, sa tante Tititte ne mettrait les pieds, pas même pour tout l'or du monde? Ce n'est donc pas elle. Teena, alors? Non. Teena ne peut pas convaincre Maria de quoi que ce soit, même si elle passe des soirées entières à essayer lors des parties de cartes des sœurs Desrosiers. Tout ça cache donc quelque chose d'autre. Et Rhéauna voudrait savoir quoi.

Il n'a pas été facile de le tirer du lit. Il aurait volontiers continué à cuver son vin, éjarré tout nu qu'il était dans des draps frais – la nuit avait été presque froide – qui sentaient le muguet ou le lilas, en plus des odeurs que leurs corps y avaient laissées, bien sûr, et qui lui rappelaient son statut d'homme en santé. Il ne comprenait pas pourquoi les femmes avaient tendance à se laver après l'amour; lui aimait bien se prélasser dans les arômes épicés et les souillures humides. Il trouvait là récompense à la tâche accomplie et il préférait le sommeil qui sent la sueur du plaisir à celui qui fleure bon le savon.

Mais Teena venait le secouer toutes les cinq minutes et il a fini par se résigner en grognant.

« Il fait encore nuit.

— C'est ben pour ça que je vous réveille... J'ai pas envie que quelqu'un vous voie sortir de la maison...

— Si par hasard quelqu'un me voit maintenant, on va me prendre pour un voleur, ce qui n'est guère mieux...

— Tout le monde dort à cette heure-là...

— Il suffit d'une malchance...

— Vous me l'avez déjà servie, celle-là, quand vous m'avez offert de venir me reconduire... Vous vous répétez. »

Elle a retiré le drap d'un seul mouvement et l'a roulé en boule avant de le jeter dans un coin.

« J'veux que vous soyez parti avant une demi-heure. Après ça, je serais obligée de vous garder prisonnier toute la journée, oubliez pas que c'est samedi pis qu'y est pas censé avoir d'homme ici!»

Il s'est levé en vitesse à la perspective de passer toute une journée enfermé dans ce petit appartement avec cette femme dont il a en fin de compte tiré tout ce qu'il attendait d'elle et est parti en tremblant à la recherche de ses vêtements éparpillés un peu partout dans la pièce.

Elle lui a quand même préparé un café pendant qu'il s'habillait et faisait un brin de toilette.

Teena s'est dit qu'il avait pourtant fière allure dans son costume de monsieur chic, malgré les cernes sous les yeux et le teint gris, lorsqu'il est revenu à la cuisine, droit et fier, comme s'il venait d'accomplir un exploit. Conquérant. Il avait l'air conquérant. Et pourtant...

Il a laissé échapper un petit rire moqueur lorsqu'elle est venue poser la tasse devant lui.

«Vous n'avez pas peur que les voisins sentent l'odeur du café? Qu'est-ce qu'ils pourraient penser...

— J'ai le droit de boire du café la nuit! Pis vous pouvez rire de moi si vous voulez, mais dites-vous ben que c'est moi, pas vous, qui aurais à subir les sarcasmes pis les insultes si ce qu'on a fait cette nuit finissait par se savoir.

— C'est vrai. Vous avez raison. Excusez-moi.»

Il a bu quelques gorgées, incapable de retenir une grimace. Le café n'était sans doute pas à son goût. Teena en a été un peu choquée parce que tout le monde la complimente toujours sur son café, surtout ses sœurs qui en consomment des quantités énormes pendant leurs parties de cartes.

«Si vous le trouvez trop chaud, je serai pas choquée que vous le buviez pas. On n'a pas le temps de le laisser refroidir.»

Il a soupiré, pris son chapeau qu'il avait posé à côté de lui sur la table.

Ils sont maintenant face à face dans le petit vestibule de l'appartement. Teena ne sait pas trop quoi lui dire. Elle suppose que la politesse voudrait qu'elle le remercie, mais elle ne se décide pas parce qu'elle n'a pas du tout passé la nuit de rêve qu'il croit avoir livrée dans son orgueil de mâle. Elle pourrait mentir. Après tout, c'est ce que les femmes font la plupart du temps. Du moins d'après les conversations voilées qu'elle a surprises au cours des années. Mais elle n'en a pas le goût.

Il se lisse les moustaches pendant qu'elle ouvre la porte.

« Je ne vous embrasse pas, mademoiselle Desrosiers, je ne me suis pas brossé les dents. »

Elle hausse les épaules.

« Moi non plus, tant qu'à ça… »

Il se rend aussitôt compte de sa bévue : en effet, seuls les dandys comme lui ont pris l'habitude, depuis quelques années, de se brosser les dents. Le reste de la population, comme ils s'amusent souvent à se le dire entre eux avec un petit sourire supérieur, ses amis et lui, continue à puer de la bouche. Pourtant, il n'a rien remarqué pendant la nuit… L'alcool, peut-être, ou bien les cigarillos qui ont peut-être fini par lui brûler les papilles… Sans doute l'excitation. Ou alors l'instinct animal qui remonte à la surface, balayant toute velléité d'évolution.

Il met son chapeau. Lui refait le coup du baise-main.

Elle se glisse dehors avant lui, regarde de chaque côté. La rue Fullum semble vide. Aucune lumière n'est encore allumée. Par chance, les gens vont dormir plus tard, ce matin.

« Allez-y, y a personne… »

Un dernier sourire moqueur.

« Les voisins vont entendre le bruit de mon automobile.

— Au moins y sauront pas que vous sortez d'ici. »

Il descend les quelques marches qui mènent du perron au petit carré de gazon, devant la maison. Il se retourne une dernière fois, soulève son chapeau. Elle lui envoie la main avant de refermer la porte.

Le moteur fait un bruit d'enfer, pète, rate, repart. La moitié du quartier va se réveiller en se demandant qui se sert de son automobile si tôt un samedi matin. Des nez vont se coller à des fenêtres, des cous vont s'étirer, la ronde des cancans, des on-dit et des insinuations désobligeantes va entamer son tourbillon dévastateur et quelqu'un, n'importe qui, peut-être elle, va devoir payer.

Il lui semble qu'elle devrait ressentir de la culpabilité, elle a enfreint à peu près toutes les lois qu'une femme qui se respecte doit suivre, alors que, au contraire, c'est un immense soulagement qui lui tombe dessus. Comme si elle venait d'échapper à un grave danger.

Jamais plus dans ces conditions-là. Jamais plus.

«Théo pis moi, on va à la campagne juste parce que les machines peuvent pas se rendre jusqu'à Duhamel?

— C'est pas ça que j'ai dit!

— Oui, c'est ça que t'as dit!

— J'ai dit que ça m'avait fait réfléchir!

— Si les machines avaient pu se rendre jusque-là, t'aurais pas réfléchi pis on serait pas allés, c'est ça?»

Et voilà, c'était reparti.

Elles avaient pourtant décidé de profiter de ce que Théo dormait encore à huit heures du matin, événement rarissime, pour prendre un petit-déjeuner à deux sur la galerie d'en arrière qui surplombe la cour remplie de glaïeuls de madame Desbaillets. Maria avait fait du pain doré, une de ses spécialités du matin, et permis à Rhéauna de prendre une tasse de son fameux café qu'elle appelle la «dynamite des Desrosiers». Voyant que même l'odeur des tranches de pain plongées dans un mélange d'œufs battus et de lait puis jetées dans une poêle brûlante où grésillait déjà du beurre n'attirait pas son petit frère dans la cuisine, Rhéauna était allée vérifier s'il respirait encore. Elle était revenue en disant qu'il avait sans doute encore le nez bouché. Elles avaient ri, ce qui ne leur était pas arrivé depuis un bon moment, et s'étaient attablées en jasant.

La journée s'annonçait chaude, des nuages, lourds et noirs, pesaient sur la ville, annonciateurs d'orages d'août, souvent brefs mais violents. On allait avoir de la difficulté à respirer toute la journée tant l'air serait humide, puis on allait se plaindre, l'orage passé, qu'il faisait déjà froid le soir.

Elles avaient recouvert leur pain doré à point, noirci à l'extérieur et moelleux à l'intérieur, d'une épaisse couche de sucre d'érable et jeté sur le tout un filet de crème d'habitant dont le laitier avait laissé un demiard sur le pas de la porte, comme tous les samedis matins.

Le début de la conversation avait été des plus civilisé, pour une fois. Rhéauna était ravie de pouvoir aller à la campagne et avait renouvelé sa promesse de se faire discrète et de s'occuper de son petit frère, Maria parlait de longues promenades sur la route entre la maison de Teena et Duhamel, au milieu d'une forêt que sa sœur avait promise drue, sauvage et pleine de bonnes senteurs.

Puis, peu à peu, non pas de façon insidieuse mais juste parce qu'elle voulait savoir, Rhéauna s'était mise à poser des questions à sa mère et celle-ci, sans se méfier, avait fini par raconter sa conversation avec Charles Gill, les chemins de campagne trop raboteux pour une automobile, l'obligation, si on voulait se rendre sains et saufs, de prendre le train jusqu'à Papineauville, puis une charrette jusqu'à Duhamel. Et Rhéauna avait éclaté.

«Tu devrais être ben contente que j'aie eu cette conversation-là, au lieu de critiquer, Nana!

— Ben oui, mais c'est pas ça que tu m'avais dit qui s'était passé, au commencement! Tu me disais que t'avais réfléchi, que c'était venu de toi, que c'est toi qui avais décidé de nous emmener!

— C'est moi qui a décidé, aussi!

— Non! C'est pas toi! C'est les chemins pas carrossables entre Papineauville pis Duhamel!»

Maria prend une dernière gorgée de café, dépose sa tasse en la faisant claquer sur le bois de la table.

«Aïe! Veux-tu rester ici? Hein? C'est-tu ça que tu veux? J'peux encore changer d'idée, tu sais!

— J'ai pas dit que je voulais pas y aller, chus juste désappointée que tu m'ayes pas dit les vraies raisons!»

Furieuse, Maria se lève, se penche par-dessus la table et prend sa fille par les épaules.

«Rhéauna Rathier! J'ai pas de raisons à te donner sur rien de ce que je fais! Chus ta mère, c'est moi qui décide, pis t'as rien à dire là-dessus! J'ai eu la faiblesse de me confier à toi, j'ai eu la naïveté de penser que tu comprendrais, que tu serais capable d'apprécier le hasard qui a faite que tu peux venir à la campagne au lieu de moisir en ville dans la chaleur pis la poussière, pis tu me grimpes dans le visage! Pis que c'est ça, cette façon-là de me dire tu? Hein? Tous les enfants que j'ai connus disaient vous à leurs parents, moi la première, excepté toi! À partir d'à c't'heure, ma petite fille, tu vas me dire vous comme les enfants normaux! Tu vas me montrer un peu de respect! As-tu compris?»

Madame Desbaillets vient de sortir sur sa galerie, en levant la tête, l'air inquiet. Maria l'aperçoit du coin de l'œil et lui parle sans quitter du regard le visage de sa fille.

«Rentrez dans votre maison, madame Desbaillets. On est capables de s'arranger sans vous.»

Madame Desbaillets s'essuie les mains sur son tablier en baissant la tête.

«Tout le voisinage va vous entendre…

— Tout le voisinage va savoir que j'veux me faire respecter par mon enfant, c'est toute, ça me dérange pas!»

Rhéauna est au bord des larmes.

«T'es pas obligée de crier comme ça devant tout le monde…

— Nana! Qu'est-ce que je viens de dire? Dis-moi vous!»

Rhéauna la regarde droit dans les yeux.

«T'es sérieuse?

— Certain que chus sérieuse! Répète ta question en utilisant le vous!»

Cette fois, Rhéauna baisse les yeux.

«Vous êtes sérieuse?»

Maria se rend compte de l'absurdité de la situation. Demander à sa fille de la vouvoyer, tout d'un coup, à l'âge qu'elle a, alors qu'elle lui a toujours dit tu sans que ça la dérange! C'est ridicule, c'est même enfantin, mais, à son habitude quand elle sent qu'elle a tort, au lieu de se reprendre, elle en remet.

«Pis m'as te dire une autre affaire: à partir de tu-suite, pis jusqu'à ce qu'on parte, tu vas me faire le plaisir de pas revenir sur ce sujet-là! Ça me fait plaisir de vous emmener à la campagne, toi pis ton frère, mais si tu continues à me critiquer comme ça, ça va aussi me faire plaisir d'annuler vos belles vacances!»

Rhéauna quitte la table en emportant les assiettes.

«Dis-moi que tu m'as compris.»

Sa fille lui répond sans se retourner.

«Oui, moman, je *vous* ai compris.»

Théo se tient devant le poêle à bois, les mains posées contre la porte du four. Il se retourne vers sa sœur, sourit.

«Pain dowé?»

La dernière partie de cartes des sœurs Desrosiers avant leur départ pour Duhamel frise l'hystérie. Elles sont nerveuses, excitées comme des puces, incapables de se concentrer sur le jeu ; elles s'accusent mutuellement de tricher, elles crient, elles rient, Tititte avoue qu'elle prépare ses valises depuis des jours en se traitant de maudite folle, Maria raconte que Théo, qui ne sait pas ce qu'est la campagne, en bon petit produit de la ville, pense qu'ils s'en vont passer une semaine au parc Lafontaine parce qu'on lui a parlé d'arbres en abondance et de grands lacs, et Teena, dans le feu de l'action, finit par avouer ce qu'elle a fait avec Charles Gill après sa dernière visite au Paradise.

Jusque-là la conversation avait été débridée, personne n'écoutant personne, comme d'habitude, les rires ou les protestations fusaient au mauvais moment, on ne se rendait jamais jusqu'au bout d'un sujet, les dialogues s'entrechoquaient dans une joyeuse cacophonie pendant que le *pot*, au milieu de la table, grossissait en restant non revendiqué.

Mais quand la phrase fatidique est lancée par une Teena toute rougissante qui glisse son aveu entre deux répliques de ses sœurs en train de discuter sans s'écouter à savoir si on porte ou non le corset à la campagne, peut-être dans l'espoir qu'elles ne l'entendront pas, sa confession découlant plus du besoin de le dire une fois à haute voix pour s'en débarrasser que de celui de se confier à ses sœurs, un silence de plomb tombe sur la salle à manger de Maria. Les deux autres la regardent, les yeux ronds. Teena baisse les yeux, attendant l'anathème. Le silence s'étire, s'éternise, Teena est sur le point de se lever de table pour se sauver en courant, tant sa honte est cuisante, lorsque Maria éclate d'un beau grand rire pendant que Tititte, toujours la prude, pose ses deux mains sur son cœur. Leurs «T'as pas fait ça!» sont très différents mais fusent en même temps.

Maria jette sa levée sur la table.

«Je le savais!»

Teena pose ses cartes à son tour.

«Ça se peut pas... Tu pouvais pas savoir ça, on est pas partis en même temps, lui pis moi... Pis tu pouvais pas savoir qu'y m'avait attendue...

— Non, c'est vrai, je savais pas que c'était lui, mais t'aurais dû te voir la face quand on s'est revues!

— Ça paraissait quand même pas dans ma face des jours plus tard que j'avais fait ça!

— Ça paraissait comme le nez au milieu du visage, Teena!

— Ça se peut pas!»

Maria se penche vers elle, lui pose une main sur le bras.

«La culpabilité, ça paraît tout le temps. Je le sais, j'ai deux enfants. Tu me regardais pus en face, Teena, t'étais différente, j'ai tu-suite su qu'y avait quequ'chose... Pis tu t'es mis à parler...»

Elle s'arrête au milieu de sa phrase, ramasse ses cartes, fait semblant d'y replonger le nez.

«De quoi? De quoi je me suis mis à reparler?»

Maria soupire, regarde sa sœur en fronçant les sourcils.

«Tu parles presque jamais du petit Ernest, Teena. Pis là... tu t'es mis à parler des conséquences... des conséquences de faire ça... de ce que ça représentait d'avoir un enfant quand on n'est pas marié... Des problèmes que le petit Ernest avait représentés pour toi jusqu'à ce que tu décides de le confier à notre cousine Rose, à Duhamel... Comme si t'avais eu un secret à cacher, surtout comme si t'avais eu peur que tout ça se reproduise. C'tait pas mal évident, tu sais, t'avais la culpabilité imprimée dans le visage, pis j'ai fini par deviner... »

Teena baisse la tête. Elle va pleurer, c'est sûr. Maria se lève, contourne la table, lui passe le bras autour des épaules.

« Vous avez pas fait attention?

— Non. Pis c'tait même pas le fun... C'tait même pas le fun, Maria! Si y fallait que ça arrive une deuxième fois... »

Pendant ce temps-là, Tit除tte triture les manches de sa robe, comme si elle voulait les étirer jusqu'à ce qu'elles cachent ses mains.

« Des fois, je trouve que vous parlez comme des femmes sans morale... »

Les deux autres la regardent, choquées. Maria se redresse.

« Comment ça, des femmes sans morale! »

Tititte joue avec ses cartes, les fait claquer sur la table, ramasse les quelques sous qui restent devant elle.

« Je sais pas... vous parlez des conséquences, pis c'est vrai que ça serait terrible si y en avait, mais... vous parlez pas de... je sais pas... de la chose elle-même... On est quand même supposé attendre d'être marié pour faire ça, non? La première réaction que t'as eue, Maria, quand Teena nous a dit ça, ça a été de rire! Comme si c'était drôle! »

Maria se rassoit à sa place et ramasse le *pot* comme s'il lui revenait ou pour mettre fin à la soirée.

« Qu'est-ce qui te prend, donc, toi, tout d'un coup? Quel âge que t'as? La morale! La morale! Depuis quand que t'es scrupuleuse de même? Je savais que t'étais la plus *vieille fille* de nous trois, mais arrive un peu au vingtième siècle, Tititte! »

Et c'est reparti. Les trois voix s'élèvent dans la pièce en même temps, celle de Tititte plus haut perchée que d'habitude parce qu'elle se retrouve sur la défensive, celle de Maria pleine de réprobation sarcastique, une de ses grandes spécialités; quant à Teena, la pauvre, prise entre deux feux, elle se contente de lancer des phrases en contrepoint, s'adressant tantôt à l'une de ses sœurs, tantôt à l'autre, désolée d'être la cause d'une aussi rude discussion et convaincue, avec raison, qu'on ne l'écoute pas et qu'elle parle pour rien. Surtout que tout ça, les attaques lancées à l'emporte-pièce, les demi-réponses faites d'une voix mouillée, les rires méchants de Maria et les airs de sainte-nitouche de Tittite, ne mènera nulle part.

Mais peut-être qu'elles se chicanent comme ça parce qu'elles ne savent pas comment attaquer le sujet de front, qu'elles se contentent, en quelque sorte, de gagner du temps, c'est-à-dire Tititte et ses airs de grande dame, de façon à remettre à plus tard le vrai débat, après y avoir réfléchi chacune de leur côté, supposent-elles, la tête froide et l'esprit clair.

Pendant leurs vacances à la campagne?

Justement, Teena vient de frapper sur la table, trois coups brusques donnés avec son verre vide et qui font sursauter ses sœurs.

«Écoutez, là, je vous arrête!»

Les deux autres se taisent, rouges de confusion, Maria un peu honteuse de ce qu'elle vient de dire à sa sœur et dont elle ne pense pas la moitié, Tititte bouleversée à la fois des révélations de Teena et des attaques de Maria.

«Écoutez-moi ben… Chus désolée d'avoir parlé de ça. Ça m'a échappé parce que je suppose qu'y fallait ben que je le dise à quelqu'un… Mais je veux pus en entendre parler. M'entendez-vous? Surtout pas à Duhamel! On s'en va là en vacances, on s'en va pas là pour se chicaner ou pour s'inquiéter d'affaires qui vont peut-être pas arriver… Oubliez ça. Si vous êtes capables. S'il vous plaît.»

Tititte replace ses cheveux qui n'ont pourtant pas bougé au cours de la discussion, Maria sort une cigarette même si elle sait que ses sœurs détestent la voir fumer. Elle agite l'allumette, la jette dans le cendrier.

« Comment tu veux qu'on oublie ça !

— Je sais ben que vous pouvez pas l'oublier. Mais faites semblant. Au moins pendant les vacances...

— Ça sera pas facile...

— Dis-toi ben que ça va être encore moins facile pour moi... »

Tititte a rattaché son jabot de dentelle de couleur lilas qu'elle avait laissé pendre pendant la partie de cartes à cause de la grande chaleur qui régnait dans la cuisine et prend la parole en tant qu'aînée et, du moins le croit-elle, la plus raisonnable des sœurs Desrosiers.

« Faudrait prendre une décision avant de partir. C'est important. Pas de discussions sérieuses pendant toute la semaine à Duhamel. Sinon ça pourrait mal finir. On a décidé depuis des années, Teena pis moi, qu'on resterait pas ensemble parce qu'on risquerait de finir par s'entretuer, on t'a laissée vite vivre de ton côté à ton arrivée de Providence, Maria, parce que t'étais trop indépendante pour rester longtemps avec Teena, mais on a quand même décidé, y a quequ'semaines, de partir en vacances ensemble pour la première fois toutes les trois malgré le danger que ça pourrait représenter, ça fait qu'y faut faire attention ! Les soirées qui finissent mal, ici, à Montréal, c'est pas grave, on s'en va chacune de son bord pour ronger notre frein pis le lendemain on a toute oublié. Mais à Duhamel, au milieu des montagnes, à des milles pis des milles de la civilisation, ça sera pas possible... Si on fait pas ça, ça sera pas endurable pis on va passer des vacances épouvantables... »

Elle se tourne vers Teena, lui prend la main.

« Excuse-moi de t'avoir jugée comme ça au lieu de t'écouter... À partir d'à c't'heure, j'vas garder mes idées pour moi... C'est ta vie, ça me regarde pas, t'as ben le droit de faire ce que tu veux avec même si chus pas d'accord... »

Elle se lève, ramasse ses gants – elle en porte jusqu'en été, en fil de coton, mais tout de même ridicules selon l'avis de ses sœurs, même Teena qui a essayé de l'imiter et qui l'a bien regretté –, les enfile en prenant son temps, la bouche pincée et les sourcils tricotés serré.

Maria tousse dans son poing.

«Es-tu en train de nous dire que tu regrettes de venir en vacances avec nous autres, 'coudonc?»

Tititte secoue sa jupe comme pour la débarrasser de miettes ou de taches inexistantes, un geste qui exaspère toujours Maria parce qu'il implique qu'elle croit s'être salie dans sa cuisine pourtant si propre.

«Ben non. C'est pas ça que je dis.»

Un petit pli narquois lui fleurit au coin de la bouche.

«Mais on en reparlera en revenant...»

Maria sourit, ramasse les cartes, les remet dans la petite boîte de carton.

«Si tu veux savoir ce que je pense, ça risque d'être plate sur un temps rare, c'te petite semaine-là, si y a pas moyen de parler!»

Teena s'essuie les yeux.

«On peut quand même en parler un petit peu. Juste pour que la tension soye pas trop grande entre nous trois...»

Comme à l'accoutumée, Rhéauna a passé une partie de la soirée cachée derrière la porte de sa chambre à écouter ce qui se disait dans la cuisine. Elle en a entendu de bons bouts, en tout cas quand les trois femmes ne parlaient pas toutes en même temps. Elle a écouté les dernières nouvelles de la guerre – mais le sujet revient de moins en moins souvent dans la conversation. Elle a suivi avec une attention mitigée les anecdotes répétées semaine après semaine au sujet du travail, de ce qui se passe chez Ogilvy où sa tante Tititte vend des gants, au Paradise, le café chantant de sa mère, ou chez L. N. Messier où sa tante Teena vend des souliers. Elle s'est jointe aux éclats de rire qui montaient dans la pièce à la fin des quelques histoires salées, sans doute glanées au Paradise, que sa mère a racontées, même si elle n'en a pas compris le contenu sexuel – après tout, si les trois femmes riaient tant, ce devait être drôle ! Elle a une fois de plus admiré la voix si chaude de sa tante Tititte qui représente pour elle le comble du chic et de la beauté : elle utilise un langage parfois fleuri, elle sent bon, elle a affaire tous les jours à des dames riches et on dirait toujours qu'elle arrive d'un endroit fréquenté par le grand monde tant elle est bien habillée. Elle a même failli aller se coucher en se disant que rien de spécial ne serait dit ce soir-là. Mais elle a tout de même fini par froncer les sourcils et étirer le cou quand il a été question d'un poète, de ce qu'il avait fait avec sa tante Teena et, surtout, de quelqu'un appelé le petit Ernest et dont elle n'a jamais entendu parler.

Elle connaît son oncle Ernest, le frère aîné de sa mère, un géant qu'on ne voit pas souvent parce qu'il habite à l'autre bout de la ville, qui, semble-t-il, aurait été policier quelque part en Saskatchewan ou en Alberta et travaillerait maintenant dans un bureau de la Police montée, à Montréal. Elle en a d'ailleurs un peu peur parce qu'il parle fort et qu'il veut toujours se mêler de la vie de ses sœurs, leur prodiguant des conseils énoncés sur un ton docte et péremptoire dont elles s'empressent de rire aussitôt qu'il a le dos tourné. Il est grand et gros, ce doit donc être le grand Ernest s'il en existe un petit…

Mais qui est ce petit Ernest? D'après ce qu'elle a cru comprendre, deviner plutôt, parce que ce qui s'est dit était loin d'être clair, ce serait un enfant que sa tante Teena ferait garder à Duhamel par une cousine nommée Rose. De Rose, elle a déjà entendu parler, c'est une autre Desrosiers qui a erré une partie de sa vie avant d'aboutir, c'est Maria qui le dit, dans le fin fond des Laurentides avec un dénommé Simon, un bon à rien qui la laisse crever de faim. Sa mère a toujours dit que c'était une femme en même temps courageuse et comique et elle a bien hâte de la rencontrer… Quant au petit Ernest…

Sa tante Teena aurait donc un petit garçon! Mais on ne lui a jamais dit qu'elle était ou qu'elle avait été mariée! Est-elle veuve, comme sa mère? Et pourquoi elle ne le garde pas avec elle, son fameux petit Ernest, elle gagne bien sa vie, elle pourrait l'élever, sa mère le fait, avec elle et Théo! Est-ce qu'on peut avoir des enfants sans être marié? Et qu'est-ce que c'est que ce sujet honteux dont les trois femmes avaient parlé à mots couverts, qui s'était produit pendant la nuit, après une soirée passée au Paradise, et qui impliquait sa tante Teena et ce Charles Gill? Des bribes de romans qu'elle a lus lui reviennent, des récits d'amours impossibles, de passions incontrôlables, des couples séparés, des femmes qui pleurent, des chevaliers qui traversent des océans et des continents pour rejoindre leur belle, des femmes qui chutent, Patira dont on dit dans le livre de Raoul de Navery qu'il est *un enfant de l'amour...* Mais tout ça se passe ailleurs, dans d'autres pays, à l'autre bout du monde, dans le passé! Ce sont des histoires inventées! Est-ce que des événements comme ceux-là peuvent se produire ici, dans sa propre ville? Des passions dignes de romans écrits en Europe? Existe-t-il des femmes qui chutent et des Patira à Montréal? Ou à Duhamel? Aurait-elle un cousin qui serait, comme un héros de roman, *un enfant de l'amour*? Et qu'est-ce que ça veut dire, au juste, un enfant de l'amour? Sa mère lui a dit il n'y a pas longtemps qu'elle serait bientôt une femme et qu'il faudrait qu'elles aient une conversation sérieuse... Est-ce que ça a un rapport direct avec ce qui s'est passé entre sa tante Teena et ce Charles Gill et indirect avec le petit Ernest en question?

Est-ce que c'est tout ça qu'elle devrait écrire quand elle aura le courage de s'installer à nouveau devant une page blanche? Ce que les autres vivent et non pas juste ce qu'elle pense, elle?

Lorsqu'elle se recouche après avoir vérifié que Théo dort et qu'il est bien couvert, elle a la tête pleine d'interrogations qui s'entrecroisent et qui se recoupent. Un mélange de lectures non assimilées et d'émotions troubles, qu'elle ressent de plus en plus souvent devant certains chapitres de romans où il est question d'amour, la laisse confuse, déconcertée, étendue sur le dos dans son lit, sans espoir de sommeil et, elle se demande bien pourquoi, au bord des larmes.

Deuxième partie

UN PEU DE SOLEIL

Deux incidents aussi désagréables qu'inattendus se produisent le matin du départ.

Théo, pourtant toujours joyeux au saut du lit, se lève bougon, refuse qu'on change sa couche, prétendant qu'il ne l'a pas salie alors qu'il sent le pipi à plein nez – il fréquente son petit pot depuis quelques mois, mais il lui arrive parfois un accident pendant la nuit et Rhéauna ne le met jamais au lit sans le protéger, au cas où –, et s'arrête pile dans la cuisine devant les bagages entassés près de la porte. Et se met à hurler. Croit-il que sa mère et sa sœur vont l'abandonner, qu'elles vont partir sans lui, a-t-il seulement la notion de ce qu'est un départ en voyage ou un abandon? Rhéauna lui a expliqué à de nombreuses reprises qu'ils s'en vont tous les trois à la campagne, une espèce d'énoooorme parc Lafontaine où ils vont s'amuser pendant des jours et des jours à courir après des couleuvres et des lapins, pas très loin d'où se passe *Le petit chaperon rouge* – il n'est pas obligé de savoir que l'action de cette histoire se déroule dans un autre pays, à l'autre bout du monde, trois cents ans plus tôt –, il a semblé comprendre et avoir hâte de partir, mais voilà que devant les deux valises de sa mère, celle de sa sœur et son propre coffre de jouets d'où dépasse la tête de Nounours, son ours en peluche, sale et borgne, qu'il traîne avec lui depuis sa naissance et dont il refuse de se séparer, même pour le laisser monter au ciel des ours en peluche où, prétend Rhéauna, on lui remplacerait son œil manquant, il se met à donner des coups de pieds à sa sœur en criant des choses que ni Maria ni Rhéauna n'arrivent à comprendre. Il se jette ensuite sur son coffre de jouets, prend son ours, le serre contre lui en pleurant et va se réfugier dans la salle de bains.

À l'arrivée de Théo, Maria mangeait ses toasts tout en surveillant l'heure parce que monsieur Desbaillets doit venir les chercher à neuf heures pile. À son grand étonnement, elle avait bien dormi, se sentait reposée et même plutôt calme. La veille, Rhéauna lui avait réitéré une fois de plus sa promesse de prendre soin de son petit frère, répétant pour la centième fois qu'ils ne la dérangeraient pas ni l'un ni l'autre, trop heureux qu'ils seraient de gambader dans la nature – ses propres paroles, qui avaient fait froncer les sourcils de sa mère : où avait-elle pris ça, ce mot-là, *gambader*? –, et Maria avait décidé de la croire, de lui faire confiance, de ne pas se laisser gâter son plaisir de partir juste au cas où un événement déplaisant pourrait se produire à Duhamel. Et voilà que ça explosait avant même le départ!

Elle quitte la table, traverse l'appartement, va frapper à la porte de la salle de bains.

« Théo! J't'ai dit cent fois de pas bloquer la porte des toilettes en t'assoyant derrière! Ouvre ça tu-suite! »

Pas de réponse. Seuls des sanglots traversent la porte.

Maria se tourne vers sa fille.

« J'vas rester calme, Nana, je ferai pas de crise, mais laisse-moi te dire une chose : si c't'enfant-là est pas sorti des toilettes quand monsieur Desbaillets va arriver, j'vous sacre là tous les deux pis tu t'arrangeras avec tes troubles... »

Elle retourne à la cuisine après avoir frappé la porte de la salle de bains du plat de la main.

« J'vous donne dix minutes pour vous préparer. Pis je veux pas qu'y sente le pipi dans le char de monsieur Desbaillets qui a la gentillesse de faire le taxi pour venir nous reconduire à la gare Windsor!»

Rhéauna appuie le front contre la porte.

«Qu'est-ce qui se passe, Théo, hier t'étais content qu'on parte... Veux-tu qu'on en parle? Ouvre la porte, là...»

Maria se verse une tasse de café, la troisième en une demi-heure. Elle va sans doute avoir des palpitations et son humeur va s'en ressentir, mais c'est tout ce qu'elle trouve à faire pour s'empêcher de jeter les bagages par la fenêtre du deuxième étage et d'appeler ses sœurs pour tout annuler.

Une discussion serrée semble se dérouler entre ses enfants, presque une chicane. Elle entend Rhéauna supplier, puis menacer, changer de ton une fois de plus pour prendre cette voix raisonnable à laquelle Théo se montre si souvent sensible. Pourquoi n'a-t-elle pas commencé par là? Il se serait peut-être rendu plus vite à ses arguments.

Elle entend la porte de la salle de bains s'ouvrir, se retient pour ne pas aller brasser le petit sacripant qui s'arrange pour gâcher les vacances avant même qu'elles ne commencent.

D'autres échanges, à voix basse ceux-là, un nez qu'on mouche, un rire ou deux – ils ont le front de rire après lui avoir fait une telle peur! –, Théo qui parle de Nounours avec une voix ferme, presque péremptoire, puis c'est le silence. Ils sont partis se préparer. Monsieur Desbaillets va arriver d'une minute à l'autre. Maria se lève et se met à sortir les bagages sur la galerie. Monsieur Desbaillets stationne toujours sa grosse voiture dans la ruelle derrière la maison même s'il n'en a pas le droit. Il leur a donné rendez-vous au pied de l'escalier de bois qui mène de l'appartement de Maria au jardin où poussent les glaïeuls de sa femme. Il est déjà là. Il lui envoie la main en lui criant qu'il va monter l'aider. Sa femme est en train de couper une énorme brassée de glaïeuls.

Au moment où Maria finit de sortir les valises, Rhéauna revient, Théo dans les bras. Celui-ci a le nez rouge, des larmes mouillent encore son visage, mais au moins il ne pleure plus. Il tient son ours en peluche serré contre lui. Rhéauna le dépose au milieu de la cuisine.

« Faudrait quand même le faire manger un peu... »

Maria soupire, sort sur la galerie, se penche sur la rampe.

« Donnez-nous encore un petit quart d'heure, monsieur Desbaillets, Théo a pas encore mangé. »

Rhéauna s'affaire déjà. Après avoir posé deux tranches de pain sur le poêle à bois, elle sort le lait et le beurre de la glacière, soulève ensuite son frère pour l'installer dans sa chaise haute, lui noue une bavette propre autour du cou. Il réclame Nounours, elle le lui donne.

« Ça sera pas long, mon Théo. On va manger des belles toasts. Mais salis pas ton ours, par exemple. Y est assez sale comme y est là... »

Maria se dit que s'il refuse de manger elle va le jeter par la fenêtre, se trouve stupide de penser une chose pareille, s'assoit à côté de lui, l'embrasse sur le front.

« Tu nous en fais vivre des affaires, toi... »

Elle lève ensuite la tête en direction de Rhéauna.

« As-tu fini par comprendre c'qu'y avait, Nana? »

Sa fille sort les tranches de pain du toaster en les faisant sauter dans ses mains pour ne pas se brûler. Elles sont à peine dorées, encore molles, comme les aime Théo.

« Pauvre lui. Imagine-toi donc qu'y a pensé que nos valises étaient des vidanges pis qu'on voulait jeter son ours en peluche! Pis tous ses jouets! »

Maria se penche sur son fils, le serre dans ses bras.

« Voyons donc, Théo, tu sais ben qu'on ferait jamais ça... T'aimes trop ton Nounours pour qu'on le mette dans la poubelle! On a préparé une belle boîte de bebelles pour que tu t'ennuies pas, à Duhamel. T'es pas content? »

Il se débat, la repousse un peu pour se jeter sur les toasts qui dégoulinent de beurre et de confiture de fraises. Rhéauna dépose un verre de lait sur la tablette de sa chaise haute.

« Mange pas trop vite, là. Faudrait pas que tu soyes malade dans la machine de monsieur Desbaillets! »

Elles sourient toutes les deux, soulagées. Un drame a été évité, les vacances peuvent commencer.

Le voisin, tout propre pour une fois, se tient derrière la moustiquaire de la porte de la cuisine.

« C'est la dernière valise, madame Rathier… J'vas vous attendre dans le char. Mais dépêchez-vous pas trop, ayez pas peur, on est loin d'être en retard, vous manquerez pas votre train… »

Rhéauna lave le couvert de Théo avant de partir. Elle n'a pas envie de trouver l'évier plein de bibittes à leur retour. Quant à son petit frère, il semble avoir oublié l'incident qui lui a fait si peur un peu plus tôt et gazouille dans les bras de sa mère, toujours en tenant son ours en peluche serré contre lui, comme s'il avait peur qu'on le lui enlève. Maria lève les yeux au ciel.

« C't'ours-là pue comme le yable! J'espère qu'y va le perdre dans le fond des bois! Pis qu'on le reverra jamais! Y pourrait pas s'intéresser à des affaires qui sentent moins fort, non? On pourrait peut-être s'arranger pour le perdre, à'campagne! »

Théo ouvre la bouche pour pleurer. Elle se met à l'embrasser partout.

« Ben non, ben non, c'une farce! T'sais ben que je parle souvent pour rien dire… Tu vas le ramener de la campagne, ton maudit ours, tu vas même encore l'avoir le jour de ton mariage! »

Elle rit de son bon mot et ne jette pas un seul regard derrière elle avant de quitter l'appartement.

La porte verrouillée, vérification faite que le poêle est bien éteint et que le plat de récupération d'eau de la glacière ne risque pas de déborder quand la glace aura fondu – elles ont déjà mis les denrées périssables à la poubelle –, elles descendent l'escalier, excitées et le cœur battant à la perspective des aventures qui commencent.

Et c'est là que le second incident se produit.

Monsieur et madame Desbaillets les attendent, lui, raide comme une barre, presque au garde-à-vous à côté de la porte arrière de sa voiture, prêt à l'ouvrir, elle, les bras pleins d'énormes glaïeuls roses, jaunes et bleus qu'elle tend à Maria en faisant une courbette qui se veut sans doute une sorte de révérence.

« T'nez, madame Rathier. J'ai pensé que ça vous ferait plaisir... »

Maria reste quelque peu figée pendant que sa voisine lui met le gigantesque bouquet dans les bras.

« Voyons donc, madame Desbaillets, qu'est-ce que vous voulez que je fasse avec ça! »

De toute évidence offensée de l'accueil fait à ses fleurs, madame Desbaillets pince les lèvres.

« Ben... J'ai pensé... J'ai pensé que ça vous ferait plaisir... Des belles fleurs, ça fait toujours plaisir, non?

— Ben oui, mais où c'est que vous voulez que je mette ça, dans le train! On aura pas de place! J'm'en vas à la campagne, madame Desbaillets, à la campagne, pis vous me donnez des fleurs! C'est là qu'y poussent, les fleurs! J'vas avoir des montagnes pleines de fleurs, madame Desbaillets, les glaïeuls vont me sortir par les oreilles, à la campagne, que c'est que vous voulez que je fasse avec ceux-là! »

Madame Desbaillets porte la main à son cœur, recule de quelques pas.

« C'tait pour le voyage... J'pensais que ça vous ferait plaisir...

— C'est pas que ça me fait pas plaisir, j'trouve juste que ça a pas de bon sens! »

Rhéauna tire sa mère par la manche de son manteau. Maria se rend compte qu'elle a encore réagi trop vite, qu'elle a encore été brusque avec sa voisine qui ne faisait que lui montrer son affection, après tout, mais elle juge qu'il est trop tard pour revenir en arrière et entre dans la voiture sans présenter d'excuses et sans dire merci. Rhéauna fait un geste d'impuissance en direction de la voisine. Elle s'approche d'elle, l'embrasse sur la joue.

«C'est pas de sa faute. Est ben nerveuse. Vous comprenez, c'est la première fois qu'on part en vacances, comme ça...»

Madame Desbaillets s'essuie les joues.

«C'est pas une raison pour être bête de même!»

Elle se mouche, vérifie avant de replier son mouchoir ce qu'elle vient d'y laisser – ce geste, fréquent chez elle, exaspère toujours Rhéauna qui se dit qu'il faudrait bien qu'elle lui en parle, un jour, même si ce ne serait pas très poli – et semble se rappeler d'une chose importante qu'elle allait oublier.

«Pis tes livres? T'es as pas oubliés, au moins!»

Rhéauna sourit.

«Pensez-vous! J'en ai un dans ma poche de manteau, pour le train, pis l'autre je l'ai serré dans le fond de ma valise...

— Juste deux? Vas-tu en avoir assez?

— C'est deux gros. Pis j'vas avoir Théo à m'occuper pendant toute la semaine. J'ai ben peur de pas avoir beaucoup de temps pour lire...»

Maria a sorti la tête par la fenêtre ouverte de l'automobile.

«Nana! On a un train à attraper, là, nous autres!»

Rhéauna embrasse madame Desbaillets une dernière fois en lui chuchotant à l'oreille:

«Est-tait ben contente, vous savez... même si ça paraissait pas...»

Elle monte à côté de sa mère, prend son petit frère sur ses genoux, envoie la main.

Le moteur fait quelques embardées avant de partir. Monsieur Desbaillets sacre, s'excuse auprès des dames, s'essuie le visage.

«Y me fait ça juste quand chus pressé, le tabarnac!»

Il s'excuse encore une fois sous les yeux furieux de sa femme.

Maria sort la tête une deuxième fois.

« Merci beaucoup, madame Desbaillets. Excusez-moi, chus nerveuse. Vous comprenez, c'est la première fois qu'on part en vacances en famille, comme ça… J'étais ben contente, même si ça a pas paru… »

Tititte et Teena les attendent déjà au milieu de la salle des pas perdus de la gare Windsor, endimanchées, raides comme des piquets, leurs bagages étalés autour d'elles. On jurerait que Tititte part pour deux mois tant sa valise, un coffre de bois aux coins cloutés de métal, est énorme. Elle ne l'a pas ressortie depuis son retour d'Angleterre, des années plus tôt, et a préféré l'utiliser plutôt que de s'acheter une valise plus petite, dépense à son avis inutile pour un simple déplacement d'une semaine. Il est imposant mais il ne contient pas grand-chose, Tititte ayant décidé que la plupart de ses vêtements étaient trop chic pour la campagne. Une ou deux vieilles robes de coton, un seul chapeau, des gants pour la messe, au cas où, une tenue de bain – en fait une robe d'été qu'elle ne porte plus depuis longtemps – si jamais elles décident, ses sœurs et elle, d'aller barboter dans le lac Long. Elle a vu les porteurs froncer les sourcils à son arrivée ; le chauffeur de taxi les a cependant rassurés en leur disant que le coffre était plus encombrant que pesant. Quant à Teena, habituée d'aller à Duhamel visiter son fils, elle traîne avec elle trois petits sacs de cuir bruns, vieux et mous, qui se transportent facilement et qu'elle peut garder à ses pieds s'il y a beaucoup de monde dans le train et que les filets au-dessus des têtes des voyageurs sont bourrés. En plus de vêtements de rechange et d'objets de toilette, ils contiennent des cadeaux pour le petit Ernest qu'elle couvre de présents pour forcer, elle en a bien conscience, une affection qu'il porte plutôt à sa tante Rose, celle qui l'élève et qu'il appelle parfois sa vraie mère pour la faire souffrir, elle.

En apercevant ses deux tantes, Théo lance de grandes exclamations d'enfant excité et se jette dans leur direction. Elles le soulèvent, l'embrassent, le brassent. Il gigote et rit en secouant son ours en peluche par l'oreille. Une mêlée de bras et de chapeaux se forme près des guichets pendant qu'un nœud de rires et de cris s'élève sous la voûte de métal ajouré : les sœurs Desrosiers partent en vacances et veulent que ça se sache. Tout le monde les regarde, quelques personnes s'arrêtent, pensant sans doute qu'il s'agit là de retrouvailles des membres d'une famille qui ne se sont pas vus depuis longtemps. Une femme essuie une larme. Les sœurs Desrosiers pouffent de rire.

Les effusions terminées, le calme revenu, Rhéauna jette un coup d'œil en direction du guichet où, il y a tout juste un an, elle a essayé d'acheter trois billets pour la Saskatchewan avec moins d'argent qu'il n'en aurait fallu pour en payer un. Non, ce n'est pas le même vendeur qui tend le cou vers eux en fronçant les sourcils. Elle ne prend pas de chance et tourne le dos aux cages de métal et de marbre. On ne sait jamais, il est peut-être à un autre guichet, il pourrait la reconnaître, lui poser des questions... Elle a hâte qu'ils descendent à l'étage inférieur où les attend leur train. Théo est revenu vers elle, lui a pris la main.

Sa mère la regarde d'une drôle de façon. Elles n'ont jamais reparlé de sa fugue de l'année précédente. À son retour à la maison, ce jour-là, la discussion avait été longue, presque violente. Maria avait éclaté en reproches, en menaces, elle avait décrit les dangers qui guettent les petites filles qui se promènent toutes seules dans la rue, les hommes dangereux qui sillonnent la ville à la recherche de victimes, de préférence jeunes, son inquiétude quand midi avait passé alors que Rhéauna n'était pas encore revenue. Mais après avoir écouté le récit de sa fille, les raisons pour lesquelles elle s'était rendue à pied jusqu'à la gare Windsor, son ennui de la Saskatchewan et des êtres qu'elle y avait laissés, son projet de les sauver tous les trois de la guerre en les entraînant là où les Allemands ne risquaient jamais de mettre les pieds, elle l'avait prise dans ses bras et l'avait serrée contre elle pendant de longues minutes en pleurant. Si Rhéauna n'avait à peu près rien compris au discours qui avait suivi – des phrases sans queue ni tête, des mots bredouillés qui ressemblaient à des excuses informes –, elle en avait pourtant deviné le sens. Elle avait ressenti le désarroi de sa mère, son impuissance, la détresse qui rôdait au fond de son cœur, surtout quand elle «regardait ailleurs» pour s'étourdir et oublier. Sa mère, pourtant bouleversée, l'avait ensuite punie. Pas de dessert pendant un mois, pas de sorties, surtout seule, jusqu'au commencement de l'année scolaire, pas de vues animées – elle lui avait pourtant promis de l'emmener au théâtre Français voir un mélodrame qui, semblait-il, faisait sangloter l'Amérique au grand complet – et pas de lecture pendant une semaine. Livres confisqués. Rhéauna avait tout subi en silence, convaincue d'avoir mérité ces punitions. La semaine sans lecture s'était plutôt bien passée, mais le mois sans dessert avait été un des plus longs de sa vie.

Maria se penche vers sa fille, lui touche l'épaule.

«Tu te caches, hein?»

Rhéauna rougit d'un seul coup. Sa mère sourit.

«Penses-tu qu'y peut se rappeler de toi un an plus tard?»

Rhéauna montre la robe qu'elle porte.

«C'est la même robe rouge que l'année passée. J'avais oublié que je la portais quand...

— Les hommes, ça remarque pas ça, les robes, Nana. Ça doit faire longtemps qu'y a oublié la tienne... Pis si jamais y osait te dire quequ'chose, j'y dirais ma façon de penser, moi... Ce qui s'est passé, ça le regarde pas, c'est entre nous autres...»

Rhéauna sauterait au cou de sa mère, mais elle se retient.

Le porteur commence à empiler les bagages sur son chariot. C'est un vieux Noir tout courbé aux cheveux frisés gris qui s'efforce de leur parler en français sans toutefois y parvenir. Il se trouve drôle et rit à tout ce qu'il dit.

Tout à coup, Teena lance un petit cri, ouvre son sac, fouille pendant quelques secondes.

«En parlant de rouge… Je le savais! J'ai oublié mes petites pilules rouges!»

Tititte hausse les épaules.

«Voyons donc, Teena, t'as pas besoin de ça!»

Maria lève les yeux au ciel.

«T'es la femme la plus en forme que j'ai jamais rencontrée, Teena!»

Teena semble désespérée.

«Chus pas si en forme que ça, vous saurez! Pis si chus un peu en forme, c'est à cause de mes pilules rouges, justement. Que c'est que je vas faire? Y a pas de pharmacie à Duhamel! C'est juste si y a un cimetière!»

Maria, qui ne voit pas le rapport entre une pharmacie et un cimetière, éclate de rire.

«C'est bon pour les vieilles femmes, ça, les pilules rouges!

— C'est bon pour les femmes de tous les âges, tu sauras! On sait pas quand l'anémie peut nous tomber dessus! C'est écrit dans *La Presse* tous les jours!

— C'est une annonce, Teena! Y veulent te vendre des pilules, c'est sûr qu'y vont essayer de te faire accroire que t'en as besoin! Pis as-tu vu la tête de la femme, dans l'annonce? Elle a au moins dix ans de plus que nous autres! C'est des pilules de petites vieilles, Teena, des pilules pour les femmes qui sont pus bonnes à rien!

— C'est ben pas vrai! Y paraît que c'est bon pour… T'sais ben, pour ce qui nous arrive une fois par mois…

— Ça risque justement pas de t'arriver ce mois-ci, Teena, d'après ce que tu nous as conté... »

Teena donne un grand coup de sac à sa sœur.

« On a dit qu'on parlait pus de ça ! Surtout devant les enfants. »

Maria rit de bon cœur.

« Tu te fais avoir, Teena. C'est de l'argent gaspillé.

— Mais ça me donne des forces ! C'est plein de... de... j'sais pus trop, là, de minéraux, je pense... Ça a l'air que les femmes ont besoin de minéraux, en vieillissant, pour survivre à la vie moderne, pis que ces pilules-là en sont pleines !

— Ben, tu grugeras une barre de fer en arrivant à la campagne, c'est toute. Est-tu fatiquante avec ses pilules rouges ! En attendant, marche, le train attendra pas... J'te trouve assez folle, des fois... »

Ils se dirigent vers l'escalier pendant que le porteur emprunte l'ascenseur après avoir vérifié le numéro du quai de départ de leur train. Teena traîne derrière en regardant de tous côtés dans l'espoir de trouver un endroit où elle pourrait acheter ses pilules rouges. Il y a bien un kiosque à journaux et un minuscule restaurant où on peut se procurer des sandwichs pour le voyage, mais il faudrait qu'elle sorte de la gare pour trouver une pharmacie et elle sait qu'elle n'en a pas le temps. Elle parle à ses sœurs qui sont trop loin pour l'entendre.

« J'peux pas passer toute une semaine sans mes pilules rouges, ça a pas de bon sens... Quand Simon va venir nous chercher, à Papineauville, j'vas y demander de s'arrêter dans une pharmacie... »

Rhéauna a attendu sa tante en haut de l'escalier de métal qui mène aux quais.

« C'est quoi ça, ma tante, des pilules rouges ? »

Teena redresse son chapeau qui commençait à lui glisser sur le front, prend Rhéauna par la main, la traîne derrière elle.

«C'est des pilules pour les femmes. C'est ben bon. Ça empêche l'anémie pis la dépression... Tu vas en avoir besoin, toi aussi, un jour...

— Vous êtes déprimée?

— Non...

— Vous faites de l'anémie?

— Ben non...

— Ben, pourquoi vous prenez ça, d'abord?

— On appelle ça de la prévention, Nana! C'est pour prévenir! Si je prends ça, je ferai jamais d'anémie pis je serai jamais déprimée! En tout cas, c'est ça qu'y prétendent dans l'annonce de *La Presse*...»

Elle s'arrête au milieu de l'escalier.

«C'est vrai que c'est niaiseux, quand on y pense. J'en ai peut-être pas besoin pantoute... Mais j'aime mieux pas prendre de chances...»

* * *

Une foule animée longe le train qui a commencé à gronder en lançant des panaches de fumée. Ça sent la houille brûlée et le métal chauffé.

Ils ont un compartiment de deuxième classe, dans un vieux wagon dont l'intérieur ressemble un peu à celui d'un tramway avec ses deux rangées de banquettes en paille tressée placées les unes derrière les autres, et une allée dans le milieu. L'inévitable couche de bran de scie recouvre le plancher. Ne pouvant pas s'entasser à cinq sur la même banquette, ils en ont investi deux qui se trouvent l'une derrière l'autre. Tititte et Teena sont installées sur celle d'en avant, elles doivent donc se tourner pour parler à Maria, ce qu'elles trouvent plutôt incommodant.

Il fait chaud malgré les fenêtres à demi baissées et certains voyageurs semblent déjà de mauvaise humeur. Le voyage jusqu'à Papineauville prendra plus de deux heures avec des arrêts un peu partout. Les enfants ont grimpé sur les banquettes et envoient la main à des gens qu'ils ne connaissent pas, les adultes ont déplié un journal ou ouvert un roman ou bien font semblant de dormir dans l'espoir que personne ne viendra s'asseoir à côté d'eux.

Quand le train fait sa première embardée, juste au moment où le quai commence à défiler sous leurs yeux, comme si les wagons n'avançaient pas à la même vitesse et s'entrechoquaient – quelques à-coups répétés qui font sursauter les passagers et se réveiller les faux dormeurs –, Théo lance un cri de joie.

* * *

Il est enchanté par tout ce qu'il voit : il ouvre de grands yeux lorsque le train quitte l'île de Montréal en traversant un long pont de métal qui enjambe le Saint-Laurent, il rit en la pointant du doigt quand il aperçoit sa première vache, il tape des mains devant quelques moutons, il sursaute et s'éloigne de la fenêtre si les arbres les plus près du bord de la route passent à toute vitesse en lui cachant le paysage, il attire l'attention de sa sœur sur des nuages noirs qui se forment au loin. Il n'a aucune notion de ce qu'il voit, c'est un enfant de la ville, il ne connaît rien de la nature, il vit dans une rue où les arbres sont rares et les maisons entassées les unes sur les autres. Rhéauna lui a bien promis un gros parc Lafontaine, mais il n'est pas sûr de se rappeler ce que c'est, au juste, un parc Lafontaine, ça fait trop longtemps qu'ils s'y sont rendus, sa sœur et lui. Alors, le nez collé à la fenêtre et malgré une envie de pipi qui se fait de plus en plus pressante, il dévore tout ce qui s'offre à ses yeux sans se poser de questions.

Les femmes ont pris leurs aises, c'est-à-dire que Tititte est un peu moins raide sur sa banquette, que Teena a délacé ses bottines neuves qui lui font mal – elle conseille chaque jour des tas de gens au sujet de leur choix de chaussures, sans presque jamais en trouver des confortables pour elle-même – et que Maria a allumé une cigarette. Quant à Rhéauna, si elle a sorti son livre, elle ne le lit pas, trop fascinée par la découverte du monde que fait son petit frère. Elle avait pensé qu'il gigoterait sans cesse, qu'elle serait obligée de s'occuper de lui, elle avait frissonné à l'idée qu'il fasse des crises parce qu'il trouverait le voyage trop long, et voilà qu'il se montre discret, en tout cas pour le moment, dressé sur le bout de la banquette, les deux mains posées contre la vitre de la fenêtre à demi baissée pour laisser entrer l'air, humant les odeurs qui proviennent des champs, de toute évidence heureux de voir ses premiers animaux vivants alors qu'il n'en connaissait jusque-là que les illustrations approximatives et toujours amusantes des livres pour bébés. Les reconnaît-il? Peut-il établir un rapport entre la vache rose qui sourit de toutes ses dents ou les moutons trop dodus et trop blancs qui se trouvent dans son livre sur les animaux de la ferme – d'ailleurs, comment un bébé de la ville peut-il savoir ce qu'est une ferme? – et ce qu'il voit passer dans son champ de vision pendant quelques secondes, entre les coups de fouets des arbres verts qui les dépassent à toute vitesse et les champs de blé d'Inde? Elle a elle-même eu un coup au cœur en apercevant des hommes, dans un champ, qui arrachaient les épis aux plants de maïs pour les lancer dans d'énormes charrettes où des femmes en chapeaux les cordaient comme des bûches. Les prairies. La corvée de blé d'Inde, à la fin août, si épuisante, le seul moment de l'année où ils travaillaient tous ensemble, ses grands-parents, ses deux sœurs et elle, au milieu d'hommes engagés qui sentaient la pipe et la sueur et qui chantaient parfois des chansons dans toutes sortes de langues. Surtout que le maïs ne pousse pas sans difficulté à Sainte-Maria-de-Saskatchewan, située au nord de Regina où pas grand-chose n'arrive à survivre. Théo sait-il que ce qui pour lui est une révélation, une découverte, n'est pour les travailleurs des champs, qu'il entraperçoit dans une fenêtre de train filant à toute vitesse, qu'ordinaire et pénible? Non, bien sûr. Qu'est-ce qui se passe dans sa tête?

Elle a mis sa main sur la culotte de Théo, lui a tapoté les fesses. Il se retourne, lui donne une tape sur le bras, insulté qu'elle puisse penser qu'il l'a souillée.

«J't'ai mis une couche, Théo, mais ça serait vraiment mieux si tu faisais pas dedans. Si t'as une envie, faudrait que tu me le dises…»

Il fronce les sourcils, se tourne vers le paysage, puis revient vers elle.

«Pipi.

— Je le savais…»

Elle le prend dans ses bras, passe devant sa mère en s'excusant.

«Tu me le disais pas parce que t'avais peur de manquer le spectacle, hein? Fais-toi-s'en pas, des affaires comme ça, y en a plein là oùsqu'on s'en va…»

Maria lève les yeux d'un magazine qu'elle ne lisait pas.

«Oùsque vous allez?

— Aux toilettes.

— T'es sûre qu'y en a? Ç'a pas l'air d'un train qui fait des ben longs trajets… En tout cas, fais attention!»

Aussitôt Rhéauna partie avec son frère en direction des toilettes, Teena se lève et vient s'asseoir à côté de Maria.

«Tu pourrais laisser faire la cigarette, franchement, Maria…

— Pourquoi? Tout le monde fume. Même les femmes…

— C'est pas nécessaire d'ajouter ta boucane à la leur! Ou à celle du train!»

Elles rient.

Teena sort un mouchoir de son sac.

«Ça se peut-tu! On est partis! On est enfin en vacances!

— Tititte vient pas jaser?

— A' dort. Même qu'a' ronfle! J'peux-tu rester avec vous autres jusqu'à ce qu'on arrive à Papineauville?

— Ben oui. On aura même pas à se tasser, c'est assez large pour quatre si ça l'est pas pour cinq... »

Et elles se mettent à dire n'importe quoi, comme elles espèrent pouvoir le faire pendant toute la semaine qui vient. Ce ne sont pas tant les sujets qui importent que le plaisir d'être ensemble, sans responsabilités, sans soucis.

Très peu de passagers descendent en même temps qu'eux à la petite gare de Papineauville. Les autres continuent vers Ottawa, ou plus loin encore en Ontario. Rhéauna l'ignore, mais elle s'est arrêtée ici il y a deux ans, vers la fin de son long périple entre Sainte-Maria-de-Saskatchewan et Montréal. Tititte et Teena, qui ont eu toute la misère du monde à descendre la grosse valise malgré sa légèreté, s'assoient dessus en s'éventant avec leur main. On est en plein cœur d'après-midi, le soleil d'août fesse fort, l'humidité colle à la peau. Les deux enfants parcourent le quai de bois en observant les gens qui s'embrassent, les hommes qui s'emparent des bagages, les femmes qui replacent leur voilette devant leur visage. Ou époussettent leurs vêtements en leur donnant de grandes tapes, comme s'il s'agissait de vieux tapis. On rit beaucoup, des bras sont glissés autour de tailles comprimées dans des corsets lacés, et ne sont pas toujours repoussés.

Tititte et Teena se lèvent, reprennent l'énorme valise et vont la porter à l'ombre, sous l'auvent de métal autour duquel court une frise en fer forgé représentant un train entrant en gare. Teena s'éponge avec un mouchoir déjà utilisé dans le train.

« Comment ça se fait qu'y est pas là, donc ! D'habitude, y m'attend sur le quai pour descendre ma valise. Jamais je croirai que ma lettre s'est pas rendue ! Y manquerait pus rien que ça ! »

Un coup de sifflet, quelqu'un qui crie : « *All Aboard!* En voiture ! » et le train part en crachant sa fumée noire. Maria prend ses deux enfants par la main et entre dans la gare en leur promettant de quoi se désaltérer. Quelques minutes passent pendant lesquelles Teena continue de fulminer contre leur cousin, si peu fiable, elle devrait pourtant le savoir.

«J'sais vraiment pas ce qu'on va faire si y se présente pas, hein... Trouver une charrette pour nous emmener jusqu'à Duhamel, c'est pas qu'une petite affaire! J'saurais même pas à qui m'adresser!»

Puis Maria et ses enfants ressortent de la gare en compagnie d'un petit homme qui semble plus glisser que marcher sur le quai de bois. Teena se lève, furieuse.

«T'es t'en retard, Simon!»

Il sourit, ses yeux, malicieux, se plissent.

«Chus pas en retard, c'est le train, pour une fois, qui avait de l'avance...»

Teena hausse les épaules, se laisse embrasser.

«On va dire que je te crois, espèce de ratoureux. Mais j'espère que t'étais pas en train de te paqueter dans quequ'taverne... Tu sais ce que la boisson te fait... Pis ce que Rose te ferait si tu revenais à Duhamel paqueté...»

Mais il ne sent pas l'alcool; elle est rassurée.

Simon se penche pour prendre la grosse valise de Tititte par une de ses deux poignées et se met à la traîner en reculant, presque courbé en deux. Teena lui met la main sur l'épaule.

«Tu veux pas que je te présente mes sœurs? C'est tes cousines par alliance elles aussi, tu sais!»

Il redépose la valise, se frotte les mains sur son pantalon.

«C'est vrai, excuse-moé, mais t'avais l'air tellement pressée. J'ai déjà faite la connaissance de Maria pis de ses enfants. Je l'ai reconnue, elle, parce qu'a' te ressemble... C'est une vraie Desrosiers, comme ma femme, on peut pas se tromper...»

Il tend la main à Tititte.

«Pis toé, tu dois t'être la belle Tititte! Teena dit toujours que t'es une des plus belles femmes de Morial, j'vois qu'a' se trompe pas!»

Tititte et Teena rougissent en même temps, la première du compliment, la seconde d'avoir été dévoilée.

«J'ai pas dit une des plus belles; j'ai dit une des plus chic.»

Simon se remet à sa tâche après avoir détaillé Tititte avec un regard de connaisseur.

«Non, non, non, t'as dit une des plus belles. Pis t'avais raison. Même si je connais pas Morial.»

Encore plus confuse, Teena n'ose pas regarder sa sœur qui cache sa gêne derrière ses mains gantées. Tititte ignorait que sa sœur tenait des propos flatteurs à son sujet quand elle était absente, et elle en est troublée.

Valises, sacs et ours en peluche à la main, les cinq voyageurs regardent Simon qui traîne la grosse malle de Tititte.

«Ça a l'air pésant, mais ça l'est pas... Pourquoi vous avez emporté une grosse affaire de même si vous aviez rien à mettre dedans? Si est-tait plus petite, j'pourrais la mettre sur mes épaules au lieu de la traîner!»

Il a des traits amérindiens plus prononcés que dans la famille Desrosiers: les pommettes sont hautes et fendues de deux longues fossettes, les yeux noirs et intelligents sont petits et rapprochés, le front large. Ce beau visage, malgré qu'il soit ovale, presque rond, ne donne pas l'impression d'être adipeux ou bouffi et dégage une certaine noblesse. Quant aux cheveux qui lui descendent jusque sur les épaules, ils sont luisants, d'un noir profond. Ils ressemblent à une chevelure de femme. C'est du moins ce que pense Rhéauna qui a vu tant de princesses, dans tant de livres de contes illustrés, avec ce genre de coiffure. Une coiffure de femme sur un homme si viril, c'est étonnant mais aussi impressionnant.

Il est beau, souple, de toute évidence plein d'énergie, et les quatre femmes le regardent travailler à la dérobée, sans s'avouer qu'il les dérange. Surtout qu'une agréable odeur de bois brûlé se mélange à celle de sa sueur. Les trois plus vieilles imaginent malgré elles un corps noueux, foncé, des muscles longs et souples. Quant à la quatrième, elle est convaincue qu'il a des tas d'histoires à raconter, des légendes indiennes, des contes amusants ou effrayants qui se passent dans les sous-bois des Laurentides plutôt qu'au cœur de la Forêt-Noire ou de la brume anglaise. Acceptera-t-il de lui en conter quelques-unes?

Devant la gare, juste au pied du perron de bois, donc à la place d'honneur, comme si une personne de la famille royale d'Angleterre ou un premier ministre allait sortir à toute vitesse, les attend une énorme charrette tirée par un cheval aussi noir que la crinière de son maître.

En reconnaissant Simon, la bête tourne la tête, hennit. Simon sort une pomme d'une de ses poches, la lui tend. Le cheval étire le cou, croque dans la pomme en secouant son harnais. Il est de toute évidence heureux. Si c'était un chat, on l'entendrait ronronner. Il échappe le fruit, tend le cou pour le rattraper. Simon le flatte, lui donne quelques tapes sur la croupe. Les muscles de l'animal frissonnent sous sa main, une de ses pattes arrière gratte le sol. Simon se tourne vers les cinq voyageurs dont deux, Théo et Rhéauna, sont restés pétrifiés sur la dernière marche, les yeux ronds. Rhéauna a déjà vu des percherons en Saskatchewan, mais elle ne se souvenait pas qu'ils pouvaient être si gros, si impressionnants. À moins que celui-là soit vraiment plus gros que ceux qu'elle a connus… En tout cas, c'est un géant à côté de ceux qu'elle voit tous les jours à Montréal, même les montures des policiers de la ville. Quant à Théo, il n'a jamais vu une bête pareille et il ne sait pas encore s'il devrait hurler en se sauvant en courant ou sauter d'excitation en tapant des mains. On est bien loin du petit cheval à bascule en bois peint en rouge qui trône dans un coin de sa chambre et qui finit par lui donner des nausées quand il s'en sert trop longtemps.

Simon bombe le torse de fierté.

« Y s'appelle Charbon pis y est pas malin pour deux cennes. C'est le joual le plus fin que j'ai jamais eu ! Hein, mon Charbon ? »

En entendant son nom, le cheval se tourne vers Simon, hume son odeur avec des naseaux humides grands comme des assiettes à soupe – c'est du moins ce que pense Rhéauna.

Tititte, pour sa part, examine plutôt l'étrange moyen de locomotion qu'ils devront emprunter pour se rendre à Duhamel. Elle ne se souvient pas d'être remontée dans une charrette depuis son départ de la Saskatchewan, des années plus tôt, après une période des foins qui avait failli la tuer tant elle avait travaillé.

« C'est là-dedans qu'on va voyager ? »

Simon sourit en esquissant une petite courbette.

« Oui, Votre Majesté. Pis c'est ben plus confortable que ça a l'air. »

Ils contournent la charrette dont il descend le panneau arrière. Ça sent aussitôt le vieux foin séché et autre chose, aussi, de beaucoup moins agréable. Les femmes se regardent, Théo recule d'un pas en prenant la main de sa sœur.

Deux longs bancs de bois, qui font une bonne douzaine de pieds, sont cloués face à face le long des côtés de la charrette. Tititte comprend qu'ils vont voyager de profil en plus d'avoir à subir cette puanteur-là et sent déjà son cœur se barbouiller.

Simon hausse les épaules devant leur air ahuri.

« On va mettre les bagages dans le milieu, vous allez pouvoir poser les pieds dessus... »

Il montre à Maria une barre de métal qui doit servir de marchepied.

« Monte la première, j'vas te passer tes enfants. »

Maria grimpe tant bien que mal dans la charrette, se penche pour tendre les bras à Théo. Simon soulève le petit garçon et, au lieu de le confier à sa mère, s'arrête au milieu de son geste.

«J'pense à ça, là, on a un bon boute à faire... Avez-vous de quoi manger?»

Maria se redresse dans la charrette, regarde ses sœurs.

«On avait de quoi, mais on a tout mangé dans le train... J'ai juste des affaires pour Théo, dans ma sacoche... Au cas...»

Simon dépose Théo par terre.

«Faut qu'on mange. Sinon ça va être trop long. J'sais que vous êtes fatiqués, toute la gang, pis tout ça, mais Duhamel est encore loin, pis de toute façon, j'aime mieux qu'on voyage pas dans le plus chaud de la journée... En fin d'après-midi pis le soir, on dirait que la poussière des routes revole moins... Peut-être à cause de l'humidité...»

Il fait signe à sa cousine de redescendre.

«Y a un restaurant, à côté, qui coûte pas cher. On va s'arranger pour repartir vers cinq heures, cinq heures et demie...»

Teena le retient par le bras.

«Y a-tu une pharmacie, pas loin?»

Ils sortent du restaurant comme le soleil touche le faîte des montagnes. Les jours raccourcissent vite, en août, et il ne reste plus que quelques minutes de clarté lorsqu'ils traversent Papineauville avant d'emprunter la route qui va les emmener vers Saint-André-Avelin, puis Duhamel. Ils ne croisent qu'une ou deux voitures, de toute évidence en mauvais état, sans doute à cause des rues mal pavées et de la poussière ambiante. Non seulement elles sont sales et cabossées, mais en plus elles produisent des bruits de moteur terrifiants qui font sursauter les promeneurs. Les automobiles sont encore l'exception dans cette petite ville reculée et les sœurs Desrosiers sont plutôt soulagées que celle de monsieur Lebrun ait rendu l'âme avant le départ pour Duhamel : elles se verraient mal s'aventurer plus loin en voiture dans cette campagne sauvage sans connaître l'état des routes. Monsieur Lebrun, qui travaille avec Teena, n'a sans doute jamais poussé son véhicule si loin dans l'arrière-pays, sinon il ne se serait jamais offert à les y conduire.

Rhéauna et Théo ont insisté pour s'asseoir à côté de leur oncle Simon sur le siège du conducteur. Maria a d'abord refusé, invoquant des dangers auxquels elle ne croyait pas elle-même – pourquoi seraient-ils tombés de leur banc ou auraient-ils eu plus mal au cœur qu'à l'arrière de la charrette ? –, mais a fini par céder lorsqu'elle s'est rendu compte que Simon était sincère quand il disait que ça ne le dérangeait pas, que ça lui ferait même grand plaisir. Il a aussi promis à Théo de lui céder les rênes dans les chemins droits. Celui-ci se tient raide sur les genoux de sa sœur. Il ne sait pas à quoi s'attendre et se contente pour le moment de contempler le vaste cul de Charbon qui se fait aller la queue pour éloigner les mouches.

Ils se sont tous couverts de bâches de coton pour se protéger de la poussière, sauf Simon qui prétend être habitué. Les femmes ont enlevé leurs chapeaux qu'elles ont rangés dans leurs valises. Elles ont pouffé de rire lorsqu'elles se sont vues attifées comme des fantômes de tissu écru. Tititte a toussé dans son poing.

« Y a-tu vraiment tant de poussière que ça, coudonc ? »

Teena a ramené les pans d'étoffe épaisse et raide sur elle. Il commence déjà à faire plus frais et le voyage sera long.

« En tout cas, quand y a une charrette sur la route, laisse-moi te dire qu'on la voit venir de loin ! »

Maria a écrasé sa cigarette contre le montant de la charrette.

« J'ai comme l'impression qu'on va y goûter, oùsqu'on est assis. Tant qu'à ça, les enfants sont aussi ben en avant... »

Teena s'est penchée, lui a posé une main sur le genou.

« Fume pus jusqu'à Duhamel, Maria. J'ai pas envie que tu mettes le feu à la charrette pis qu'on soye obligés de faire le reste du chemin à pied ! »

Elle a parlé sur un ton léger ; Maria comprend toutefois que l'avertissement est sérieux, le danger réel : en effet, la paille sèche qui jonche le plancher risquerait de s'enflammer à la moindre étincelle.

Elle regarde Teena, assise en face d'elle. Elle ne voit que son nez qui dépasse du voile pesant posé sur sa tête. On dirait une religieuse beige. Une question qu'elle n'ose pas lui poser la démange depuis l'arrivée de Simon, quelques heures plus tôt. Pendant tout le repas, plutôt infect, qu'ils ont pris en vitesse – du poulet trop rôti, sec et caoutchouteux, accompagné de patates sans goût –, une chose lui trotte dans la tête, un échange verbal qui aurait dû se faire aussitôt que Teena a aperçu leur cousin par alliance et qui, c'est étrange, n'a pas eu lieu.

C'est à son tour de se pencher, de sortir son bras de son propre suaire, de poser une main sur le genou de sa sœur.

«C'est sûr que ça me regarde pas, Teena, mais j'aimerais ça te poser une question...»

Teena recule un peu sur son banc, s'appuie contre le rebord de la charrette.

«J'pense que je sais ce que c'est, mais vas-y...»

Tititte se racle la gorge comme lorsqu'elle est mal à l'aise.

«Moi aussi, je pense que je le sais...»

Maria aimerait bien pouvoir s'allumer une cigarette. Pour se donner une contenance. Pour sentir, aussi, l'apaisement dans ses poumons, cette impression de pur bonheur lorsque la fumée lui monte aux narines et s'expulse d'elle en la soulageant, pour quelques secondes, de tout ce qui va mal. Ou la délivrer de l'embarras d'avoir à poser une question indiscrète.

«T'as pas demandé de nouvelles du petit Ernest depuis qu'on est arrivés, Teena...»

Teena retire le voile qui lui couvre la tête. Elle pourrait se cacher encore plus profondément dans les plis du tissu, fermer les yeux pour ne pas voir le visage de ses sœurs pendant qu'elle parle ; elle pourrait s'exprimer tout bas dans l'espoir qu'elles ne l'entendront pas. Se confesser dans les replis de l'obscurité. Elle choisit au contraire de leur faire front, de les regarder en face, de parler fort et clair, la tête dénudée, sans rien pour cacher son désarroi. Si Maria ne lui avait pas posé la question, elle n'aurait sans doute pas abordé le sujet du petit Ernest, sujet d'ailleurs tabou chez les sœurs Desrosiers parce que Maria et Tititte savent que Teena n'entretient que très peu de rapports avec lui. Elle se serait contentée d'attendre de le leur présenter en disant *voilà, c'est mon enfant, c'est lui dont je parle si peu souvent parce que je le connais pas.* Mais la question a été posée, il a été fait mention de son fils, et elle leur doit une réponse nette et sensée. Qui risque cependant d'être douloureuse.

Elle contemple quelques instants le ciel rose pêche traversé de nuages d'un jaune éclatant aux bordures soulignées d'or par le soleil couchant.

«J'ai pas demandé de ses nouvelles parce que j'ai peur d'en avoir. Si y sont mauvaises, j'vas être inquiète pis j'vas me sentir coupable parce que je peux pas m'occuper de lui comme y faut. Pis si y sont bonnes, j'vas être jalouse de Rose qui l'élève bien, qui en prend soin, pis qui a fini par être sa vraie mère. J'aime c't'enfant-là plus que tout au monde, mais je le connais pas pis j'ai fini par en vouloir à ceux qui le connaissent, qui le voient grandir, qui lui montrent à parler, qui le nourrissent. Moi, tout ce que je peux faire, c'est envoyer de l'argent tous les mois, dix piasses, vingt piasses, que je cache dans une lettre qui contient toujours les mêmes mots, les mêmes questions, les mêmes remerciements. Je sais que j'vas le voir dans quequ's'heures, chus contente parce que, la dernière fois, c'était pendant les vacances de Noël, l'année passée, pis que j'me suis ennuyée de lui depuis, mais en même temps j'ai tellement peur! J'ai peur qu'y finisse par pus me reconnaître, par refuser de m'appeler moman. Y aurait raison parce que chus pas sa vraie mère! Chus pas sa mère, comprenez-vous? Je l'ai mis au monde, mais chus pas sa mère! Je l'ai laissé ici dans l'espoir qu'y serait heureux, pis j'ai peur qu'y le soit! J'aimerais ça qu'y me dise, une fois dans sa vie, qu'y s'est ennuyé de moi! Mais y peut pas s'ennuyer de moi, y me connaît pas! Chus juste la madame qui envoie de l'argent pour le nourrir! Tu dois comprendre ça, toi, Maria, t'as été obligée, toi aussi, d'envoyer trois de tes enfants à l'autre bout du monde pour leur offrir une vie qui a du bon sens… On en parle jamais, non plus, de tes deux filles qui sont restées dans l'Ouest, on se concentre toujours sur Nana pis sur Théo parce qu'y sont là, mais les deux autres, Maria, les deux autres, sens-tu que t'es leur mère? Quand y t'appellent de Saskatchewan, as-tu l'impression de parler à tes enfants? Ben moi, c'est comme ça avec le petit Ernest : c'est un étranger. C'est juste un étranger. Pis j'essaye d'acheter son affection avec des cadeaux. Quand y est là, devant moi, chaque fois plus grand pis plus fort, y sait pas quoi me dire pis je sais pas quoi y dire… C'est mon enfant, j'aurais envie de le prendre dans mes bras, de me sauver à pied avec lui jusqu'à Montréal, de l'enlever, j'aurais envie d'enlever mon propre enfant, pis je peux pas parce que je saurais pas quoi faire avec lui! Je saurais pas quoi faire avec mon enfant, ça fait-tu de moi une mauvaise personne?»

Maria se lève, traverse la charrette brinquebalante au risque de tomber, vient s'asseoir à côté de Teena qu'elle prend dans ses bras.

«Mais au moins tu le vois, toi, ton enfant! Moi, je vois jamais les miens! Chus sûre que Béa se rappelle pus de moi, pis Alice me connaît même pas! Tout ce que ma plus jeune connaît de moi, c'est des portraits de nous trois, Nana, Théo pis moi, que j'envoie de temps en temps en Saskatchewan! Tout ce qu'a' connaît de sa mère, c'est des portraits pris chez un photographe! Penses-tu que j'me sens pas coupable, moi aussi? Même si je sais qu'y sont peut-être, *peut-être*, plus heureuses avec leurs grands-parents qu'avec leur mère?»

Teena se mouche dans le coton qui lui recouvrait plus tôt la tête.

«Mais pourquoi on en parle jamais? Pourquoi on parle jamais de ces affaires-là, Maria? On joue aux cartes, on rit, on se fait du fun, on se voit au Paradise, y nous arrive même de nous paqueter un peu la fraise ensemble, mais pourquoi on parle jamais de ces affaires-là?»

Maria prend une grande respiration, renifle, s'essuie les yeux.

«Parce que ça fait trop mal.»

Elle lève les yeux vers le ciel où le bleu de la nuit est en train de l'emporter sur les dernières lueurs du jour. Puis elle fait un geste de la main comme pour chasser tout ça, les enfants, les problèmes, l'ennui, la culpabilité, et rit. Ce n'est pas un rire joyeux, c'est plutôt un petit cri de détresse qui veut se faire passer pour léger. Rhéauna dirait qu'elle «regarde encore ailleurs».

«R'gardez ça si c'est beau!»

Elles lèvent toutes les trois la tête vers le ciel, mais aucune ne pense à ce qu'elle voit.

Puis Maria ajoute avec une voix qui tremble:

«J'ai fait traverser tout le continent à ma fille. Tu-seule. En train. Avec un écriteau autour du cou. Pensez-vous que ça s'oublie?»

Pendant un moment, les arbres, sur le sommet de la montagne, se sont profilés en ombres chinoises devant le ciel rose. Du bleu a ensuite tout envahi, d'abord clair et pâle, puis de plus en plus soutenu, profond. Les arbres ont fini par s'estomper avec une lenteur qui semblait calculée pour créer un effet d'irréalité : ils n'ont pas disparu d'un coup, ils se sont effacés peu à peu pour se dissoudre enfin dans la nuit, pendant qu'au sol, devant la charrette, naissait une brume en légères traînées blanchâtres que les sabots de Charbon crevaient en tourbillons qui lui couraient autour des pattes.

Dans les romans que lisait Rhéauna jusqu'à l'année précédente, il y aurait eu des farfadets, des fées, des cavaliers, des machines de guerre ; un conflit sans pitié aurait éclaté entre les partisans de la famille royale en place et les créatures nocturnes à la solde d'un quelconque démon ou d'une méchante sorcière, ces derniers rêvant de s'emparer du pouvoir pour jeter le pays entre les griffes du Mal absolu. Rhéauna peut presque entendre le cliquetis des épées, les galopades échevelées à travers le sous-bois, la brume qui dissimule les chevaliers, les hennissements des chevaux blessés, les cris de ralliement, taïaut, ou quelque chose du genre… Non, ça c'est pour la chasse… En tout cas, des cris de ralliement qui font accourir tout ce qui se tient encore sur ses jambes et hurler la pauvre piétaille qui risque de rester sur le champ de bataille à la merci des prédateurs, humains ou non. Au milieu du livre, à la fin de la première partie, les méchants gagneraient et se sauveraient avec un otage – le prince héritier ou la cadette des filles du roi qui possède des dons miraculeux dont voudrait s'emparer Krockmort-le-Magnifique ou Shanaranda-des-Trois-Tours. À la fin, cependant, les méchants seraient punis : Krockmort condamné jusqu'à la fin des temps à tourner en rond dans un même bois à la poursuite de son chien qui lui échapperait toujours, toujours, toujours... ; quant à Shanaranda, on l'installerait à perpétuité devant un miroir pour qu'elle contemple jusqu'à sa mort – le plus tard possible, dans cent ans, dans mille ans – sa grande laideur et la méchanceté lisible dans ses yeux.

Rhéauna sourit dans l'obscurité. C'est faux, en fin de compte, qu'elle ne peut pas inventer des histoires... Elle pourrait écrire celle-ci, inspirée des Laurentides qui plongent dans la nuit, y ajouter une ou deux intrigues amoureuses (une princesse et un hobereau ou bien un noble et une bergère), de la traîtrise, du mensonge, des secrets, et le tour serait joué ! Ainsi naîtrait *La malédiction des Trois-Tours* ou bien *Le destin des Krockmort,* premier tome d'une trilogie, la première de Rhéauna Rathier, la nouvelle découverte des lettres canadiennes. Et Raoul de Navery pourrait aller se rhabiller ! Elle sait bien qu'aucun Moyen Âge n'a eu lieu dans son pays, elle a suivi avec passion ses cours d'Histoire du Canada et a vite compris que Jacques Cartier, Samuel de Champlain et les saints martyrs canadiens étaient bien loin des chevaliers du Moyen Âge et de la quête du Saint-Graal, mais elle pourrait en inventer un, non? Un faux Moyen Âge. Pourquoi pas ! Mélanger Indiens, Français, Anglais, les jeter dans une intrigue qui devrait normalement se passer ailleurs mais qu'elle choisirait, elle, parce que c'est elle qui décide, de situer ici, dans les plus vieilles montagnes du monde, avec un château à douves sur chaque sommet et des farfadets partout pour exaspérer les voyageurs.

Elle se rend compte qu'elle dort à demi, que des grands pans de ces projets irréalisables proviennent de débuts de rêves qu'elle fait entre deux dodelinements et qui partent en fumée quand elle se réveille en sursaut. Théo vient de tressaillir sur ses genoux, lui aussi. Il lui a donné un coup de pied sur le tibia et elle a failli crier. Elle est tout à fait réveillée maintenant. Une écœurante odeur de vanille, trop concentrée, les entoure.

«T'es réveillée?»

Elle bâille, s'étire, installe Théo sur son autre jambe, tâte sa couche. Tout est sec. Pourvu que ça dure jusqu'à Duhamel.

«J'ai-tu dormi longtemps?

— On vient de passer Saint-André-Avelin, on a plus que le tiers de la route de faite… T'as dû dormir une demi-heure… Moé aussi, j'aurais pu dormir… Charbon connaît le chemin, y nous aurait emmenés directement à la maison, y peut quasiment faire le chemin les yeux farmés… Y sait ce qui l'attend au bout du chemin, tu comprends, un gros siau d'avoine ben sucrée, ça fait qu'on peut se fier sus lui…»

Il tire une grosse bouffée de sa pipe. L'odeur de vanille devient plus intense.

«J'me sus parmis d'allumer ma pipe. Ça te dérange pas? En juillet, j'te dirais que c'est pour éloigner les maringouins, mais y en a pus à c'temps-citte de l'année, sont morts pendant les canicules, pis je fume juste pour le plaisir.»

C'est donc ça qui pue… Elle fait la grimace en espérant qu'il ne la voie pas.

«Ben non, ça me dérange pas… On est-tu encore loin?»

Un mouvement se fait derrière eux avant que Simon n'ait la chance de répondre. Ils se retournent en même temps. Maria les a entendus parler et a quitté son banc pour venir aux nouvelles.

«Tout est correct, Nana?

— Ben oui. Ça a l'air que j'ai dormi. Pis Théo dort encore…

— Passe-moi-le, tu dois t'être fatiquée sans bon sens... J'pensais qu'y était assis entre vous deux... Tu peux pas le tenir dans tes bras comme ça pendant tout le chemin, voyons donc!»

Simon arrête la charrette.

Le transfert se fait avec difficulté. Théo est mou, pesant, et elles ne veulent surtout pas le réveiller. Il geint un peu, se débat, se rendort dans les bras de sa mère après avoir lâché un petit pet qui fait rire tout le monde.

«On n'a pas besoin de le changer?

— Non, on n'a pas besoin de le changer. J'pense que ça y est, moman, qu'y est propre pour de bon... Pis vous, vous allez être correcte?

— Ben oui, fais-toi-z'en pas pour moi... Tu peux repartir, Simon. Pis toi, Nana, veux-tu venir t'installer en arrière avec nous autres? C'est peut-être plus confortable.

— Non, non. Chus correcte, ici, j'aime ça.»

Maria retourne à sa place en chantonnant. Des murmures montent à l'arrière de la charrette. Les deux tantes qui souhaitent la bienvenue à Théo, même s'il ne peut pas les entendre.

Ils avancent en silence pendant un bout de temps. Rhéauna devine des millions d'étoiles à travers le plafond de feuilles. Un croissant de lune pratique une petite fente blanche au beau milieu du ciel, là où les branches ne se rejoignent pas. Elle pense aussitôt au sourire du *Cheshire Cat*, dans *Alice au pays des merveilles*. C'est vrai que si on dessinait un chat autour du croissant de lune, ça lui ferait un beau sourire... Elle essaie d'imaginer le *Cheshire Cat*, sa tête ronde, ses rayures, son sourire ironique, y parvient presque.

Tout est silencieux à part le bruit étouffé des sabots de Charbon sur le chemin poudreux. Rhéauna sent la présence de la forêt autour d'elle, mais elle n'en voit rien et, c'est étrange, n'en a pas peur. Elle se dit que du haut de la charrette, comme ça, en quelque sorte à l'abri, on ne pourrait jamais se douter que des millions de bêtes les entourent, que la vie continue dans les sous-bois, surtout la nuit, que des drames de vie et de mort se déroulent, les gros qui mangent les petits, les forts qui gagnent toujours contre les faibles. Il y a plein d'ours, de chevreuils, de renards, de lapins, d'oiseaux, de marmottes, de couleuvres, des tas d'animaux qu'elle ne connaît pas, des beaux qu'on aurait envie de caresser et qui sont pourtant des prédateurs sans merci, des laids qui font peur mais qui sont doux comme des agneaux, un monde violent, injuste, terrifiant, et pourtant elle ne ressent aucune frayeur. La forêt dissimule les drames, l'obscurité cache la forêt. Et eux, les voyageurs, passent au milieu de tout ça, indifférents, concentrés sur le confort qui les attend à Duhamel, le bon lit, le sommeil mérité. Si elle descendait de la charrette, si elle allait fouiner derrière les buissons qui bordent la route, au-delà des premières rangées d'arbres, qu'est-ce qu'elle trouverait? À Sainte-Maria-de-Saskatchewan, quand elle était enfant, elle préférait penser que les champs de blé d'Inde ne contenaient rien d'autre malgré ce que son grand-père Méo lui racontait. Pour que tout reste beau et sans danger. Pourrait-elle faire la même chose ici? Considérer tout ça, la forêt, les montagnes, comme le simple décor de ses vacances? Sans la vraie vie derrière? Et où est-ce qu'elle va chercher toutes ces idées folles-là?

Simon cogne sa pipe contre le bois du banc. Il se prépare sans doute à la rallumer. Rhéauna esquisse une grimace. Ça risque de sentir la vanille jusqu'à Duhamel.

Sa pipe allumée, il se tourne vers elle.

« Le chemin est drette. Veux-tu prendre les rênes? »

Elle tend les mains. Le cuir est sec, sans doute usé par des années de frottements et de sueur. Charbon a dû sentir le subtil changement dans la tension des rênes parce qu'il lance un petit hennissement qui ressemble presque à une protestation. Simon rit et produit un étrange claquement de langue.

« C'est correct, mon Charbon, c'est correct. Continue… »

Rhéauna se demande bien pourquoi Simon se sert des rênes si de toute façon Charbon connaît son chemin par cœur… Elle ne dit rien, toutefois, un élément doit lui échapper…

« Vous m'avez pas répondu, tout à l'heure… C'est encore loin, Duhamel?

— Une petite heure, pas plus. T'sais que c'est pas son vrai nom, Duhamel, hein?

— Ah non?

— Non. C't'un village qui porte un nom anglais. Mais nous autres on veut pas pis on dit jamais rien d'autre que Duhamel. Peut-être qu'on va gagner un jour, peut-être qu'y va finir par s'appeler Duhamel pour vrai…

— C'est quoi, son nom?

— J'te le dirai pas, comme ça t'auras pas le goût de t'en servir!

— Pourquoi vous l'appelez Duhamel? C'est-tu le nom de quelqu'un? Une famille? Un personnage connu? »

Il reste silencieux quelques secondes.

« Sais-tu que j'me le sus jamais demandé! T'es t'une drôle de petite fille, toé, hein? T'en poses, des drôles de questions! »

Un brouhaha de cris et de rires la réveille. Des gens se congratulent et s'embrassent devant une maison illuminée de l'intérieur, ce qui la fait ressembler à une lanterne chinoise accrochée dans l'obscurité. Tout est noir autour, aucune source de lumière extérieure n'éclaire la scène, on dirait que le monde entier a disparu et qu'il ne reste que ces silhouettes joyeuses qui s'agitent en riant. Rhéauna devine plus les ombres qui bougent sur le perron qu'elle ne les voit. Un rire de femme, énorme, saccadé, s'élève dans la nuit, puis une voix crie :

« Y était temps que vous arriviez ! J'pensais que vous aviez eu un accident ! Ou ben que vous aviez rencontré une famille d'ours ! »

Rhéauna se rend compte qu'elle a chaud et soif. Elle se débarrasse de la lourde bâche de coton dans laquelle elle s'est endormie. Elle sent aussitôt l'humidité sur sa peau, comme une pesanteur froide qui se dépose sur ses épaules. La nuit est fraîche et elle a peur d'attraper un frisson. Elle va s'emparer du morceau de tissu qu'elle vient de laisser tomber lorsqu'elle aperçoit une main tendue, tout près d'elle. Elle sursaute en lançant un petit cri. C'est Simon qui vient la chercher.

« Tu dormais dur ! J'ai eu le temps d'aider les autres à descendre de la charrette pis d'aller porter les bagages sur la galerie !

— Comment ça se fait que chus pas tombée ! J'aurais pu me tuer ! »

Simon rit, retire la pipe de sa bouche.

« J't'ai retenue pendant une grande partie du voyage. Pis t'as fini par t'accoter sur mon épaule… »

Elle se laisse déposer sur le sol. La vision qu'elle a sous les yeux tangue pendant la courte seconde où elle se retrouve dans les airs, entre la charrette et le sol. La maison semble bouger, les silhouettes culbutent. Un léger vertige la prend, son cœur se met à battre plus fort.

Sa mère s'est tournée dans leur direction. Un fantôme tout pâle qu'elle reconnaît à peine dans la pénombre.

« Viens rencontrer ta tante Rose, Nana. »

Puis la même voix que tout à l'heure, plus forte encore :

« C'est ça, la fameuse Nana ? Celle qui a faite un si long voyage pour venir rejoindre sa mére à Morial ? Approche-toé que je te voye, un peu ! »

Et c'est là que ça la frappe. Elle savait depuis son réveil, à peine deux minutes plus tôt, qu'il y avait quelque chose de différent dans l'air, mais c'est juste maintenant qu'elle comprend ce que c'est. C'est cette odeur, forte, qu'elle a mis un certain temps à reconnaître et qui lui fait maintenant monter les larmes aux yeux. La senteur du tabac a dû la masquer jusque-là. Sans répondre à sa tante, elle crie, tout excitée :

« Moman ! Ça sent l'arbre de Noël ! »

Tout le monde rit.

« Y en a des millions autour de toi, Nana ! Tu vas les voir quand tu vas te lever, demain matin… »

Rhéauna reste immobile au milieu du chemin.

C'est une odeur piquante, sucrée, qui lui rappelle des chandelles accrochées à des branches de sapin et qui font briller des décorations multicolores, des bas de laine, aussi, remplis de belles grosses oranges, des cadeaux enveloppés dans des papiers qui représentent des anges, des traîneaux, des bonshommes de neige… Mais c'est dehors que ça sent tout ça, pas dans un salon chauffé, à l'abri du froid de l'hiver. Et on est en août ! Comment ça se fait que la nuit est parfumée au sapin de Noël ?

Sa mère s'est approchée d'elle. Elle la prend par l'épaule, la pousse vers la maison.

« Y faut ben qu'y viennent de quequ'part, les arbres de Noël, Nana. Ben, y en a une grande partie qui viennent d'ici ! Des pins, des sapins, des épinettes… J'te l'ai dit, tout à l'heure, tu vas voir, y en a partout ! »

Plusieurs choses se produisent alors en même temps. D'abord la tante Rose, une grosse femme vêtue d'une robe de coton blanche sans forme et aux cheveux qui lui tombent sur les épaules, lui tend les bras, se penche sur elle, la serre contre sa généreuse poitrine. Pendant ce temps-là, la tante Teena pousse dans sa direction un petit garçon tout maigre et de toute évidence paralysé par la peur ou la timidité, en lui disant :

« C'est ton cousin. C'est le petit Ernest. »

Puis Tititte, qui ne s'est pas encore débarrassée de son enveloppe de coton, déclare qu'elle va rentrer parce qu'il fait trop froid. Et sa mère, Théo dans les bras, se met, allez savoir pourquoi, à chanter ses louanges. À l'entendre parler, elle serait parfaite, la petite fille modèle par excellence, généreuse, propre, gentille… Quant à lui, Simon entre les bagages dans la maison, pipe à la bouche au milieu d'un nuage de vanille.

Tout ça – trop de choses en même temps, l'odeur de sapin de Noël, du nouveau monde à rencontrer, une maison et une campagne qu'elle ne connaît pas, des compliments de la part d'une femme qui ne lui en fait à peu près jamais –, mélangé à la fatigue accumulée de la journée qu'elle commence à ressentir, donne à la scène qui se déroule une impression d'irréel : Rhéauna n'est pas convaincue qu'elle ne rêve pas, qu'elle ne va pas se réveiller dans son lit, à Montréal, avec la fièvre ou une vilaine toux. En plus, son cousin Ernest ne sent pas très bon et ne la regarde pas en face. Elle veut se coucher, n'importe où, s'enterrer sous des couvertures chaudes et dormir. Mais elle ne sait même pas où elle va passer la nuit!

Juste avant d'entrer dans la maison, Rose se retourne vers eux et lève les bras, comme pour les bénir.

« Bienvenue dans la maison suspendue! »

Elle pousse tout son monde, houspille un peu Simon qui ne travaille pas assez vite à son goût, place le petit Ernest – il a tendance à toujours venir se réfugier dans ses jupes – à côté de sa vraie mère. Teena n'ose pas encore poser de questions à son fils au sujet des événements des mois qui viennent de s'écouler, elle ne sait pas par où commencer. Et, surtout, elle le trouve beaucoup moins beau que l'été précédent. Le regard plus fuyant, aussi, les épaules arrondies. Après tout, il se demande peut-être encore une fois qui elle est... Elle a essayé de lui passer une main dans les cheveux, il s'est raidi avant de s'éloigner. Elle a une courte semaine pour l'apprivoiser. Comme d'habitude. Et, comme d'habitude, elle n'y parviendra pas. Elle le regarde s'approcher de Rose, s'accrocher à son tablier, enfouir sa tête dans les plis de sa robe. Et elle a envie de se sauver en hurlant.

Un deuxième choc attend Rhéauna, qui n'en a pourtant pas besoin. Lorsqu'elle a franchi la porte d'entrée qui donne directement dans le grand salon, elle reste figée sur place. Les murs et le plafond de bois, les vieux meubles, la couleur de l'éclairage, ambrée, douce, les dentelles posées sur le dossier des fauteuils, les gravures sur les murs – des bateaux, des animaux, des montagnes, n'importe quoi qui s'accroche et qu'on peut oublier aussitôt –, cette odeur d'huile à lampe, surtout, qu'elle n'a pas sentie depuis deux ans, tout ça la bouleverse au point qu'elle doit s'appuyer au montant de la porte pour ne pas tomber.

Sa grand-mère va sortir d'un moment à l'autre de la cuisine, un plat fumant au bout des bras, ses sœurs vont venir terminer de dresser la table en se chicanant pour la forme et son grand-père va poser dans le cendrier sa pipe éteinte qu'il n'a pas le droit de fumer dans la maison. Ils vont s'attabler devant un plat de blé d'Inde – après tout, on est en août – ou une soupe aux pois, tout le monde va congratuler la cuisinière, grand-papa Méo va saper en mangeant et se le faire reprocher, grand-maman Joséphine va poser une tranche de pain dans son assiette avant d'y verser la soupe grasse et épaisse. On va rire, on va parler de l'école qui va commencer bientôt, de l'état des routes, des moissons abondantes ou non, de la nouvelle famille qui vient de s'installer au village. On va s'empiffrer, on va cacher un rot ou deux derrière la main comme l'a montré tant de fois grand-maman Joséphine, puis on va aller se promener dehors…

Elle a mal partout, son envie, son besoin d'être ailleurs, là où elle a été heureuse, n'ont jamais été aussi forts. Elle voudrait se retrouver dans cette odeur d'huile brûlée, soulever le globe de la lampe, raccourcir la mèche qui fume sur les conseils de son grand-père qui ne veut pas qu'elle se fasse mal ou qu'elle mette le feu à la maison. Elle peut presque goûter la soupe aux pois, croquer les grains de maïs lessivé, elle a envie de crier en riant que c'est trop chaud et de prévenir ses sœurs qui n'auront sans doute pas pensé à souffler sur leurs cuillers…

C'est la voix tonitruante de la tante Rose qui la sort de sa rêverie.

« J'ai juste préparé un repas froid. Y va y avoir ben de quoi à manger, mais ça sera pas chaud. Parce que je savais pas à quelle heure que vous arriveriez. Une chance que j'ai pas faite un roastbeef, y aurait eu le temps de cailler dans son assiette ! La table est mis dans la cuisine, tout est déjà en place, suivez-moé… »

Le salon se vide. Rhéauna reste seule. Elle se dirige vers le fauteuil le plus près, s'assoit, pose la tête sur le *doily* de dentelle. Rester là toute la semaine, les yeux fermés, se concentrer sur l'odeur d'huile à lampe qui fait voyager, se fondre à ces souvenirs dont elle voudrait tant se détacher pour essayer d'apprécier sa vie à Montréal et qui reviennent toujours la hanter. Elle pense moins souvent à ses sœurs et à ses grands-parents depuis le début de l'été, mais lorsque leur souvenir la rattrape, comme en ce moment, la douleur est telle, le manque si grand, qu'elle voudrait, oui, c'est ça, c'est la première fois qu'elle le comprend, qu'elle voudrait mourir.

Une petite voix lui fait ouvrir les yeux. Une voix qui ne prononce qu'un mot, un petit « Nana » dit sur un mode interrogateur, un rappel tout court, flûté, qu'elle a des responsabilités, qu'elle n'a pas le droit de rêver, qu'elle a fait une promesse solennelle.

Il la regarde avec de grands yeux. Il la croit peut-être malade.

Malade, elle l'est, mais d'un mal impossible à guérir par de simples médicaments. C'est une maladie qui vient de l'âme et dont elle ignore le nom, un mal qui n'en a peut-être pas, de nom, et qui ne connaît aucune guérison. Et dont elle ne se débarrassera pas, elle le sait, tant qu'elle ne sera pas retournée en Saskatchewan, dans la maison qui ressemble à celle-ci et qui sent pareil.

Mais lui, là, cette petite chose qui dépend tant d'elle, elle ne peut quand même pas l'abandonner ! Et elle ne va pas recommencer, comme l'année dernière, à vouloir fuir ! Elle se lève, essaie de lisser de la main la jupe de sa robe rouge fripée par le voyage.

« Vas-y. Va manger. J'vas aller vous rejoindre… »

C'est froid, mais il y en a beaucoup. Rose a dévalisé son garde-manger et vidé sa glacière, elle a envoyé Simon, tôt le matin, acheter un jambon au village, elle a passé la journée à varnousser ici et là dans la cuisine, boulangeant, rôtissant, sacrant parce que ses tartes n'étaient pas assez dorées ou ses pets de sœurs trop fades. Elle a jeté tout ça pêle-mêle sur la grande table de la cuisine lorsqu'elle a entendu la charrette emprunter la montée qui mène de la route principale à la maison (la table était dressée depuis le milieu de l'après-midi et les denrées attendaient sur les comptoirs ou dans la glacière) et a assis son monde n'importe comment, sans souci de protocole, approchez-vous, choisissez-vous une place, assisez-vous, mangez !

Ils ont beau protester, lui répéter qu'ils n'ont pas faim, qu'ils sont fatigués, qu'ils souhaitent juste aller se coucher, elle insiste, fait la baboune lorsqu'ils refusent une assiette débordante de gras et de sucre, utilise sans vergogne le chantage émotif le plus primaire et le plus éculé : ça valait la peine de vouloir leur faire plaisir, de se démener comme une enragée toute la journée, de se casser les reins à pétrir la meilleure pâte à tarte de la Gatineau ! Avoir su, elle leur aurait offert un thé faible accompagné d'un biscuit soda !

Ils finissent par avouer qu'ils ont mangé du poulet, à Papineauville, parce que Simon avait peur qu'ils aient faim pendant le voyage en charrette. Sa colère contre son mari est si énorme, si outrancière – après tout il n'a commis aucun crime ! –, qu'elle les fait rire, même Théo qui s'amuse de sa face toute rouge et de ses grands gestes. Rhéauna pense à sa tante Bebette, à Winnipeg, à qui cette grosse femme ressemble, et s'attend d'un moment à l'autre à la voir sortir un *saperlipopette* sonore et menaçant. Mais, au contraire de chez sa cousine Bebette, qu'elle connaît d'ailleurs à peine, rien chez Rose ne semble menaçant. Comme si sa colère, au demeurant sincère et pourtant fort bien exprimée en expressions claires et colorées, n'arrivait pas à cacher sa bonté et sa générosité. Plus elle crie, moins on la croit ; plus elle vocifère, plus ses invités et son mari plaisantent, lui disent de se calmer, que ce n'est pas grave, qu'ils vont manger tout ça le lendemain, les jours suivants, pendant toute la semaine même, parce qu'il y en a pour une armée. Elle admet au bout d'un certain temps qu'elle a peut-être un peu exagéré, en effet, et que tout ça sera sans doute encore bon le lendemain...

« Mais vous savez ce que c'est. Quand on prépare à manger, on veut que ça soye apprécié ! »

Les protestations fusent de toutes parts. Tititte, en tant qu'aînée des sœurs Desrosiers, prend la parole en leur nom.

« Va pas penser que ça l'est pas, Rose, voyons donc ! On voit ben que tu t'es forcée sans bon sens ! Mais si on se force pour manger même si on a pas faim, tu risques d'avoir une gang de malades sur le dos ! Une indigestion aiguë dans une région éloignée comme ici, ça doit pas être drôle !

— Tant qu'à ça, j'aime mieux que vous passiez une bonne nuit qu'entendre dire demain matin que vous avez failli mourir à cause de ma graisse de rôti ! »

Lorsque vient le temps de se coucher, les restes du repas remisés dans les armoires ou dans la glacière et la vaisselle réglée à toute vitesse, Rose fait visiter la maison à ceux qui ne la connaissent pas. On apprend ainsi que Tititte va dormir dans la deuxième chambre, petite mais très sympathique avec ses motifs fleuris dépareillés sur le mur, le lit, la chaise, les lampes, le tapis. Et même sur une frise de bois coloré autour du plafond. En fait, c'est celle d'Ernest et Tititte ne peut pas s'empêcher de se demander ce qu'un petit garçon fait dans une chambre à l'évidence décorée pour recevoir une fillette. À moins qu'elle n'ait autrefois appartenu – tout y est si vieux – à une jeune fille maintenant mariée. Ou même défunte à en juger par l'ameublement d'un autre âge, trop lourd pour la grandeur de la pièce et datant sans doute du siècle dernier. Rose, qui sent venir une question, dit que c'est une chambre qui est restée intacte depuis des années, depuis même avant les anciens propriétaires qui en avaient fait eux aussi celle de leur fils, un dénommé Gabriel qui doit maintenant être à peu près du même âge que Nana.

« Quand Teena a acheté la maison, elle l'a gardée exactement dans le même état. C'tait du vieux, mais c'tait du confortable… Pis on s'est dit que si un petit garçon avait occupé la chambre telle quelle, Ernest pouvait le faire lui aussi… »

Teena, quant à elle, va bien sûr reprendre possession de sa propre chambre, habituellement occupée par Rose et Simon qui entretiennent la maison en son absence tout en s'occupant de son fils. C'est une entente qui fait l'affaire de tout le monde. Les biens de Teena sont ainsi protégés et son fils élevé dans une famille qui prend soin de lui.

Rhéauna, elle aussi étonnée par l'aspect de la chambre du petit Ernest et qui se dit qu'elle-même aurait de la difficulté à dormir au milieu de tant de fleurs collées aux murs, brodées sur les oreillers, pendues devant la fenêtre et parsemées à la fois sur le lit et sur le plancher, demande à la tante Rose – en fait sa petite-cousine, mais c'est plus commode de l'appeler sa tante – où elle et son mari vont coucher si la visite prend leur place.

« Fais-toé-s'en pas pour nous autres, ma petite fille, Simon a gardé sa cabane au bord du lac. On sera pas loin, c'est à cinq minutes de marche, c'est juste en bas de la côte... Pis ça va nous faire comme des vacances, à nous autres aussi! On a décidé qu'on s'en allait passer une semaine dans notre chalet, même si c'est juste une cabane abandonnée, aujourd'hui. Simon, lui, appelle ça un campe, mais moé j'aime mieux le mot chalet, ça fait moins pauvre, même si ça l'est pas mal...»

La tante Rose regrette-t-elle d'avoir à céder la place à la visite? Est-ce de l'ironie qui se devine sous ce petit laïus pourtant dit sur un ton léger? En tout cas, Teena s'arrange pour l'interrompre en passant devant elle pour aller porter un de ses paquets, le plus gros, sur son lit.

«C'est dans c'te cabane-là qu'y vivaient avant que je les invite à venir rester ici...»

Rose fait un pas en arrière, la main sur le cœur. Elle n'ose rien répondre, mais on sent qu'elle en aurait beaucoup à dire.

Rhéauna, qui veut à tout prix mettre fin à ce moment de malaise, se souvient qu'on avait parlé d'une petite maison, à côté de la grande, pour sa mère, son frère et elle, et décide de faire dévier la conversation.

«Pis nous autres, ça a l'air qu'on couche pas dans la maison parce qu'y a pas assez de place?»

Heureuse de la diversion, la tante Rose leur tourne le dos, sort de la pièce à grandes enjambées.

«Tu vas voir, vous allez ben aimer ça...»

Tout le monde lui emboîte le pas, y compris Teena qui veut sans doute vérifier par elle-même si tout a été préparé comme elle l'a demandé dans sa lettre. Ils sortent de la maison à la queue leu leu, Rose en tête, une énorme lampe à huile à la main. Ils se dirigent vers une petite remise, tout près de la maison, où Simon vient d'allumer une lampe.

«C'est un hangar, mais Simon vient de passer trois jours à le transformer pour vous autres... Y a même posé une porte grillagée pour que vous mouriez pas de chaud...»

Rhéauna l'écoute à peine. L'odeur de pin ou d'épinette lui chatouille encore les narines. Elle espère ne pas s'y habituer et passer toute la semaine à s'imaginer fêter Noël en plein mois d'août.

Un ululement fend la nuit, un cri lancinant entre une plainte d'oiseau et un appel d'enfant qui a peur. Rhéauna sursaute, se retourne dans la direction d'où il est venu. La tante Rose rit.

«C'est juste une chouette qui te dit bonsoir, Nana… Tu vas entendre toutes sortes de cris d'oiseaux, icitte, surtout la nuit, faut que tu t'habituses, sinon tu dormiras pas de tout's les vacances!»

Si la maison de Teena avait l'air d'une lanterne chinoise à leur arrivée, celle-ci ressemblerait plutôt à un minuscule fanal qui essaie de percer l'obscurité.

Une seule pièce. Deux lits, un grand pour Maria et Rhéauna, un petit pour Théo. Deux chaises. Une table en pin qui servira sans doute de vanité à Maria. Une rangée de crochets qui ont dû soutenir des instruments aratoires et auxquels on pourra suspendre des vêtements. Une fenêtre collée dans la peinture et qui n'a sans doute pas été ouverte depuis des années. La fameuse porte moustiquaire. Et un pot de chambre. Simon a fait de son mieux dans le temps qui lui était alloué pour préparer tout ça, mais ça sent encore le hangar à outils, l'air confiné, la poussière accumulée, et Maria se demande comment elle arrivera à dormir là six soirs de suite.

Rose passe la main sur le grand lit.

«En tout cas, les lits sont bons. Je sais que c'est pas un château, que c'est juste une *shed* arrangée à la dernière minute, mais vous deviez être juste trois, y aurait eu en masse de place dans' maison, pis vous nous avez annoncé tout d'un coup que vous seriez cinq… Ça a été toute une job de nettoyer ça!»

Teena lui donne une légère tape dans le dos pour la rassurer.

«On te critique pas, Rose. Vous avez faite ce que vous pouviez, Simon pis toi, je le sais… On aurait toutes pu coucher dans' maison en se tassant, mais j'ai pensé que Maria aimerait ça se retrouver tu-seule avec ses enfants…»

Rose se redresse.

«J'ai même pas eu le temps de poser des rideaux dans le châssis…»

Maria s'assoit sur le lit, lance un soupir de soulagement en pensant à toutes ces fleurs qui décorent la chambre du petit Ernest. Ils l'ont échappé belle.

«D'abord qu'on pourra dormir. De toute façon, on va passer notre temps dehors ou dans la grande maison…»

Elle n'a pas l'air convaincue de ce qu'elle dit. Tout le monde s'en rend compte. Un silence gêné tombe dans la pièce, interrompu au bout d'un moment par Théo qui montre le pot de chambre sans savoir qu'il les tire tous d'un malaise dont ils auraient eu quelque difficulté à se dépêtrer sans son intervention.

«Caca!»

Rhéauna se précipite vers lui pour lui descendre sa culotte.

Tout le monde rit, Rose en profite pour se tourner vers la porte.

«Au fait, vous savez que les bécosses sont derrière la maison, hein… J'sais que vous êtes habitués aux toilettes automatiques, en ville, mais icitte, à la campagne, on fait encore comme dans le bon vieux temps… Emportez une lampe avec vous autres si vous êtes obligés d'y aller, y fait ben noir dehors. Mais j'vous conseillerais plutôt de vous servir du pot de chambre, on sait pas ce qu'on peut rencontrer… Pis oubliez pas que vous venez passer la journée chez nous, demain! On va se baigner dans le lac!»

Elle pousse Tititte, Teena et Simon dehors. Les souhaits de bonne nuit sont échangés à toute vitesse. Personne ne se regarde.

Les autres partis, et pendant que Théo fait son affaire, Maria reste assise sur le lit.

Rhéauna dépose les valises sur la petite table en pin.

« Faudrait ben défaire les valises, moman...

— On fera ça demain... Sors juste nos jaquettes pis le pyjama du petit... »

Rhéauna vient s'assoir à côté de sa mère, lui prend la main.

« Êtes-vous découragée, moman? »

Maria se passe la main dans les cheveux, secoue la tête, se relève en riant. Le petit rire si peu sincère que Rhéauna connaît tant et dont elle a appris à se méfier.

« Occupe-toi pas de ça. Ça va passer... Chus juste fatiquée.

— C'est pas les vacances que vous vouliez, hein?

— Ce que je voulais, Nana, c'était des vacances, un point c'est tout... J'vas en avoir, c'est le principal. Pis répète-moi surtout pas que vous allez être tranquilles, Théo pis toi, je le sais... »

Elle tapote la joue de Rhéauna.

« Envoye, déshabille ton frère, pis déshabille-toi. »

Théo dort déjà, affalé dans son petit lit. Rhéauna lui met une couche propre – au cas où – et le borde bien comme il faut. La nuit va sans doute être froide si on en juge par l'humidité qui pèse sur ses épaules. Un petit frisson la secoue pendant qu'elle se déshabille.

Elle prend mille précautions en se glissant dans le lit. Sa mère dort peut-être déjà. Le matelas est mou, les draps plutôt raides, l'oreiller un peu piquant, mais elle est si épuisée qu'elle est convaincue de s'endormir très vite, même dans cet environnement inconnu. Sa mère s'approche d'elle, passe un bras autour de sa taille.

« Vous dormez pas?

— Ça me prend plus de temps que ça pour m'endormir...

— Tous les soirs?

— Tous les soirs.»

Rhéauna appuie la tête au creux de l'épaule de sa mère. Celle-ci pose sa main libre dans ses cheveux. En un moment tout est oublié, la fatigue du voyage, l'inquiétude de ne pas être à la hauteur des attentes de Maria, la culpabilité d'avoir peut-être trop insisté pour qu'elle les emmène en vacances alors qu'elle avait besoin de repos, oui, tout est oublié parce qu'elle se retrouve dans les bras de sa mère. Ça sent très fort le tilleul, la main de Maria est douce sur son front, dans son cou. Et si elle frissonne, ce n'est plus à cause du froid.

«C'est toi qui es t'inquiète, hein? Arrête de penser que chus pas contente de vous avoir emmenés. Chus contente, Nana. Je regrette rien. On va passer une belle semaine, on va rire, on va se baigner dans le lac. Ça m'est jamais arrivé à moi non plus de me baigner dans un lac, pis j'ai ben hâte à demain… Y paraît que c'est froid, mais qu'on s'habitude vite… En tout cas, c'est ça que ta tante Teena m'a dit, l'année passée. Dors bien, tracasse-toi pus, y a pas de quoi se tracasser, pis y a une belle journée qui nous attend, demain.»

Maria se rend compte, à la mollesse de son petit corps, à son souffle régulier, que Nana s'est endormie. Et toutes ses inquiétudes lui reviennent.

Un cri réveille Rhéauna au milieu de la nuit. Un hurlement de loup? L'ululement d'un hibou? Tout ce qu'elle sait, c'est que c'est laid, que ça s'étire en une longue note de souffrance, comme un enfant malade qui se plaint ou quelqu'un qui a beaucoup de peine. Ce n'est donc pas un prédateur. C'est une victime. Un deuxième cri s'élève, suivi d'un sanglot.

Elle se glisse hors du lit en gardant une couverture sur ses épaules, s'approche de la porte, l'ouvre. Elle n'a jamais vu une nuit d'un noir aussi intense, même en Saskatchewan. Là-bas, dans les plaines, le vent fait onduler les épis dans les champs, on peut toujours deviner du mouvement, même quand la lune est couchée. Ici, rien. Le ciel est plein d'étoiles, mais il n'éclaire rien. Elle est plongée dans une bouteille d'encre. Qu'est-ce qu'elle ferait si elle avait besoin de se rendre aux toilettes? La petite lampe à huile que leur a laissée la tante Rose n'arriverait jamais à percer ce bloc compact d'obscurité. Et elle ne s'est pas servie d'un pot de chambre depuis près de deux ans…

Un autre cri. C'est une femme, Rhéauna s'en rend maintenant compte. Une deuxième voix s'ajoute à la première, plus calme mais autoritaire, comme si elle sommait la première de se taire. Elle comprend quelques mots. *Dormir… pas de bon sens… va aller mieux.* C'est la voix de sa tante Tititte. C'est donc la tante Teena qui hurle dans la nuit. Est-elle malade? Quelque chose qu'elle a mangé et qui ne passe pas? La graisse de rôti? Le jambon froid?

Puis Rhéauna pense au petit Ernest qui n'a pas regardé sa mère de la soirée, qui semblait même en avoir un peu peur. Et la tante Teena qui le couvait sans cesse du regard. Elle devine là un drame qu'elle ne comprend que trop bien : une autre mère éloignée de son enfant. Mais, et c'est là que se situe la grande différence, cet enfant-là, c'est évident, ne veut rien savoir de sa mère alors qu'elle-même, pendant son voyage entre Maria et Montréal, avait envie de revoir la sienne. Comment sa propre mère aurait-elle réagi si elle l'avait traitée avec ce genre de froideur, avec cette indifférence mêlée de peur à son arrivée à Montréal ? Aurait-elle, elle aussi, lancé des cris de désespoir dans la nuit ? Mais Rhéauna aimait sa mère lorsqu'elle est arrivée à Montréal alors que le petit Ernest, lui, a peur de la sienne.

Une minuscule lueur jaune perce la noirceur. Quelqu'un vient de se déplacer dans la maison, une lampe à huile à la main. La tante Tititte qui retourne se coucher ? Rhéauna se rend compte qu'elle n'entend plus de plaintes ni de sanglots depuis un moment. La tante Teena s'est peut-être rendormie… Puis la voix de sa mère s'élève derrière elle.

« As-tu peur d'aller aux toilettes, Nana ? J'peux y aller avec toi, si tu veux.

— Non, non. J'ai entendu quequ'chose, mais je pense que c'était juste un hibou. Ou ben un loup. Rendormez-vous.

— Ferme la porte, pis viens te recoucher. »

Avant de rentrer, elle regarde une dernière fois en direction de la maison. Tout est retombé dans le calme. La chape compacte de noirceur est revenue tout d'un coup, le monde n'existe plus. Tititte a éteint sa lampe. Est-ce que quelqu'un va dormir dans la grande maison cette nuit ?

Puis, cette fois, un vrai ululement perce la nuit, pas très différent de la plainte de la tante Teena.

En se réveillant, le lendemain matin, Rhéauna a la surprise de trouver Théo collé contre elle, les bras serrés autour de Nounours. Il a dû profiter du départ de leur mère pour venir se glisser dans le lit chaud. Sa couche est sèche sous son pyjama de flanelle rayé bleu et blanc. Rhéauna a eu peur qu'il ait changé de lit parce qu'il avait mouillé le sien. Tout est normal, elle n'aura pas de lavage dégoûtant à faire. Il ne dort pas; il attendait sans doute qu'elle se réveille, et le sourire qu'il lui fait la ravit.

«As-tu bien dormi, mon gros poussin?»

Sa réponse est courte et péremptoire:

«Toast!»

Elle l'embrasse sur le front, le pousse hors du lit.

«Pourquoi t'as pas suivi maman si t'avais si faim que ça?»

Il trottine jusqu'à la porte, essaie de l'ouvrir, n'y arrive pas.

«J'veux ben croire qu'on y a promis de pas l'achaler, mais t'aurais pu aller déjeuner avec elle, franchement!»

Elle ramasse le pot de chambre en faisant la grimace.

«Bon, où est-ce que j'vas vider ça, moi... Va-tu falloir que j'aille jusqu'aux bécosses? J'sais même pas où c'est!»

Elle ouvre la porte de leur cabane.

C'est une magnifique matinée d'août, fraîche et toute mouillée parce que la rosée n'a pas encore séché. Le soleil, déjà haut au-dessus de la montagne, s'annonce toutefois assez chaud et Rhéauna se dit que ce sera une journée parfaite pour plonger dans un lac la première fois de sa vie.

La maison de la tante Teena est à flanc de montagne, comme si une gigantesque main l'avait posée là, sur un petit tertre, au bout d'un chemin tracé par le bout d'un gros doigt, de la route au perron. Ce qui étonne le plus Rhéauna, c'est que l'à-pic de la montagne commence juste derrière la maison, que celle-ci, adossée à la pente, en fait presque partie. Les arbres, presque tous des conifères, la gratouillent de leurs branches basses. Seule la galerie d'en avant, qui donne sur la porte d'entrée, est dégagée ; le reste, tout le tour de la maison, est encombré de sapins, de pins, d'épinettes, de quelques gros feuillus. Les fenêtres en sont obstruées. Il doit faire sombre dans toutes les pièces quand il n'y a pas de soleil. Rhéauna comprend pourquoi, la veille, la tante Rose leur avait souhaité la bienvenue dans la maison suspendue. On dirait, en effet, qu'elle est posée sur une petite tablette au milieu de l'immense nature et qu'elle flotte.

Elle fait quelques pas, regarde autour d'elle. Partout des montagnes. Tout près, comme elle vient de le constater, écrasant presque la maison, mais aussi au loin, bouchant l'horizon au complet en belles lignes courbes irisées de taches de tous les verts imaginables. Des pans de montagnes sont presque jaunes là où le soleil frappe et d'un beau vert foncé sous les nuages qui voyagent vite. Elle peut voir la forme complète de certains nuages qui court sur le champ de l'autre côté de la route de Duhamel où paissent des vaches placides. Et ignorantes de l'admirable harmonie qui les entoure.

Que c'est beau ! Et étrange. Tout le contraire de là où elle a été élevée : des pics, des creux, des dénivellations brusques, d'énormes pierres, sans doute tombées des montagnes, couvertes de lierre ou de lichen et jetées çà et là, comme pour décorer. Et aucun champ de céréales. Rien ne semble pousser dans ces terres de roches. Que des vaches.

Elle traverse le bout de terrain qui sépare le vieux hangar de la maison, suivie de Théo qui, lui aussi, se tord le cou pour regarder le sommet de la montagne.

Elle pose le pot de chambre sur le perron – elle ne va tout de même pas entrer ça dans la maison – et pousse la porte.

Ça sent le pain grillé sur le poêle à bois, le café qui a trop bouilli et le bacon. Les trois femmes, pimpantes, joyeuses, légèrement vêtues, sont attablées dans la cuisine devant un amoncellement de pots de confiture, de plats de petit lard salé, de graisse de rôti, de fèves au lard, de crème d'habitant et de sucre d'érable. Les restes d'une énorme omelette refroidissent dans un grand plat de porcelaine. Elles sourient en les apercevant, leur souhaitent la bienvenue. Théo se lance vers la table, tend les bras vers sa mère.

Il ne reste aucune trace du drame de la nuit sur le visage de la tante Teena qui paraît reposée et heureuse. Rhéauna se dit qu'elle a peut-être rêvé tout ça, en fin de compte. Une illusion causée par la trop grande fatigue du voyage ou les choses lourdes qu'elle a mangées avant de se coucher.

Elle s'assoit à la place restée libre et commence à se remplir une assiette.

« C'est ben beau, ma tante Teena, la montagne en arrière de la maison ! »

Teena sourit entre deux bouchées de pain couvert de beurre et de mélasse.

« Oui, mais des fois j'ai peur que tout ça nous tombe dessus ! »

Ils rient, même Théo qui n'a sans doute pas compris ce qu'elle voulait dire mais qui est sensible à la bonne humeur ambiante.

Maria se lève pour commencer à débarrasser la table. Tititte lui fait signe de se rasseoir.

« Laisse les enfants finir, Maria. On n'est pas pressés. Pis j'ai pas fini de manger, tout ça est trop bon ! »

Maria se rassoit, plonge sa fourchette dans le plat de fèves au lard.

«Quand t'auras fini de manger, Nana, y faudrait que tu nous rendes un service... Y faudrait aller chercher de l'eau dans le cric.»

* * *

En sortant de la maison, tout de suite à droite, un petit chemin suit la dénivellation qui mène à une branche de la rivière Petite-Nation, un ruisseau d'eau froide, claire et généreuse, même en plein cœur de l'été. C'est un minuscule cours d'eau qui ne se tarit jamais et que les gens du village appellent le cric, sans doute en écho au mot *creek* ou par la virilisation du mot crique. C'est la seule source en eau potable des environs et on en prend grand soin.

Pour éviter les corvées d'eau trop difficiles, un demi-pont a été construit, peut-être en même temps que la maison, une sorte de jetée de bois qui surplombe la pente et qui mène au-dessus du ruisseau. La structure s'arrête là, en plein ciel, à mi-parcours entre les deux rives du petit torrent, à une quinzaine de pieds du sol. Tout au bout, un seau est attaché au milieu d'une margelle de bois. C'est un puits dans les airs. On jette le seau, on le remonte, c'est moins forçant que de descendre et remonter la pente assez rude, surtout l'hiver.

Rhéauna hésite avant de s'y engager. La structure est vieille, le bois a commencé à pourrir depuis longtemps, des générations d'aiguilles de pin, mouillées par la rosée et d'une vilaine couleur rouille, jonchent le plancher qui semble glissant. Elle s'accroupit à côté de Théo qui a déjà commencé à ramasser des aiguilles pour les lancer dans les airs.

«Tu vas m'attendre ici. Tu peux continuer à lancer des aiguilles de pin, mais embarque pas sur le pont. Nana te le défend. T'as ben compris? Pis mets-en pas dans ta bouche, c'est poison!»

Elle se relève, pose un pied hésitant sur la première planche.

Ce qui la frappe d'abord, c'est cette troublante impression de sortir des arbres, d'émerger de la forêt pour s'engager dans les airs. La pente descend sous ses pieds, le sol s'éloigne, les branches se font rares, puis il n'y a plus rien au-dessus d'elle, seul le ciel est là, immense, si bleu, et le soleil qui lui caresse la peau. Elle a un petit frisson de bonheur, lève la tête, prend une grande respiration. Elle ne sent plus l'odeur d'arbre de Noël, ses poumons ont déjà dû s'y habituer. C'est bien dommage. Mais le soleil est bon. Elle regarde par-dessus la rambarde. Elle entend l'eau mais ne peut pas encore la voir. Des milliers de fougères courent sur le sol, échevelées par le vent. Elle n'a pas le vertige, elle tient ça de sa mère qui lui a expliqué un jour que les Indiens ne le connaissent pas, à cause d'un liquide qu'ils ont dans la tête au niveau des oreilles. Elle resterait bien là une heure ou deux à rêver, mais elle a une tâche à accomplir. On risque de manquer d'eau dans la maison parce que les trois femmes ont décidé de nettoyer la cuisine avant de partir pour la baignade. Elle aura donc à transporter plusieurs seaux d'eau qu'elle devra vider dans le baril posé bien en vue à côté de la porte d'en arrière qui donne sur la cuisine.

Elle se rend jusqu'au puits de bois en chantonnant, passe la tête par-dessus la margelle, regarde une fois de plus vers le bas. Elle aperçoit l'eau, tout au fond, rapide et tumultueuse, à travers les branches d'une grosse épinette noire qui pousse sur la rive, presque dans le ruisseau. C'est sans doute comme ça que les oiseaux voient le monde. Par-dessus. Si des gens passaient en canot, elle ne verrait que le dessus de leur tête, sans rien pouvoir deviner d'eux. L'eau est vive, elle devine des poissons, des grenouilles, des couleuvres. Et si elle remontait une couleuvre dans le seau? Une belle rayée vert et jaune? Elle rit. C'est Théo qui serait content. Ou terrifié.

Une voix la fait sursauter.

«T'as oublié ton siau! Comment tu veux rapporter l'eau dans' maison si t'as pas de siau?»

C'est la tante Teena, un seau vide à la main. Après l'avoir déposé, elle s'appuie à côté de Rhéauna, regarde à son tour vers le bas.

«C'est beau, hein? C'est ça qui m'a décidée à acheter la maison, y a cinq ans. Le petit Ernest avait trois ans, je voulais qu'y vive dans une maison qui avait de l'allure… Je l'aimais ben, la maison, quand je l'ai visitée, mais ça… c'te demi-pont-là qui mène dans les airs, je sais pas… J'avais jamais vu ça pis je voulais que ça m'appartienne. Pis j'y reviens chaque fois que je monte à Duhamel.»

Elle a un profil amusant. Le nez rond et busqué, le menton pointu, un début de double menton, l'oreille décollée mal dissimulée par une frisette. Mais ce matin, une ombre de tristesse se devine dans le pli qui barre son front. Elle ne montre plus la gaieté de tout à l'heure. On dirait qu'elle arrive mal à maîtriser un chagrin qui la mine.

Sans trop savoir pourquoi, sans presque s'en rendre compte, même, Rhéauna lui dit qu'elle a entendu une voix, la nuit dernière, une voix de femme qui souffre et qui semblait provenir de la maison.

Teena baisse la tête, reste silencieuse un moment. Puis elle se tourne vers Rhéauna, comme si elle venait de décider de lui confier un grand secret.

«J'vas te dire une chose… Les anciens propriétaires de la maison m'ont conté quequ'chose de ben étrange. Y disaient que la maison était hantée. Pas par des fantômes méchants, là, mais… par des femmes. Quatre, ça a l'air. Qui apparaissaient de temps en temps, sur la galerie d'en avant. Elle, la femme, a' disait qu'elle les avait jamais vues, qu'elle en avait juste entendu parler, mais lui, y s'appelait Josaphat, je m'en rappelle, y disait qu'y les voyait des fois, surtout la nuit. Quatre femmes qui tricotaient. Des fantômes qui tricotent la nuit. C'est niaiseux, hein? Si j'y croyais, j'te dirais que c'est peut-être une d'elles que t'as entendue… Mais j'y crois pas. Je crois pas aux fantômes, même si je trouve que c'est une belle histoire. T'as probablement rêvé, c'est toute. Après tout ce qu'on avait mangé, même si on a dit en arrivant qu'on avait pas faim… Fais-toi-s'en pas avec ça, t'as entendu une chouette ou ben un loup, pis ça t'a fait rêver… »

Rhéauna pose le menton sur le bois usé.

« J'trouve ça beau, ces histoires-là. J'y crois pas, mais je trouve ça beau. »

Teena se redresse, s'empare du seau de bois suspendu dans le vide par un crochet attaché au bout d'une corde.

« Bon ! Faut que j'te montre comment on fait ça, à c't'heure… Le secret, c'est de pas trop remplir les siaux. Si tu les remplis, c'est trop pesant pis tu vas en renverser… Tu vas en renverser en la remontant, tu vas en renverser en la transvasant dans ton siau à toi, pis tu vas en renverser en la transportant entre le puits pis la maison ! Mieux vaut faire plus de voyages, moins forcer, pis moins perdre d'eau… Tu peux me croire, je l'ai appris à mes dépens ! Au commencement, j'étais obligée de me changer chaque fois que je revenais de chercher de l'eau tellement j'étais mouillée !

— Y a-tu du danger que je remonte une couleuvre ? »

Un beau grand rire clair monte dans l'air du matin.

« Y faudrait que tu soyes vraiment malchanceuse ! »

Rhéauna sent qu'on tire sur sa robe.

C'est Théo, la bouche remplie d'aiguilles de pin, au bord des larmes.

Libérées des contraintes vestimentaires de la grande ville, les trois sœurs Desrosiers sortent de la maison vêtues de vieilles robes qu'elles ne portent plus depuis longtemps, des cossins retrouvés au fond d'un placard, qui ne servent même plus à faire le ménage, mais qu'elles ont jugés acceptables pour des vacances à la campagne. Trop longues, trop larges, trop décorées de jabots de dentelle et de manches pendantes, elles ont un petit air tournant du siècle assez amusant.

La mode change à une vitesse folle depuis les débuts de la guerre, ce qui se voit dans les rues cette année est très différent de ce que les femmes arboraient il y a à peine quelques mois, alors elles ont l'impression d'être des petites filles déguisées en leur mère, que ce ne sont pas là des vêtements qu'elles ont elles-mêmes portés tant ils leur semblent démodés. On dirait des dames d'un autre âge, un peu trop chic pour cette journée d'août à la campagne, qui le savent et qui en rient. Et si jamais elles ne se sentent pas à l'aise, elles les enlèveront et se promèneront dans leurs tenues de bain, des robes de maison encore plus vieilles et plus usées qu'elles ont glissées dans un grand sac avec les jouets de Théo. Rose leur a en effet écrit de se réserver une robe pour descendre dans les eaux froides du lac. Elle-même se baigne souvent nue, surtout le soir, assez souvent la nuit, et si l'envie leur en prenait... Tititte a bien sûr lancé de hauts cris en lisant la lettre de leur cousine. Ce qui a fait rire ses sœurs qui l'ont rassurée tout en se moquant d'elle :

« On n'a pas plus envie de te voir tout-nue que t'as envie de te montrer les fesses à l'air, Tititte, inquiète-toi pas ! »

Tititte est la seule à ne pas avoir du tout retouché sa robe de coton, lilas et blanc, une chose assez compliquée et raide, et Rhéauna se dit que sa tante doit avoir chaud derrière son jabot attaché jusqu'au cou et sous ses manches bouffantes aux épaules et serrées sur les bras. Rose leur a pourtant écrit d'apporter des trucs légers, des jupes trop grandes ou des sous-vêtements amples si elles tiennent à rester décentes.

Teena, qui a un peu grossi, a eu quelque difficulté à se glisser dans sa robe fraise écrasée. Elle a même été obligée de laisser la plupart des boutons détachés dans le dos. Ses sœurs ont prétendu que ça ne paraissait pas trop et se moquent un peu d'elle quand elle ne regarde pas dans leur direction.

Maria est ravissante dans une robe blanche rapportée de Providence, dont elle avait oublié l'existence et qu'elle a retrouvée avec plaisir. C'est ce qu'elle portait lorsqu'elle sortait avec monsieur Rambert, le père de Théo, le samedi soir, parce qu'elle se trouvait belle dedans. C'est léger, le coton est doux, et elle n'a rien mis dessous...

Quant aux enfants, encombrés de leurs pelles et de leurs seaux – Rhéauna a eu beau répéter qu'elle était trop vieille pour faire des pâtés de sable et qu'elle voulait commencer la lecture du *Trésor de l'abbaye*, sa mère lui a répondu que c'est ce qui se faisait au bord de l'eau, construire des châteaux de sable avec des seaux et des pelles –, ils regardent partout, se gavent de couleurs et d'odeurs. Théo, son Nounours installé sur ses épaules, a suivi tout à l'heure une abeille jusqu'à une marguerite des champs et l'a regardée se poser pour boire. C'est Rhéauna qui lui a dit qu'elle buvait le suc de la fleur et il n'en est pas revenu parce qu'il a compris que l'abeille buvait le sucre de la fleur. Il en a donc conclu que le sucre qu'il met le matin sur ses céréales provient des fleurs.

À cinq minutes de marche de la maison, ils trouvent le petit chemin de terre que Rose leur a dit de surveiller, à gauche, un goulot d'ombre et de verdure qui plonge à travers une forêt dense et sauvage en direction du lac sur le bord duquel est située la cabane de Simon. La pente est abrupte, le chemin défoncé, ils ont l'impression de quitter la civilisation pour s'enfoncer dans une nature rébarbative quelque peu menaçante malgré sa grande beauté. Là aussi un épais tapis d'aiguilles de pin recouvre le sol et Tititte ne peut s'empêcher de dire que ça fait malpropre, que quelqu'un devrait penser à ramasser tout ça. À l'air choqué que lui lancent ses sœurs, elle comprend qu'elle vient de dire une bêtise.

« C'est vrai que c'est niaiseux, ce que je viens de dire… Excusez-moi. Si y fallait se mettre dans la tête de balayer toutes les Laurentides… Mais, que c'est que vous voulez que je vous dise, je peux pas m'empêcher de trouver ça malpropre pareil ! Tout est beau pis vert au-dessus de nous autres, pis tout est brun pis sale en dessous des arbres ! »

Le pied de Teena a dérapé sur une pierre glissante et elle se rattrape au dernier moment à une branche d'épinette noire.

« Faudrait peut-être empêcher les animaux de courir en liberté, aussi, tant qu'à faire ! Pis leur défendre de faire leurs besoins dans la forêt ! Leur installer des bécosses ! Hé que t'es t'insignifiante, des fois ! Quand on connaît pas la nature, Tititte, on se la ferme au lieu de dire des folleries ! »

Excédée, elle prend les devants avant d'ajouter :

« En tout cas, si les Laurentides étaient nettoyées régulièrement, ça donnerait de la job à Simon, ça y ferait de quoi à faire pour gagner sa vie… »

Les trois adultes rient pendant que Rhéauna se demande ce que sa tante Teena a bien pu vouloir dire. Simon est venu les chercher à la gare, il a transporté les bagages dans la maison, il a fait le feu dans le poêle à bois, il prend soin de la maison pendant que Teena est absente, ce qui représente la plus grande partie de l'année, c'est du travail, non? Mais sa tante voulait sans doute parler d'un métier. Quel métier peut bien occuper un homme de par ici, à part élever des vaches et essayer de cultiver des champs de pierres? Et comment fait-il vivre sa famille s'il n'en a pas, de métier? Mais il est tellement beau qu'on lui pardonnerait tout. Avant qu'elle n'ait le temps de se demander pourquoi elle vient d'avoir cette pensée troublante, une trouée se fait au pied de la pente, une clairière se devine à travers les dernières branches, puis le lac apparaît.

C'est tout petit, un trou dans le sol, une mare d'eau jetée au pied d'une montagne. Une source, quelque part, doit déverser ici son trop-plein pour former ce joli bassin qu'on devine froid parce que le soleil ne s'y montre sans doute pas longtemps chaque jour. Une jetée de bois enjambe un bon tiers du lac, un canot d'écorce est attaché à une échelle qui descend dans l'eau. Il n'y a bien sûr pas de plage, mais quelqu'un, sans doute Simon, a aménagé une sorte de terrain au bord de l'eau – du sable épandu sur les pierres, quelques fleurs – qui fait à peu près illusion. Une cabane en bois des plus rudimentaire, garnie d'une minuscule galerie, de deux fenêtres et d'une seule porte, domine le tout, un peu de guingois, offrant son profil au lac. Un cagibi pas très différent et, semble-t-il, à peine plus grand que le hangar dans lequel Maria et ses enfants viennent de passer la nuit. Maria se dit que ce paysage est à la fois d'une grande beauté et angoissant. Cette maison posée sur la rive d'un petit lac dégage une impression de paix, mais la montagne qui s'élève tout de suite de l'autre côté, abrupte, taillée dans le roc, à la végétation presque rare et à peu près dépourvue de feuillus, semble vouloir tout écraser. Il doit faire noir tôt ici, l'hiver.

Aussitôt que le petit groupe de promeneurs émerge du bois, une voix se fait entendre du fond de la maison et Rose sort en essuyant ses mains sur son tablier.

«Avez-vous croisé Simon? Y vient encore de se sauver, le sacripant! Y a pourtant pas peur de vous autres, y a passé la journée avec vous autres, hier! Hé que c't'homme-là est sauvage quand y s'y met!»

Le petit Ernest est sorti derrière elle, les yeux baissés. Teena lui envoie quand même la main, un geste tout timide qui fend le cœur de Rhéauna.

«Envoyez, rentrez! Mais jamais je croirai que vous voulez vous baigner dans ces belles robes-là! On dirait la famille royale d'Angleterre qui vient visiter Duhamel. En tout cas, j'espère que vous avez emporté un change! Vous pouvez certainement pas vous baigner là-dedans! Sinon, j'ai des vieilles affaires que je pourrais vous prêter. Ça va être trop grand, je le sais, dites-lé pas, chus plus grosse que vous autres, mais c'est tant mieux, ça va flotter dans l'eau autour de vous autres au lieu de vous coller au corps! Pis quand on a trop de linge sur nous autres, on risque de couler au fond!»

Avant d'entrer dans la maison, Tititte se penche sur Teena et la retient par le bras.

«C'est là-dedans qu'a' vivait avant qu'a'l' aille s'installer dans ta maison? Mais c'est ni plus ni moins qu'une cabane!»

Teena lui donne une tape sur la main.

«Parle moins fort! D'un coup qu'a' t'entendrait! Déjà que j'ai fait une gaffe, hier soir...»

Rhéauna s'est approchée d'Ernest en lui tendant son seau et sa pelle.

«Ça te tente-tu d'aller faire des châteaux de sable avec Théo?»

Puis elle pense qu'il est peut-être trop vieux pour ce genre de jeu, lui aussi, et baisse le bras, confuse.

Avant d'accepter l'offre de Rhéauna, Ernest, les oreilles rougissantes et presque transparentes, regarde en direction de Rose, qui a tout entendu.

«Vas-y, mon cœur, va aider Théo à faire des châteaux de sable... Pis surveille-lé, pis ta cousine aussi, pour qu'y tombent pas dans l'eau. Ta mére va aller te rejoindre pour se baigner, tout à l'heure... On va toutes aller se baigner!»

Les enfants s'éloignent vers la plage improvisée pendant que les adultes entrent dans la maison, Rose la tête haute, les trois autres précautionneuses. Les sœurs Desrosiers ne savent pas à quoi s'attendre et ne veulent pas insulter leur cousine en montrant leur déception si l'intérieur de son logis est à l'image de son extérieur.

Mais si l'extérieur ne paie pas de mine, l'intérieur, lui, est impeccable. Tout a été récuré, épousseté, frotté avant l'arrivée de la visite de la grande ville; les chaudrons rutilent dans la partie cuisine, le poêle a été briqué et les meubles de la partie salon sentent l'huile de citron. Rose lève le bras pour leur montrer son domaine.

«C'est pas grand-chose, mais c'est chez nous. Simon a construit ça quand on s'est mariés, pis y a ajouté une chambre plus tard. Au commencement, on dormait dans la grande pièce. C'tait commode à cause du poêle à bois... L'hiver, icitte, vous savez, c'est pas drôle. Là, on a une chambre, mais on gèle toute la nuit! Mais on s'arrange pour se réchauffer, si vous voyez ce que je veux dire...»

Elle dit n'importe quoi pour meubler le silence, elle parle trop vite, on sent qu'elle craint le jugement de ses cousines qui vivent sans aucun doute dans des appartements cinq fois plus grands et dix fois plus beaux que sa cabane au bord du lac.

Teena tousse dans son poing pour cacher son malaise.

«Sais-tu quoi, Rose? Ça fait longtemps que chus pas venue ici, j'ai l'impression que c'est plus grand que dans mon souvenir! En tout cas, que c'est moins petit.»

Rose sourit.

«C'est ça que je te dis, Simon a agrandi quand Ernest est arrivé. Le petit a pris notre place dans la grande pièce, pis nous autres on a eu notre chambre… Jusqu'à ce que t'achètes la maison de Josaphat-le-Violon… En attendant, allez donc vous changer. Y fait chaud, l'eau frette va nous faire du bien. Pis je vous avertis qu'est pas frette ordinaire! De la vraie glace!»

Tititte se drape dans sa dignité.

«Pis tu penses qu'on va se jeter là-dedans!

— Je le pense pas, je le sais. Parce que si vous vous jetez pas dedans, c'est moé qui vas vous pousser! Chus plus forte que vous trois ensemble!»

* * *

Pendant ce temps, Rhéauna essaie de faire connaissance avec son cousin Ernest. Ils se sont accroupis tous les trois près de l'eau et creusent dans la mince couche de sable mouillé. Ils remplissent leurs seaux, les démoulent, recommencent. Une espèce de château prend forme. Il risque de s'écrouler aussitôt que le sable aura séché, alors ils se dépêchent. Théo, qui vient d'abandonner Nounours sous une branche de sapin, gazouille dans sa langue personnelle des trucs qui semblent le passionner. Rhéauna ne sait pas s'il s'adresse à elle ou non et le laisse faire sans répondre. Elle a bien tenté à quelques reprises de lier conversation avec Ernest, mais il répond par monosyllabes et ne la regarde jamais en face. La fillette se doute bien que cette timidité cache autre chose, qu'Ernest dissimule une inquiétude ou une peur et qu'elle n'apprendra rien s'il continue à se méfier d'elle.

La porte de la maison s'ouvre. Ernest sursaute. Ce n'est que Rose qui sort sur le palier pour leur demander si tout va bien. Le petit garçon semble soulagé, lui envoie la main, lui fait même un sourire. Et Rhéauna comprend tout. Il a eu peur que Teena sorte de la maison pour venir lui parler. C'était pourtant simple, il suffisait d'y penser. Sa mère et ses deux tantes en ont d'ailleurs souvent parlé pendant leurs parties de cartes. Alors elle décide de se jeter à l'eau.

«Tu l'aimes beaucoup, notre tante Rose, hein?»

Il la regarde pour la première fois en fronçant les sourcils.

«Pis t'aimerais ça qu'a' soye ta mère?»

Il baisse les yeux, passe ses mains qu'il vient de tremper dans l'eau autour d'un tas de sable, un des premiers qu'ils ont démoulés et qui commence déjà à sécher.

«J'peux-tu te dire quequ'chose? J'pense que ça va t'intéresser.»

Elle lui pose la main sur le bras.

«R'garde-moi. J'te promets que tu vas être content…»

Il lève les yeux. Mais ce n'est pas de l'espoir qu'elle y lit, c'est une inquiétude encore plus grande, une frayeur plus vive, comme s'il croyait qu'elle allait lui apprendre une mauvaise nouvelle.

«J'te le dis, aie pas peur! Viens t'asseoir sur le quai avec moi, on va surveiller Théo de loin.»

Ils se lèvent et vont s'installer au bout de la jetée, les pieds dans l'eau. Le soleil a déjà commencé à baisser, il est à demi caché derrière les arbres, sur la cime de la montagne. Rhéauna se dit que s'ils ne se baignent pas bientôt, ils vont geler comme des glaçons. Une grande partie du lac est déjà dans l'ombre et on dirait que l'eau est plus opaque, plus épaisse. Elle se permet de passer son bras autour des épaules du petit garçon. À son grand étonnement, il ne bouge pas. Il se contente de baisser la tête pour regarder dans l'eau alors qu'il n'y a rien à voir puisqu'elle est trop sombre.

«Écoute-moi ben. J'vas te dire une chose que je devrais peut-être pas te dire, mais je pense que j'ai raison. Ta mère, là, ta vraie mère, ma tante Teena, a' viendra jamais te chercher. Y faut pas que t'ayes peur. A' t'aime beaucoup pis a' s'ennuie de toi, mais a' pourrait pas te ramener en ville pour vivre avec elle, ça serait trop compliqué… pis t'as toujours vécu ici. Est pas folle, t'sais, a' sait ben que tu serais pas heureux à Montréal. Ta vie est ici, y faut pas que t'ayes peur, a' le comprend… »

Elle le sent se détendre. Il lève même la tête.

« T'es sûre? »

Non. Sa propre mère l'a coupée de tout ce qu'elle aimait pour la faire venir à Montréal, deux ans plus tôt. Elle se doit cependant de rassurer son cousin.

« Sûre et certaine. Y faudrait juste… Écoute-moi ben… Y faudrait juste que tu te forces un peu quand a' vient ici. Essaye… Essaye d'y faire plaisir. A' en demande pas beaucoup, t'sais. Arrange-toi juste pour l'appeler moman de temps en temps. Juste ça. Juste ça, pis a' va être contente. Pis laisse-la t'embrasser, sauve-toi pas quand a' s'approche de toi. Ça va être difficile au commencement, mais tu vas voir, est ben fine, pis est pas mal drôle. A' pense toute l'année aux deux semaines qu'a' vient passer avec toi, dans le temps des Fêtes pis l'été, force-toi un peu… Pis… C'est peut-être pas fin de dire ça, mais c'est quand même à cause d'elle si vous avez une si belle maison, oublie pas ça… A'l' aurait pu t'abandonner, s'arranger pour pus jamais te revoir, mais a' fait toute pour que t'ayes une belle vie… avec tes parents adoptifs. »

Pleure-t-il? En tout cas il se passe l'avant-bras sur les yeux, baisse la tête encore une fois, tout en agitant ses pieds dans l'eau. Il ne répond rien, mais Rhéauna sent qu'il réfléchit à ce qu'elle vient de lui dire. Elle regarde en direction de son petit frère. Théo se tient debout au bord du lac et fait pipi comme un homme, alors qu'il refuse de le faire dans son petit pot sur lequel il insiste encore pour s'asseoir. Elle éclate de rire et lui crie qu'elle est fière de lui. Il lève la tête, sourit, et lui lance un triomphant *pipi!* qui traverse le petit lac et lui revient en écho. Il regarde de l'autre côté pour voir qui lui a renvoyé sa voix.

Au même moment, la porte de la maison s'ouvre et quatre clowns sortent en faisant des mimiques et en prenant des poses.

Elles ont fait exprès de s'habiller tout croche, même Tititte dont la qualité première n'est pourtant pas le sens de l'humour : Maria a enfilé sa robe sens devant derrière et le col lui fait comme une fraise autour du cou, Teena s'est mis sur la tête un bonnet d'un autre âge sans doute trouvé au fond d'une armoire ou d'un coffre et qui lui donne un air de grand-mère de conte de fées, Rose a fait un gros nœud au bas de sa robe qui s'en trouve raccourcie d'un côté et ressemble à une gitane en vacances et Tititte a enfilé la robe que Rose portait la veille, cette vieille chose blanche, sans forme et dans laquelle elle flotte. On est bien loin de l'élégante vendeuse de gants de chez Ogilvy. Elles courent, esquissent des pas de danse ridicules, font des grimaces, des révérences…

Rhéauna éclate de rire, se lève, court dans leur direction.

Théo, lui, a remonté sa couche et s'est rassis à côté de Nounours qu'il avait presque oublié sous sa branche d'arbre.

Ernest est resté à sa place et se contente d'agiter les pieds dans l'eau froide.

Au grand étonnement de tout le monde, Rose traverse la jetée en courant et saute dans l'eau en lançant un cri de triomphe. Elle éclabousse Ernest qui se met à rire, se lève et va la rejoindre.

Tititte croise les bras sur sa poitrine.

« Si a' me demande de faire ça, j'me sauve en courant ! J'veux ben faire la comique, mais j'veux pas me noyer dans un lac à moitié gelé pour y faire plaisir ! »

Les sœurs Desrosiers s'approchent de la rive sans oser se tremper le bout d'un orteil. Rose, qui patauge au milieu du lac en compagnie du petit Ernest, les encourage du geste et de la voix.

« Voyons donc, vous êtes pas en sucre, vous fondrez pas ! »

Rhéauna lui envoie la main et se rend compte avec joie qu'Ernest répond lui aussi à son salut. Il ne lui en veut pas. Il a compris.

« C'est-tu vraiment froid ? »

Ils rient tous les deux.

« C'est pas froid, c'est frette ! »

Ernest répète :

« C'est pas froid, c'est frette ! »

Puis il fait un vague signe en direction de sa mère qui porte la main à son cœur en rougissant.

« V'nez... moman... ayez pas peur ! »

Au lieu de se lancer à l'eau, Teena recule de quelques pas. Rhéauna va se placer à côté d'elle et la pousse dans le dos.

« Allez-y, ma tante, allez les rejoindre... »

Pendant ce temps-là, Titite s'est approchée de l'eau.

« Chus la plus vieille, chus la plus raisonnable, ça serait à moi d'y aller la première, je suppose... »

Maria pouffe de rire.

« Me semble, oui...

— R'garde-moi ben aller, Maria Rathier ! J'viens peut-être de la ville, mais ça veut pas dire que j'ai peur de l'eau ! »

Elle plante les pieds dans la première petite vaguelette qui se présente. Et hurle comme si on venait de l'assassiner.

« J'ai pus de pieds ! On dirait que quelqu'un vient de me couper les deux pieds ! Jamais j'vas rentrer là-dedans, moi, jamais ! »

Ses deux sœurs la suivent et lancent le même genre de cri de douleur.

« Ça a pas de bon sens !

— C'est pas de l'eau, c'est de la glace !

— C'est vrai qu'on n'a pus de pieds! Chus même pas capable de bouger mes pauvres orteils!»

Rose est remontée sur la jetée en grimpant à l'échelle de bois. Elle se tient debout, toute dégoulinante, les mains sur les hanches.

«J'vous l'ai dit, tout à l'heure, si vous y allez pas, c'est moé qui vas aller vous pousser!»

Elle traverse la jetée, descend sur la plage, se dirige vers ses cousines, toutes les trois figées dans deux pouces d'eau et déjà frissonnantes. Ernest l'a suivie et vient se placer derrière Teena. Il ne tremble pas. Il est habitué. Il leur est même arrivé, à sa mère adoptive et à lui, de se baigner jusqu'à la mi-septembre, alors...

«C'est pas si tant pire, vous allez voir...»

Émue, Teena se tourne vers lui.

«J'y vas si tu m'aides...»

Il la prend par la main, lui fait faire quelques pas. C'est froid au point qu'elle ne peut s'empêcher de lancer de petits cris stridents d'oiseau affamé. Mais elle le suit, de plus en plus loin, de plus en plus creux.

Maria regarde Rhéauna en fronçant les sourcils. Que s'est-il passé depuis tout à l'heure... Rhéauna sourit tout en détournant le regard. Elle prend son petit frère par la main.

«Viens, Théo, on va essayer, nous autres aussi... Mais laisse Nounours sur la plage, par exemple... T'as pas envie de le noyer, hein? Quoique ça le ferait peut-être changer de senteur...»

Mais l'orgueilleuse Tititte ne s'en laissera pas remontrer. Elle bombe la poitrine et prend sa voix de stentor.

«Si vous pensez que vous allez me faire la leçon après-midi, vous autres...»

Elle traverse la jetée en courant, comme Rose l'a fait un peu plus tôt, prend son élan et se lance à l'eau. Elle remonte à la surface en hurlant.

«M'as mourir! M'as mourir! J'ai pus de membres! J'sens pus mon corps! Chus paralysée! M'as mourir!»

Rose va la rejoindre pour l'aider en cas de besoin.

« T'es-tu correcte, Tititte? »

Celle-ci crache un long jet d'eau, tousse, se racle la gorge.

« Non, chus pas correcte pantoute! Mais, à ben y penser, on dirait que c'est déjà moins froid... »

Maria a pris Théo dans ses bras.

« Veux-tu essayer avec moman, Théo? Ça va peut-être être moins pire à deux... »

Il n'est pas trop convaincu de vouloir la suivre, mais le plaisir d'être dans les bras de sa mère l'empêche de protester.

Maria avance avec précaution dans l'eau. Maria pousse à son tour des petits cris d'animal écorché. Pas trop pour ne pas effrayer Théo. Lorsqu'elle a de l'eau jusqu'à la taille, elle hurle qu'elle n'y arrivera pas et Théo se met à crier parce que ses pieds touchent l'eau.

« Foid! Foid! Foid! »

Sans le prévenir, elle plonge jusqu'aux épaules en le tenant serré contre elle. Ils crient, ils se débattent, puis ils se mettent à rire.

Quant à Teena et Ernest, ils avancent à petits pas. Ils ont de l'eau aux chevilles, aux genoux...

Rose les interpelle du milieu du lac.

« Ça saisit moins quand on se jette tout d'un coup, Teena! Ce que tu fais là, c'est ben pire! Viens nous rejoindre! Viens te jeter au bout du quai! Tititte l'a ben faite, elle! »

Teena agite la main comme pour chasser une mouche.

« Es-tu folle, toi? Je sais même pas si je vas être capable d'aller plus loin... Pis Tititte avait quequ'chose à prouver, pas moi! »

Alors son fils lui donne une énorme poussée et elle s'étale de tout son long dans l'eau. Son rire de petit garçon est à ce point sincère et sans malice quand elle se relève en éructant qu'elle ne se sent pas le courage de le réprimander et se met à jouer avec lui. Elle lui lance de l'eau avec les pieds, il répond en l'arrosant à son tour.

Rhéauna s'est assise au bout de la jetée, les pieds dans l'onde. C'est vrai que c'est froid. C'est vrai qu'on jurerait qu'un couteau vient de pratiquer une fine entaille à la hauteur de sa cheville. Tout le monde lui crie de venir, de sauter, sa mère et son frère lui envoient la main, ses tantes la traitent de feluette, même son cousin Ernest, toute timidité oubliée, lui jure que c'est bon après une minute.

Au lieu de sauter, elle avance les fesses, se bouche le nez, et se laisse couler dans l'eau en douceur. Elle garde cependant les yeux ouverts. Son cœur se met à battre, elle est paralysée par le froid, mais sans ressentir aucune espèce de peur. Elle voit les jambes de ses tantes Rose et Tititte qui s'agitent, elle entend les voix de tout le monde à travers un mur d'eau. Des petits poissons lui tournent autour, des troncs d'arbres et des rochers, couverts de mousse et de boue, jonchent le fond du lac qui a une drôle de couleur entre le vert et le brun. Elle resterait bien là, sans bouger, heureuse, plongée dans l'eau de moins en moins froide, avec sa famille autour d'elle qui s'amuse, Théo dans les bras de leur mère, Ernest qui a moins peur de la sienne. Tout est harmonieux, vu du fond de l'eau, et elle aimerait regarder ceux qu'elle aime s'amuser sans se mêler à leurs jeux, rester spectatrice privilégiée de leur bonheur. Mais rien n'est parfait, l'air va lui manquer…

Lorsqu'elle émerge, elle se rend compte que tout le monde l'applaudit et l'encourage. Elle ne sait pas nager et reste accrochée au dernier barreau de l'échelle de bois.

Rose nage dans sa direction, la pousse un peu pour pouvoir grimper l'échelle, sort de l'eau, s'ébroue comme un chien et leur dit :

« Faut pas rester trop longtemps, par exemple… J'vous donne encore cinq minutes. Sinon, vous allez attraper la peau courte ! Je commence moé-même à avoir le bout des doigts plissé ! Demain, si vous venez plus de bonne heure, pendant qu'y a encore du soleil dans le lac, on va rester plus longtemps pis on va se faire chesser sur le quai. Faut que vous preniez un peu de couleur, vous avez l'air de sortir d'une boîte d'aspirines ! J'vas aller étendre des serviettes devant le poêle à bois, pis quand j'vas ressortir de la maison pis vous crier de venir, sortez vite de l'eau, traversez la plage en courant, pis venez vous essuyer avec les serviettes chaudes ! J'ai pas envie d'avoir une ou deux numonies sur le dos ! Pis si je vous apporte les serviettes moé-même, j'ai peur qu'y frédissent ! »

Elle entre dans la maison en courant.

Tout le monde se retrouve dans l'eau peu profonde en face de la plage. Ernest tient toujours sa mère par la main et Maria serre Théo contre son cœur. Elle l'embrasse sur le front, sur la joue, dans le cou.

« J't'aime tellement que j'te mordrais au sang… »

Teena regarde Ernest qui comprend qu'elle en a elle aussi envie, mais qu'elle ne le fera pas. Pas encore. Il décide qu'il n'aura plus jamais peur d'elle et la laisse lui passer la main dans les cheveux.

Rose sort de la maison au bout de quelques minutes, déjà changée, et leur hurle un énorme *Go!* qui traverse le lac, rebondit sur la montagne et revient en moins de deux secondes. Théo étire encore une fois le cou. Sa mère lui dit que c'est l'écho et il pense que quelqu'un qui s'appelle monsieur Lécho habite de l'autre côté du lac et répète tout ce qu'ils disent.

Au moment où ils sortent tous de l'eau en courant et en criant, aussi, parce que c'est encore plus froid en dehors qu'en dedans quand on est mouillé, Simon émerge de la coulée qui mène à la route principale. Il tient des choses sanguinolentes à bout de bras, attachées à une longue ligne à pêche. On devine des pattes poilues, des oreilles, des queues qui ont été blanches mais qui sont maintenant tachées de rouge brunâtre.

«J'ai pensé que vous aimeriez ça manger du bon lièvre pour le souper! J'en ai attrapé trois! Mais faut pas le dire, parce que j'ai pas le droit!»

Tout le monde se précipite dans la maison en hurlant d'horreur, sauf Ernest qui se dirige vers son père adoptif pour l'aider à dépiauter tout ça.

Troisième partie

BEAUCOUP DE LUMIÈRE

Rose, Violette et Mauve tricotent[1]. Parfois Rose (ou Violette, ou Mauve) pose son tricot sur ses genoux, jette un regard mi-amusé mi-sévère sur le travail de ses sœurs et dit : « Tu tricotes trop lousse », ou bien : « Si moman m'avait donné de la laine de c'te couleur-là, j'aurais été ben désappointée », ou bien encore elle ne dit rien. Si elle reste inactive trop longtemps, l'une de ses sœurs tourne la tête vers elle : « Finis ta patte avant de jongler. » Et Rose (ou Violette, ou Mauve) reprend son travail après un discret soupir. Elles tricotent des pattes de bébé, mais aucun bébé n'est né depuis l'arrivée d'Ernest qui ne fait même pas partie de la famille sur laquelle elles veillent depuis toujours, et aucune femme n'aura d'enfant pour un bout de temps, même celle qui vient d'arriver de la ville et qui a peur d'être enceinte. Les pattes de bébés s'accumulent dans la maison suspendue, inutiles, et les tricoteuses ne savent plus qu'en faire. Rose, Violette et Mauve sont assises sur des chaises droites. Les chaises berçantes encouragent la paresse. Dos raides, coudes collés, yeux baissés sur la laine bleue. Ou jaune. Ou autre. Florence, leur mère, est restée debout sur la dernière marche du court escalier de bois et regarde les montagnes disparaître dans la nuit tombante. « Quand Maria va partir, on va les suivre en ville. Y est temps qu'on parte d'ici. » Le cliquetis des broches s'arrête. « Où est-ce qu'on va aller ? » « Je sais pas. On va aller à la recherche de Victoire pis de sa famille, on a déjà trop attendu. » « Comment

1. Voir *La grosse femme d'à côté est enceinte*.

on va faire pour les retrouver?» «Je sais pas. Mais on va les retrouver. Victoire a peut-être besoin de nous autres.» «Pis les cinq visiteurs, y se rendront pas compte qu'on est là?» «Ben non, tu le sais ben. Jamais personne s'est rendu compte qu'on était là, à part Josaphat.» «Lui aussi, on va le chercher?» «Vous en posez des questions, hein? On verra ben si on va le chercher, lui... Ça y ferait peut-être trop peur si y nous voyait revenir. En tout cas, faut savoir si Victoire a eu d'autres enfants, pis de quoi y ont l'air...» «Pourquoi?» «J'vous ai dit mille fois de pas demander pourquoi. Je le sais pas, pourquoi. Je l'ai jamais su. J'sais juste qu'y faut les protéger pis qu'on a manqué à notre devoir... On aurait dû les suivre quand y sont partis, Victoire pis Josaphat, on l'a pas fait parce que j'étais sûre qu'y resteraient pas longtemps en ville...» Des voix se font entendre. Elle regarde vers la gauche en direction de la route. «Les v'là. Y reviennent de leur baignade. Le petit Ernest est avec eux autres. Y suit sa mère. C'est drôle, y a toujours eu peur d'elle. Pis la petite Rhéauna, va ben falloir trouver un moyen d'y faire rencontrer Gabriel, un jour. Ça aussi, c'est notre responsabilité. Pis son destin.» Elle se retourne, se dirige vers la porte. «En attendant, préparez-vous. Quand y vont partir, samedi, faut être avec eux autres dans la charrette de Simon.» Rose, ou Violette, ou Mauve, pose son tricot dans son panier. «J'vas m'ennuyer de Simon, vous savez, moman.» «Fais-toi-s'en pas, moi aussi. On s'ennuie toujours des hommes trop beaux. Mais mieux vaut s'en ennuyer que de s'en approcher. Vous voyez ce que Rose a été obligée d'endurer à cause de lui...» «Est heureuse, moman.» «Oui, mais a' l'a pas toujours été... Envoyez, rentrez, y commence à faire trop noir pour tricoter, vos pattes seraient tout croches. On va essayer d'apprendre ce qui s'est passé au campe de Simon...»

Les trois sœurs Desrosiers, suivies de Rhéauna, d'Ernest et de Théo, passent à travers elles sans s'en apercevoir.

Détendues et débraillées, les sœurs Desrosiers passent les jours suivants à ne rien faire d'autre que se baigner dans le minuscule lac de Simon, se prélasser au soleil dans des chaises longues que Rose a fait venir par le catalogue Eaton. Elles n'arrivent même pas à lire tant elles sont sollicitées par ce qui les entoure – les montagnes bossues aux verts improbables, le ciel toujours bleu habité de temps à autre par de gros nuages de beau temps, la ligne de chemin de fer avec ses deux trains quotidiens, lents et bruyants, qui passent de l'autre côté du chemin, vides à l'allée et remplis de pitoune au retour –, et les odeurs dans lesquelles elles sont plongées : le sapin, l'épinette noire, le pin. Parfois aussi celle des pommes de route, laissées par les chevaux de passage, dont le fumet monte des fondrières jusqu'à elles et les fait rire. Lorsque au sommet d'une montagne elles aperçoivent un érable qui a déjà commencé à rougir, elles poussent les hauts cris. Pas déjà ! On est encore en août ! Mais en août dans les Laurentides où l'été est si court, si brusque et si vite parti. Un petit vent frisquet du nord vient d'ailleurs les faire frissonner plusieurs fois par jour. On dirait que l'automne se cache derrière les montagnes et qu'il n'attend qu'un moment d'inattention pour se jeter dans les vallées et les engourdir.

Elles ont apporté chacune un livre, mais il reste sur leurs genoux, même pas ouvert. Elles ont trop à raconter. Ou à réfléchir. Quand l'une des trois s'endort, les autres la protègent du soleil fort de l'après-midi ou du vent qui pourrait se lever. Maria, qui a la peau plus foncée que celle de ses sœurs, a pris un joli hâle et fait l'envie de Teena et de Tititte. La peau cuivrée des Cris, cette belle couleur de miel sauvage, lui revient plus vite qu'à ses aînées et elle en est très fière. Les clients vont la trouver belle à son retour, les pourboires seront plus généreux.

«Laissez-moi vous dire que ça va paraître que chus venue dans le nord! Pas comme vous autres! Hé que vous êtes blêmes!»

Elle parade, à moitié déshabillée, traversant sans cesse de son hangar à la maison suspendue, les bras levés pour ne pas rater un seul rayon de soleil, le visage tendu vers le ciel. Teena a fini par lui conseiller de s'enduire de beurre pour mieux brunir.

«Je l'ai jamais essayé, mais y paraît que c'est ben bon. Que tu grilles plus vite. C'est nouveau. C'est une vendeuse, chez Messier, qui m'a conseillé ça quand elle a appris que je venais à la campagne. Avant, les femmes auraient jamais osé faire ça, mais y paraît que la femme moderne a le droit d'être grillée, à c't'heure… Qu'on n'a pus besoin d'être pâle comme un fantôme pour être à la mode. Pis qu'y a rien comme le beurre pour faire griller… Moi, personnellement, je pourrais pas faire ça parce que mon teint est trop délicat, mais toi, Maria…

— Es-tu folle, toi? J'ai pas envie de sentir le beurre rance! J'ai pas non plus le goût de rissoler au soleil comme un poulet dans le four! Non, non, non, j'vas me contenter d'un petit hâle…»

Tititte a caché son horreur derrière sa main posée sur son visage.

«Se mettre du beurre sur le corps! Mais où c'est qu'y prennent ces idées-là, pour l'amour! Comment on fait partir ça, après?»

Teena a haussé les épaules.

«Tant qu'à ça, j'y avais pas pensé… Avec un couteau?»

Elles ont ri à l'idée de Maria se grattant les bras avec un couteau à beurre.

Puis Tititte a clos la discussion en donnant un léger coup de livre sur le genou de Teena.

«Pis avant de parler de ce qui est à la mode, tu viendras me voir! Si le grillage est à la mode dans ta partie de la ville, laisse-moi te dire que ça l'est pas dans l'ouest! Dans l'ouest de Montréal, on reste pâle!»

Maria est descendue plusieurs fois au ruisseau avec ses enfants. L'eau y est encore plus glacée qu'au lac de Simon et ils ont poussé des cris d'horreur en y mettant les pieds. Ils ont vu des crapauds qui avaient l'air d'avoir deux cents ans, des ratons laveurs dont le masque de voleur a fait rire Théo, des oiseaux qui venaient se baigner en battant des ailes, de jolies couleuvres rayées vert et jaune, une vilaine noire qui nageait trop vite à leur goût et qui les a fait sortir de l'eau en agitant les pieds pour l'éloigner. Ils ont regardé souvent la structure de bois au-dessus de leur tête et Maria a essayé d'expliquer à Théo l'ingéniosité de celui qui a pensé à construire une chose pareille, un puits dans les airs. Mais Théo était trop occupé à pêcher des pierres rondes et colorées ou à tapoter la surface de l'eau avec ses mains. Rhéauna, elle, écoutait, ajoutant de temps en temps un commentaire de son cru, étonnée de constater les changements qui s'opéraient chez sa mère, qu'elle reconnaissait à peine, depuis le début de la semaine.

C'est presque une autre femme. Plus près de celle qu'elle avait rêvé de retrouver, deux ans plus tôt, en arrivant à Montréal. La fatigue de son travail épuisant, les soucis quotidiens d'intendance – cette culpabilité de laisser chaque soir ses deux enfants seuls pour se rendre au Paradise et l'inquiétude qui en découle –, son impatience du matin parce qu'elle n'a pas assez dormi, tout ça a disparu et Maria, belle, reposée et drôle, multiplie les caresses à ses enfants, leur parle avec une voix plus douce où s'exprime enfin le grand amour qu'elle leur porte. Ces incursions dans la crique, ces moments de bonheur passés ensemble, tous les trois, dans les taches de soleil que filtraient les arbres, sont devenus une source de joie pour Rhéauna qui les attend chaque jour avec grande excitation.

Le soir après le souper, vers sept heures, la vaisselle faite et la cuisine rangée, les cinq vacanciers sortent sur la galerie de la maison pour regarder le ciel flamber. Et tomber la nuit. Ils ne voient bien sûr pas le soleil se coucher, à cause des montagnes, mais se pâment devant l'indigo, le vermillon, l'orange brûlé qui se frottent et se mélangent au-dessus de leurs têtes, surtout lorsque quelques nuages passent à toute vitesse, poussés par le vent du nord, et prennent des couleurs folles comme ils n'en ont jamais vu. Des formes arrondies, d'abord jaunes, puis rouges, puis roses, traversent le ciel en courant avant de disparaître derrière les montagnes. Rhéauna s'assoit entre les genoux de sa mère qui tient Théo dans ses bras, les deux tantes appuient la tête au dossier de leurs chaises longues, personne ne parle. Il arrive que des engoulevents les survolent en lançant leur si belle plainte, taches noires devant le feu du ciel. Quand tout ça s'est éteint et qu'un noir d'encre les enveloppe, au moment où, comme le dirait si bien Rose, le *cru* tombe, ils entrent allumer les lampes à huile et redonner à la maison suspendue son allure de lanterne chinoise. Ils se couchent tôt, dorment longtemps, même Théo qui fait ses nuits sans jamais demander à se lever pour aller faire pipi. Rhéauna voudrait bien sûr que ça ne finisse jamais tout en se doutant que tant de bonheur étiré sur une période trop longue risquerait de devenir ennuyant. Elle a lu quelque part que le bonheur doit se prendre à petites doses et se dit qu'au moins, dans les moments difficiles, quand ils seront de retour à Montréal, elle aura des souvenirs à caresser.

* * *

Le jeudi matin, au petit déjeuner, Tititte, Teena et Maria décident de préparer pour le soir un grand souper auquel elles vont convier Rose, Simon et le petit Ernest pour les remercier de leur hospitalité. Elles auraient bien attendu au vendredi, veille de leur départ, mais elles veulent manger de la viande, de préférence un duo rôti de porc et rôti de veau, grande spécialité de leur mère et que Teena réussit à merveille, mais se disent que Duhamel, sans doute village très catholique, verrait d'un mauvais œil trois dames de la ville partir avec deux énormes pièces de viande un jour maigre.

Elles envoient donc Rhéauna lancer l'invitation et dire à Simon, qui fait les commissions depuis le début de la semaine, qu'elles aimeraient elles-mêmes se rendre au village dans la grosse charrette à bancs.

Simon se présente à la maison vers dix heures, le sourire aux lèvres et une énorme marguerite à la boutonnière de sa chemise de coton. Les sœurs Desrosiers ont remis leurs corsets, leurs chapeaux et leurs souliers de ville. Elles veulent faire bonne impression si jamais elles croisent des femmes du coin. Après tout, elles sont les représentantes de la grande métropole et doivent s'en montrer dignes. Rhéauna et Théo reprennent leurs places à côté de Simon qui, cette fois, confie les rênes au petit garçon fou de joie. Le cheval, ignorant les coups de langue insensés et les ordres inarticulés de Théo, prend la route, placide et lent, lui aussi décoré d'un collier de marguerites des champs. Et coiffé d'un ridicule chapeau de paille qui fait rire les enfants. Il connaît le chemin et le ferait les yeux fermés. Il a d'ailleurs l'air de somnoler avec son doux dodelinement de la tête et ses pattes traînantes qui soulèvent la poussière.

La route de terre entre la maison et Duhamel, à peine un mille de long, est vallonnée et sinueuse. On ne voit presque jamais plus loin que deux ou trois cents pieds devant la charrette, tant les détours sont nombreux, brusques, et les côtes raides. Les conifères, de chaque côté, forment une haute haie verte, presque menaçante, et les feuillus, quand ils sont assez nombreux, se rejoignent au-dessus de la route pour composer une sorte de tunnel naturel à travers lequel jouent les rayons du soleil. Quelques érables sont déjà rouges ou jaunes. Des mouches tournent autour de Charbon qui se fait aller la queue, des abeilles butinent dans les fleurs secouées par le vent doux. Il fait beau, ça sent bon, tout le monde est heureux. Simon entonne une chanson à répondre que Maria interrompt parce qu'elle la connaît et qu'elle ne veut pas que ses enfants entendent certains couplets qu'ils ne comprendraient pas et dont ils pourraient demander plus tard la signification.

« Une chanson à répondre, ça a jamais fait de mal à parsonne, Maria !

— Aux adultes, non, mais j'ai pas envie d'être obligée d'expliquer à mes enfants ce que *Mets ton mmm, ton mmm... su'l bord du mien...* veut dire !

— Ça peut vouloir dire n'importe quoi...

— Si ça pouvait vouloir dire n'importe quoi, ça ferait rire personne, Simon ! Pis la chanson existerait pas ! »

Ils attaquent donc en chœur *Partons, la mer est belle*, chanson plus insignifiante, surtout moins dangereuse. Tout le monde chante faux et à un rythme différent – les Desrosiers n'ont jamais été reconnus pour leur sens musical ; ce n'est pas grave, c'est même amusant parce qu'ils n'arrivent jamais au bout d'un couplet en même temps.

Si Duhamel est un village coquet dissimulé dans une petite vallée perdue entre deux ou trois montagnes, il est aussi minuscule. Quelques maisons de bois, une petite chapelle située à côté d'un petit cimetière. Pas de trottoirs, bien sûr, et rien qui pourrait ressembler à une vraie rue. Mais, juste en face de la chapelle toute blanche, un énorme magasin général à l'enseigne de *Marc-Orelle Tremblay*, peinte en lettres rouges sur fond bleu. Quelques fumeurs de pipe jasent sous la marquise de métal festonné.

Ils regardent avec grand intérêt les trois femmes inconnues descendre de la charrette et répondent à leurs salutations par des grognements d'hommes timides. Simon leur fait un clin d'œil complice; ils détournent la tête. L'un d'entre eux, le plus vieux, va même jusqu'à cracher dans la spitoune quand Simon passe à côté de lui.

Une clochette pendue au-dessus de la porte annonce leur arrivée. Deux femmes qui tâtaient une pièce de coton fleuri se tournent vers les nouveaux arrivants et ouvrent de grands yeux. Les trois dames de la ville bombent la poitrine, lèvent la tête, saluent les deux villageoises avec politesse et retenue et se mettent à inspecter les lieux d'un regard critique, et peut-être un peu supérieur, de connaisseuses.

Dans le coin du magasin consacré aux denrées alimentaires trônent un baril de mélasse et un autre de cornichons salés, entourés de gros sacs de sucre ou de cassonade, de poches de patates, de haricots secs, d'oignons, d'épis de maïs frais cassés du matin, le premier de la saison. Sur une tablette près de la fenêtre sont posées des bottes de carottes et deux ou trois navets. Quelques tomates. Tititte se couvre la bouche de sa main gantée.

«On ira pas loin avec ça...»

Teena lui donne un coup de coude.

«Des patates, des carottes pis du navet avec le rôti, c'est parfait, fais pas ta snob!»

Maria étudie déjà les tablettes où sont cordées les conserves, rares, et les boîtes de légumes, plus nombreuses.

«En tout cas, y ont des petits pois en boîte en masse... mes enfants adorent les petits pois...»

Monsieur Marc-Orelle Tremblay lui-même se précipite dans leur direction, tout sourire.

«Bienvenue à Duhamel, mesdames! Tout le monde a parlé de vous autres toute la semaine, pis je me demandais quand est-ce que je vous verrais... Surtout qu'on vous a pas vues à la messe, dimanche passé... Qu'est-ce que je peux faire pour vous?»

Tititte prend un accent que personne ne lui connaissait jusque-là et qui fait sourire ses sœurs.

«Vous auriez-tu ça, monsieur Tremblay, un beau rôti de veau pis un beau rôti de porc? C'est pour à soir...»

Monsieur Tremblay lui tourne le dos et se dirige vers la porte de l'énorme glacière.

«Mon garçon a justement fait boucherie, hier... Vous tombez ben... J'ai les plus beaux rôtis que vous avez jamais vus! Roses, pis tendres! Mais vous êtes sûre que vous en voulez deux? Vous êtes combien?

— C'est pas le nombre qui compte, c'est la combinaison du veau pis du porc.

— Vous faites cuire ça ensemble?

— Oui. On vient de l'Ouest canadien. De la Saskatchewan. C'est plein de bétail, par là. Pis notre mère nous a montré à faire rôtir du porc pis du veau attachés ensemble. C'est ben bon, vous devriez essayer...

— Ben oui, mais ça prend pas le même temps à cuire!

— Quand on fait ça à feu ben doux, y a rien qui brûle, croyez-moi, ça fait quarante ans que j'en mange!»

Elle rougit d'un seul coup en s'entendant avouer son âge. Ses sœurs cachent leur fou rire dans les tablettes de betteraves en pot et de fèves au lard en boîte.

«En tout cas, vous voyez ce que je veux dire... C'est une façon de parler, j'en mangeais pas au berceau...»

Monsieur Tremblay se fait un peu tirer l'oreille pour attacher les deux rôtis ensemble. Il répète qu'il n'a jamais vu ça, qu'il doute que ça puisse fonctionner. Tititte lui répète qu'elle en a mangé toute sa vie. Et se trouve quelque peu insultée qu'il ne semble pas la croire.

Elles repartent les bras chargés et la bourse vide, même si rien à Duhamel ne coûte très cher.

* * *

Après un repas du midi hâtif, quoique tout de même assez généreux, et le ménage de la cuisine fait par Rhéauna et Tititte, plus excitées l'une que l'autre à cause de la fête qui se prépare, Maria allume le poêle à bois. Elle n'y met que quelques bûches. Il ne faut pas que le four soit trop chaud, la viande doit cuire à petit feu. Et longtemps. Pendant ce temps, Teena prépare sa pièce de résistance avec des gestes d'experte. À l'aide d'un petit couteau pointu, elle pratique une quinzaine de profondes entailles dans le rôti de porc où elle insère, à l'aide de son index, les plus grosses gousses d'ail qu'elle peut trouver. Ce n'est pas de l'ail acheté au village, monsieur Tremblay n'en vendait pas, mais de l'ail des bois que leur a fourni Rose et qu'elle a ramassé elle-même, au printemps, près de la petite maison au bord du lac, caché sous les fougères. Teena espère que ça fera l'affaire, que le goût de cet ail-là n'est pas trop différent de celui qu'elle utilise d'habitude et qui donne au plat son si bon parfum. Elle jette ensuite une bonne motte de beurre au fond d'une lèchefrite trouvée dans une armoire, qui semblait ne pas avoir servi depuis longtemps et qu'elle a récurée pendant une bonne demi-heure. Elle y dépose les deux rôtis qu'elle entoure d'une vingtaine de pommes de terre coupées en deux et de deux oignons tranchés fin. Elle place le tout bien au centre du four, là où la chaleur est égale, et referme la porte avec un soupir de contentement.

«Ça va sentir bon jusqu'à Duhamel!»

Rhéauna vient s'installer à côté de sa tante, près de l'évier – ou, plutôt, un gros chaudron de métal qui sert d'évier –, pendant que celle-ci se lave les mains.

«Quand tu te sers de l'ail, Nana, y faut que tu te laves les mains ben longtemps, sinon ta peau sent pendant des jours... R'tiens ben ça, ça va t'être utile quand tu vas être mariée...»

La fillette la regarde se frotter les mains pendant quelques instants avant de lui parler.

«C'est pas un peu indigeste, le rôti de porc, pour le mois d'août?»

Teena agite les mains au-dessus de l'évier, s'empare de la serviette, s'essuie en faisant de grands gestes.

«Oui, c'est vrai, c'est un peu indigeste. Mais y fait pas trop chaud aujourd'hui... Pis quand ça cuit à feu doux pis pendant longtemps, c'est moins dur à digérer... À condition, évidemment, qu'on mange pas comme des cochons pis, surtout, pas trop vite!»

Peu convaincue elle-même de ses déclarations – les indigestions causées par le rôti de porc sont fréquentes chez les Canadiens français, grands amateurs de sandwichs à la graisse de rôti avant d'aller au lit –, elle s'éloigne du poêle, sort de la cuisine, traverse la maison et va s'installer sur une des chaises longues.

«Après le repas, on ira se promener sur la route, si y faut, pour nous aider à digérer, c'est toute... Mais chus sûre que si on fait attention, tout va ben aller... Faut juste empêcher Tititte de manger trop vite, comme d'habitude. Elle a beau se penser chic, elle l'est pas toujours quand a' mange!»

Tititte, qui a bien sûr tout entendu, se contente de hausser les épaules.

«Tu peux ben parler, toi. Tu finis toujours ton assiette avant tout le monde! Même la deuxième!»

Sentant venir une discussion sans fin qui occupera peut-être une bonne partie de l'après-midi, Rhéauna se rend au petit hangar pour revêtir la vieille robe dans laquelle elle se baigne depuis le début de la semaine. Sa mère vient la rejoindre. Teena leur crie par-dessus le petit lopin de terre qui sépare la maison du hangar:

«J'irai pas me baigner, aujourd'hui, faut que je surveille tout ça... Faut nourrir le feu, mais pas trop, faut surveiller la viande pour pas qu'a' brûle. Faut pas que les patates rissolent trop vite non plus...

J'les ai peut-être mis un peu trop tôt, d'ailleurs... Non, ça va être bon, y vont être ben molles pis pleines de bon jus... En tout cas, j'ai assez vu de rôtis calcinés dans ma vie pour que ça me rende prudente! J'ai pas envie de retrouver mon souper dans les vidanges, avec les ours qui dansent autour en se lichant les babines!»

Théo est déjà prêt, seau et pelle à la main.

Sa mère le débarbouille un peu avec le bas de sa robe.

«Moi non plus j'irai pas me baigner, les enfants. Faut que je la surveille pendant qu'a' surveille son souper. J'la connais, si la moindre petite chose va mal, a' va prendre les nerfs pis le repas risque d'être gâché. C'est une bonne cuisinière, c'est vrai, mais elle a pas beaucoup de discipline. Allez-y, vous autres, mais revenez pas trop tard. Pis dites à ma tante Rose d'arriver vers six heures. On va manger de bonne heure si on veut digérer tout ça...»

Quelques baisers bien placés sur des joues arrondies qui, elles aussi, commencent à prendre des couleurs, des caresses qui sentent un peu la sueur, et les deux enfants partent pour la maison de Rose et Simon.

En revenant vers la maison, Maria trouve Teena pliée en deux, les mains posées sur le ventre.

«As-tu pensé d'apporter des guénilles, Maria? En fin de compte, ça a l'air que Charles Gill a pas causé trop de dommages...»

* * *

Vers trois heures, alors que les enfants pataugent dans l'eau qu'ils ne trouvent plus froide depuis longtemps, Rose sort de la maison de bois rond, les poings sur les hanches.

«Rentrez tu-suite, les enfants, y a un orage qui se prépare!»

Ils lèvent la tête.

De gros nuages bleu foncé se sont formés au-dessus des montagnes et approchent à grande vitesse. Ils vont cacher le soleil d'une minute à l'autre. Les trois enfants abandonnent leurs jouets et le château de sable qu'ils recommencent chaque jour sans jamais pouvoir le finir et vont se réfugier dans la maison. Des beurrées de sucre d'érable et des verres de lait les attendent sur la table de la cuisine. Ils se jettent dessus sans même prendre le temps de se sécher comme il faut, au grand dam de Rose qui prétend qu'ils vont attraper leur coup de mort. Elle les frotte elle-même pendant qu'ils mangent. Ils rient parce que ça chatouille. Rose va ensuite fermer les fenêtres, tout en laissant la porte de la maison ouverte. Elle s'appuie contre le chambranle, s'essuie les mains avec son vieux tablier de coton aux couleurs passées.

«J'ai toujours aimé ça, moé, les orages...»

Rhéauna, qui en a connu d'impressionnants en Saskatchewan, s'approche de sa tante après s'être frotté le bec et les mains avec sa serviette et s'installe à côté d'elle.

«Moi aussi.»

Rose se tourne vers elle.

«T'as pas peur?

— Oui, mais j'aime ça pareil!»

Le vent s'est levé. Même les conifères parmi les plus robustes sont agités. Les cimes se balancent devant le ciel qui passe du bleu au noir.

Elles regardent venir le rideau de pluie. C'est très beau. Surtout pendant les quelques secondes où il pleut déjà sur le lac et pas encore sur la maison. L'eau du lac est brassée, malmenée, piquée de millions de gouttelettes de pluie, mais tout est encore sec autour d'elles. Le premier coup de tonnerre les prend par surprise. Surtout qu'il se produit en même temps que l'éclair. Le ciel explose en lumière blanche au moment où le tonnerre, accentué par l'écho des montagnes, frappe le granit de l'autre côté du lac, et fait vibrer la maison.

Les deux petits garçons crient. Rose se tourne dans leur direction.

«Bouchez-vous les oreilles, y a pas de danger.»

Ils courent se réfugier dans la chambre. En emportant des provisions.

Rhéauna a reculé de quelques pas à l'intérieur de la pièce.

«Vous êtes sûre qu'y a pas de danger?

— Oui. Y a pas de courant d'air, j'ai fermé les châssis. Si y a pas de courant d'air, y a pas de danger que la boule de feu rentre dans la maison... Pis je sais même pas si la fameuse boule de feu existe pour de vrai, je l'ai jamais vue! Viens... viens voir comme c'est beau.»

Rhéauna reprend sa place à côté de sa tante. On ne voit presque plus le lac tant la pluie est abondante et drue. Quelques trombes d'eau, apportées par le vent, viennent les mouiller jusque sur le pas de la porte. Elles restent là, subjuguées par l'ampleur du spectacle. C'est terrifiant et majestueux, ça fait un bruit épouvantable aussi, mais, à leur grand étonnement, c'est apaisant. Elles se sentent toutes petites au milieu des éléments déchaînés et en même temps calmes parce qu'elles sont sans doute trop insignifiantes pour que tant de grandeur fasse cas d'elles. Rien ne peut leur arriver, la nature est trop occupée à se donner en spectacle.

Tout à coup, pendant une courte accalmie, Rhéauna aperçoit une silhouette au bout de la jetée de bois. C'est un homme. De dos. Nu. Rose l'a vu elle aussi.

«C'est Simon. Y fait toujours ça pendant les orages.»

Rhéauna n'a bien sûr jamais vu d'homme nu. Elle n'a même pas encore commencé à en rêver. Rose lui passe le bras autour des épaules.

«Tu peux regarder, Nana. C'est pas vrai que c'est péché. Un homme tout nu, y a rien de plus beau au monde.»

La pluie se referme sur Simon. Elles ne peuvent plus le voir. Rose lance un soupir.

«Y est comme ça, Simon. On le voit, pis tout d'un coup on le voit pus.»

Une autre trouée dans le rideau de pluie. La silhouette, toujours debout au bout de la jetée, lève les bras, prend son élan et plonge dans le lac. Rhéauna lève le bras comme pour l'arrêter.

«Laisse-lé faire. Y dit que c'est pas dangereux même si je sais que c'est pas vrai. Ça fait des années que j'essaye de l'empêcher de faire ça, mais j'ai jamais réussi. Y va nager jusque de l'autre côté du lac, pis y va revenir. Plus beau pis plus fin que jamais parce qu'y va s'être battu avec la nature. En tout cas, c'est ce qu'y dit. Qu'y se bat avec la nature. Pis que c'est lui qui gagne. Si ça y prend ça pour qu'y se sente un homme, qu'est-ce que tu veux que j'y fasse...»

La nature est hypocrite: l'orage terminé, aussi vite parti qu'arrivé, le soleil revenu et l'eau calmée, c'est comme s'il ne s'était rien passé. La paix est revenue. Excepté que tout est mouillé. Des branches d'arbres jonchent le sol, le château de sable a fondu sur la grève, les pelles et les seaux ont disparu. Mais les oiseaux se sont remis à chanter, les écureuils à caqueter et la journée continue son petit bonhomme de chemin comme si de rien n'était.

Et lorsqu'il sort du lac, Rhéauna voit son premier homme nu de face.

* * *

L'orage est vécu de façon bien différente à la maison suspendue. Terrorisées par la lumière et le bruit, Tititte et Teena se préparent à aller se réfugier dans leurs chambres, peut-être sous le lit ou au fond de la penderie, pendant que Maria s'installe dans un fauteuil qu'elle a poussé dans un coin du salon. Tititte a décroché un vieux rameau tout séché qu'elle a trouvé sur un mur. Malgré leur grande frayeur, ses deux sœurs ont un peu ri d'elle.

«Tu crois à ça, ces affaires-là, toi?

— Non, mais on sait jamais!

— Y est tellement sec qu'on dirait que ça fait deux générations qu'y est là!

— C'est peut-être les anciens propriétaires qui l'ont installé là, y a longtemps, pis qui ont fini par l'oublier...

— Y est tellement vieux que si jamais y a eu du pouvoir, y en a pus pantoute aujourd'hui!

— Pis de toute façon on sait même pas si y est bénit!

— Si y était sur le mur, c'est qu'y était bénit!

— On a même pas d'eau bénite pour le tremper dedans!

— Voulez-vous ben me laisser tranquille! Si ça me rassure d'avoir ça avec moi, tant mieux pour moi! J'vas passer tout le temps de l'orage en dessous de mes couvertes avec ma branche de rameau, pis vous avez rien à dire!»

Ses sœurs parties, Maria a vérifié une fois de plus que les fenêtres et la porte étaient bien fermées. Elle a jeté un coup d'œil dehors. Tout est gris et trempé, elle ne voit plus son petit hangar, même quand un éclair déchire le ciel. Le monde à l'extérieur de la maison a été effacé. Seuls existent ces baquets d'eau qui produisent de grosses rigoles sur la vitre. Elle revient s'asseoir, appuie la tête sur le dossier du fauteuil. Elle s'inquiète pour ses enfants. Elle sait bien qu'ils sont en sécurité, que Rose et Simon vont en prendre soin, mais elle aimerait les avoir avec elle, les serrer, les embrasser, les rassurer bien qu'elle ne le soit pas elle-même. Ses relations avec eux se sont transformées depuis le début de la semaine, elle s'en est rendu compte et y a réfléchi une partie de la nuit. Elle ne peut pas mettre un mot dessus – son amour pour eux n'est pas plus grand et ils n'ont pas tant changé en six jours –, elle a juste l'impression que c'est le regard qu'elle porte sur eux qui s'est transformé. Et que cette nouvelle inquiétude qu'elle ressent est plus large que le seul fait de savoir qu'ils sont loin d'elle pendant un orage, plus… générale. C'est ça, elle sent qu'elle s'approche de la vérité, elle s'inquiète pour eux *en général*. Pour leur avenir immédiat? Rhéauna qui retourne bientôt à l'école, Théo qui grandit à une vitesse folle et qui commence à dire non à tout pour s'affirmer? Pour un avenir plus lointain? Ce qu'ils vont devenir, quels adolescents, quels adultes ils seront plus tard? C'est ça, oui, mais autre chose, aussi. Une chose grave, comme un problème sur lequel elle aurait mis un couvercle depuis trop longtemps et qui s'apprêterait à sauter. Mais quoi?

Au moment où l'orage se termine et où un beau rayon de soleil entre par la fenêtre, à l'instant où elle se rend compte à quel point il fait chaud dans la maison à cause de l'humidité qui s'est accumulée, elle trouve ce qu'elle cherchait et se met aussitôt à pleurer. Ce ne sont pas juste les deux enfants qu'elle a avec elle qui l'inquiètent. Ce sont ses *quatre enfants*! Elle en a quatre! Pas deux! Et c'est ça, oui, c'est ça qui lui fait si mal! Elle ne connaît que deux de ses enfants!

Quand ses sœurs la trouvent prostrée et sanglotant au fond de son fauteuil, elles mettent ça sur le dos de la peur et rient. Maria les laisse faire parce que la découverte qu'elle vient de faire est trop neuve pour qu'elle puisse en parler avec qui que ce soit. Elle va garder tout ça pour elle, essayer d'y réfléchir. Pour trouver une solution à ce problème trop grand pour elle. Mais y en a-t-il une?

* * *

Rose, Simon et le petit Ernest arrivent vers les six heures, Rose portant deux énormes tartes à la framboise encore tièdes, Simon brandissant une bouteille d'un liquide transparent qui ressemble à de l'eau mais qui, tout le monde s'en doute, n'en est pas. Quant au petit Ernest, il a cueilli quelques fleurs en chemin et les présente à sa mère avec un sourire timide. C'est Rose qui a dû en avoir l'idée. Teena est tout de même touchée par le geste.

Simon prend la parole aussitôt entré dans la maison.

«Mesdames, c'est à soir que vous allez goûter à mon fameux caribou! Pis je vous dis qu'y est pas piqué des vers!»

Tititte lève les bras en signe de protestation.

«Tu vas pas nous faire goûter à ça! C'est de l'alcool folâtré!

— Je sais pas si y est folâtré, mais je te dis qu'y fait effet! Je l'ai distillé moé-même, ma petite fille, goutte à goutte, dans le fond de ma shed, y est fait avec amour, pis laisse-moé te dire qu'y met de l'amour dans le corps!»

Tititte tapote le bois de la table du bout des doigts.

«C'est ben la dernière chose dont j'ai besoin à soir, moi, de l'amour dans le corps!»

Simon dépose la bouteille à côté d'elle, la débouche, la hume.

«On a toujours besoin d'amour dans le corps, Tititte! Sens-moé ça! Juste à la senteur, ça fait monter les larmes aux yeux! C'est du bonheur en bouteille, c't'affaire-là!

— Es-tu fou, toi? Chus sûre que ça soûle juste à le sentir! Pis j'ai déjà entendu dire que ça sentait pis que ça goûtait la térébenthine! Pis quand j'ai des larmes aux yeux, c'est pour pleurer, pas parce que j'ai senti de la boisson! De toute façon, le bonheur en bouteille m'a jamais intéressée!»

Rose vient chercher le flacon d'alcool, le rebouche et se dirige vers la porte de la cuisine tout en parlant.

«C'en est, aussi, de la térébenthine! Ça décape! Mais tu leur feras pas goûter à ça avant le repas, Simon. Prendre ça sur un estomac vide, c'est quasiment du suicide! En attendant, j'vas aller porter la bouteille dans' cuisine! Pis toé, suis-moé avec les deux tartes. J'ai pas envie que tu la débouches avant de commencer à manger, tu vas déparler, encore, pis j'vas avoir honte…

— Dis pas ça, Rose, j'te fais jamais honte!»

Elle se tourne vers lui avant de déposer la bouteille sur la plus haute tablette d'une armoire.

«Tu t'arranges toujours pour tout oublier, j'te dis que t'es ben fait! J'aimerais ça être comme toé, des fois…»

Il penche la tête, piteux.

«Mais dis pas que t'as honte de moé. J'aime pas ça quand tu dis ça.»

Elle l'embrasse sur le front avant de se mettre à varnousser dans la pièce.

«Ben non, ben non, j'ai jamais honte de toé… Si ça peut te consoler de le penser… Mais tu sais très bien que les Cris sont pas supposés boire, pis tu le fais quand même…

— Toé aussi t'es une Crie! Pis toé aussi tu bois!

— Un petit verre de temps en temps, Simon! Pour accompagner les autres! Mais je me soûle jamais, moé!

— C'est pas de ma faute si t'as plus de volonté que moé!

— Laisse faire, laisse faire, on parlera de tout ça à la maison.»

Simon sort de la cuisine, traverse le salon et va s'installer sur la galerie pour fumer sa pipe.

Rhéauna a rougi aussitôt qu'elle l'a aperçu, à son arrivée. En le regardant se bercer, la pipe à la bouche et les yeux plantés dans le ciel, elle pense à ce qu'elle a vu pendant et après l'orage de l'après-midi, le dos et les bras musclés, les longues jambes, les fesses rondes et ce truc, en avant, qui pendait sous une toison d'un noir profond. Celui de Théo est encore tout petit, elle sait bien qu'il va grossir à mesure que son frère va grandir, mais jamais elle ne se serait doutée que ça pouvait prendre de telles proportions et se garnir d'un pareil nid de poils! Juste pour faire pipi?

Mais la tante Rose avait raison. Tout ça était bien beau à regarder.

On entend la voix de Rose qui provient de la cuisine.

«Ça sentait bon jusque sur la route, Teena! Ça m'a fait penser à votre mére, avant qu'on parte de la Saskatchewan! La mienne était pas bonne cuisiniére comme la vôtre… C'est chez vous qu'on mangeait le mieux dans tout le village! Votre mére était un génie, savez-vous ça, les filles? Si tes rôtis sont aussi bons que les siens, Teena, tu vas me faire faire un voyage de vingt ans en arrière!»

Ça a senti bon comme ça tout l'après-midi. Le fumet du veau et du porc se mêlait à celui de l'ail des bois, plus présent encore, plus acide aussi, que celui que dégage l'ail que Teena utilise en ville. Ça a commencé par de petites bouffées plutôt discrètes, comme si un effluve arrivait du dehors en vagues distancées et discrètes, puis ça a fini par tout envahir. Une odeur réconfortante pour Tititte et Teena, angoissante pour Maria, et qui rappelait à tout le monde des souvenirs de bombances, de cris, de rires et de chansons à répondre. Et ça s'est insinué partout, imprégnant les vêtements, les murs, et montant à la tête des femmes. Mais les sœurs Desrosiers n'en ont pas parlé. Les deux aînées se sont contentées de baisser la tête en lançant de temps en temps un regard en direction de leur sœur. Maria est même sortie prendre une marche, en fin d'après-midi, mouillant le bas de sa robe et salissant ses chaussures dans les ornières du chemin, pour s'éloigner de cette senteur trop pénétrante qui lui rappelait des soupers merveilleux, comme à ses sœurs, bien sûr, mais aussi toutes ces années de frustration et d'enfermement qu'elle avait passées à ruer dans les brancards et à hurler à la tête de ses parents son angoisse et son besoin de partir. Elle avait quitté Sainte-Maria-de-Saskatchewan sur un coup de tête en se jurant de ne jamais y retourner, de tout oublier ce qu'elle y avait vécu, et voilà qu'un simple arôme de viande lui faisait remonter tout ça en mémoire. Quand Teena cuisinait son double rôti, à Montréal, jamais ces souvenirs ne refaisaient surface, alors pourquoi aujourd'hui, pourquoi à Duhamel? À cause de la campagne, de cet environnement qui n'était pas la ville et qui lui rappelait un peu son village natal? Et parce qu'elle venait l'après-midi même de penser à ses deux filles abandonnées depuis sept ans, qu'elle ne connaissait pas et qui, tout à coup, lui manquaient tant? Elle est remontée vers la maison suspendue, soucieuse et grave, et n'a pas dit un mot jusqu'à l'arrivée des invités.

Rhéauna, pour sa part, s'est assise dans un fauteuil du salon et a surveillé la porte de la cuisine. Comme le soir où elle est arrivée à Duhamel, elle s'attendait à tout moment à voir sa grand-mère, ou ses sœurs, ou son grand-père, surgir de la cuisine, se lancer sur elle et l'embrasser. Les effusions terminées, au bout d'un long moment parce que la séparation aurait été longue et difficile, ils iraient s'attabler, Joséphine irait disposer les deux rôtis sur la table, Méo prendrait son couteau, celui des grandes occasions, et leur dirait en leur faisant un clin d'œil :

« Celle qui trouve une gousse d'ail me la donne! J'en ai pas peur, moé, j'ai peut-être de la misère à le digérer, mais j'en ai pas peur! »

* * *

La table est dressée depuis le milieu de l'après-midi. En mettant toutes les armoires à sac, Tititte, Teena et Maria ont fini par réunir assez d'assiettes, d'ustensiles et de verres pour aménager une table à peu près convenable. La vaisselle est dépareillée et la coutellerie ne paie pas de mine, les verres sont vieux et rayés, la nappe de coton blanc est un peu jaunie aux plis ; le résultat, malgré tout, avec ces fleurs des champs cueillies par Rhéauna et Théo après l'orage et disposées dans deux immenses vases, l'un en verre et l'autre en terre cuite, est plus que présentable, et les femmes en sont plutôt fières vu les circonstances.

Aussitôt que Rhéauna a aperçu les trois invités qui grimpaient le chemin, Teena s'est lancée sur la glacière et a fait le tour de la table pour verser devant chaque assiette un verre de jus de tomate. Ça fait une belle couleur, ça met de la vie et ça détourne l'attention de la disparité des couverts. Les sœurs Desrosiers savent que Rose connaît sa vaisselle et qu'elle se rendra compte du travail qu'elles ont mis à la préparation de la fête et, surtout, de l'imagination qu'elles ont dû déployer pour réussir une si belle présentation avec ce qu'elles avaient à leur disposition.

La maison n'a sans doute pas connu un tel festin depuis longtemps et il doit rester gravé dans les mémoires.

Au signal de Teena, presque aussitôt après l'arrivée des invités, tout le monde se choisit une place et s'installe. On boit le verre de jus de tomate – que Simon aurait bien aimé baptiser d'une rasade de caribou – un peu comme si c'était un remède à prendre avant le repas, sans presque y goûter, puis on se lance dans les plats de branches de céleri recouvertes de fromage mou et d'olives vertes fourrées au piment rouge, autre spécialité de Teena. On dit aux enfants de ne pas trop se bourrer parce que le plus important est à venir, mais c'est en fait à Simon que s'adresse l'avertissement. Il ne voit pas souvent d'olives et plonge à pleines mains dans le plat comme si c'était là la seule chose qu'il allait manger pendant tout le repas. Il fait les yeux ronds quand sa femme lui tapote la main.

« On vient de le dire, Simon, garde-toé de la place pour le reste ! »

Il se met deux autres olives dans la bouche, les mâche en la regardant droit dans les yeux.

« M'as-tu déjà vu arrêter de manger avant la fin d'un repas parce que j'avais pus faim ? Non ? Ben, laisse-moé donc faire! J'ai pas le droit de boire, j'ai pas le droit de manger, qu'est-ce que chus venu faire icitte, veux-tu ben me dire? Jaser avec les femmes? Non, merci!»

Quand les deux rôtis sont retirés du four, tout le monde s'extasie. C'est doré à point, la croûte semble croustillante juste comme il faut et ça sent bon à faire saliver. De belles grosses tranches sont taillées et déposées dans chaque assiette. On les entoure ensuite de patates brunes, peut-être un peu molles parce qu'elles ont longtemps baigné dans le jus de viande, de petits pois en boîte dont tout le monde raffole et d'une purée de carottes et de navets que les enfants repoussent dans leurs assiettes pour se consacrer au porc, au veau et aux pommes de terre. Tout ça est bien sûr nappé d'une épaisse couche de sauce. Teena a ajouté une tasse de thé fort pour déglacer le fond de la lèchefrite, autre secret de Joséphine Desrosiers, et le mélange des goûts est parfait.

Les enfants décrètent bientôt que l'ail goûte très mauvais et cèdent leurs gousses aux adultes qui les écrasent sur leur palais, du bout de la langue.

«Vous savez pas ce que vous manquez, les enfants!»

Rhéauna se contente de hausser les épaules. Sa mère sourit.

«Viendra ben un moment où tu vas aimer ça, Nana… C'est tellement bon. Pas avec toute, c'est vrai, mais avec le rôti de porc, c'est pas battable…

— J'pense pas que ça arrive, moman. Ça goûte le yable!»

Simon éclate de rire.

«Si c'est ça que le yable goûte, ça me ferait rien d'aller passer mon éternité en enfer! En tout cas, y doivent avoir toute une haleine, en bas! Mais y doivent pas s'en rendre compte, parce qu'y doivent toutes sentir pareil!»

La conversation languit parce que ce qu'on mange est trop bon pour perdre son temps à jaser.

On se ressert une fois, deux fois, les patates brunes disparaissent, Simon va même jusqu'à tremper une tranche de pain blanc et mou dans le gras qui fige au fond de la lèchefrite.

«Je le sais que c'est criminel, mais chus prêt à payer pour mes crimes de la journée: la boisson pis le rôti de porc!»

Sa femme pousse un soupir de résignation.

«Ouan, mais c'est moé qui vas être pognée à te soigner si tu fais une indigestion aiguë c'te nuitte, par exemple...»

Le petit Ernest, qui a trop mangé, et trop vite, a un peu pâli. Rose le fait se lever et marcher dans la pièce.

«Essaye de te délivrer, Ernest, lances-en un bon gros, là, ça va te faire du bien, tu vas te sentir mieux, après.»

Et lorsqu'il s'exécute en se cachant la bouche de la main, tout le monde soupire de soulagement.

C'est entre le plat principal et le dessert, au moment où Simon se lève pour aller chercher la bouteille de caribou à la cuisine, que Rhéauna commence à poser ses questions. Un détail la chicote depuis un bout de temps et elle profite de la bonne humeur ambiante pour aborder le sujet.

«J'ai demandé à moman c'tait quoi votre nom, l'aut' jour, ma tante Teena, pis a' m'a dit que c'était Ernestine...

— Oui, c'est vrai, je m'appelle Ernestine, mais tout le monde m'a toujours appelée Teena...

— Comment ça se fait que vous vous appelez Ernestine pis que votre frère aîné s'appelle Ernest? Êtes-vous jumeaux, mon oncle Ernest pis vous?»

Les sœurs Desrosiers sourient et se jettent des regards complices.

«Non, on n'est pas jumeaux. J'en ai souvent parlé avec ma mère, pis on en a souvent parlé entre nous, nous autres, les enfants... J'sais pas trop quoi te répondre, Nana... J'pense que la seule réponse, c'est que tes grands-parents manquaient d'imagination... Ou ben qu'y trouvaient que je ressemblais à mon frère quand chus venue au monde, j'sais pas trop...

— Grand-moman, qu'est-ce qu'a' répondait, elle?

— A' répondait pas à c'te genre de question-là... A' me regardait, pis à me disait qu'a' m'avait appelée Ernestine parce que j'avais l'air d'une Ernestine à ma naissance... Je sais pas comment on peut avoir l'air d'une Ernestine quand on vient au monde, mais bon... J'ai jamais eu d'autre réponse, y fallait ben que je m'en contente...

— Pis le petit Ernest, pourquoi vous l'avez appelé Ernest? Ça fait deux Ernest pis une Ernestine dans la même famille, c'est beaucoup, non?

— Pour ce qui est du petit Ernest... Écoute... C'est la tradition, dans la famille Desrosiers, d'appeler notre premier enfant du nom du plus vieux ou de la plus vieille de nos frères pis de nos sœurs... Ton oncle Ernest s'est appelé Ernest parce que le plus vieux chez ton grand-père Méo, donc mon frère Ernest, s'appelait Ernest, c'est tout... J'te l'ai dit, c'est une tradition chez les Desrosiers... Toi, par exemple...

— Quoi, moi? Personne s'appelle Rhéauna dans' famille, non? J'pensais que c'tait un nom que moman avait inventé parce que j'ai pas trouvé de sainte Rhéauna nulle part dans le calendrier des saints... »

Simon, qui a profité de ce qu'on ne s'occupait pas de lui pour se glisser à la cuisine, revient, bouteille à la main. Il a déjà commencé à boire, ça se lit à son visage rougeaud et à son sourire juste un peu trop large. Et à ses yeux mouillés.

« Allez chercher les tartes, mesdames, y a rien de meilleur qu'une petite *shot* de caribou avec une tarte aux framboises! »

Rose lui enlève la bouteille et la pose devant elle sur la table.

« On fera ça tout à l'heure, Simon. Les tartes pis la boisson peuvent attendre. En attendant, on jase.

— Quand vous vous mettez à jaser, ça peut durer des heures...

— Pis toé, quand tu te mets à boire, ça peut durer des jours!»

Il se tait, reprend sa place. Pignoche dans le reste de petits pois au fond de son assiette.

Titite a allongé le bras au-dessus de la table pour prendre la main de Rhéauna.

«Tu sais pas comment je m'appelle, Nana? T'as pas demandé à ta mère c'tait quoi mon vrai nom quand t'as parlé de ta tante Teena?

— Non. On avait juste parlé de ma tante Teena.»

Titite s'adresse à Maria sur un ton de reproche.

«Franchement, Maria, t'aurais pu en profiter pour y dire...

— Avec elle, t'es aussi ben de t'en tenir à une question à la fois, Titite, sinon ça finit pus...»

Titite fait un beau sourire à sa nièce. On dirait qu'elle va lui apprendre une grande nouvelle alors qu'elle se prépare juste à lui dévoiler son nom.

«J'm'appelle comme toi, Nana.

— Vous vous appelez Rhéauna?

— Oui. Mais ça se prononce en anglais pis ça s'écrit pas pareil. J'm'appelle Reona, Rhéauna, pis ça s'écrit R-E-O-N-A. Pis faut le dire en anglais. Reona. J'sais que ça a rien à voir avec Titite, mais je pense que mes parents ont commencé à m'appeler comme ça parce que j'étais grosse quand j'étais petite, pis qu'y trouvaient ça drôle... C'est fou, hein?»

Rhéauna se tourne vers sa mère, bouche bée. Elle a toujours été convaincue de porter un nom original, un nom inventé pour elle, sorti de la tête de sa mère pour la démarquer, elle, des autres enfants, et voilà que la version anglaise de ce nom, et beaucoup moins jolie, lui tombe dessus d'un seul coup.

C'est au tour de Maria d'étirer le bras pour saisir la main de sa fille.

«Ta tante Teena te l'a dit, Nana, c'est une tradition des Desrosiers. Je voulais que ma première fille ou mon premier garçon porte le nom du plus vieux ou de la plus vieille de ma famille. Si t'avais été un garçon, tu t'appellerais Ernest, pis on en aurait trois, plus une Ernestine! Comme les parents de ton père étaient des Français de France, y était pas question que je te donne un nom anglais, ça fait que je l'ai francisé, chus passée de Reona à Rhéauna. Rhéauna Rathier, c'est un beau nom, non? C'est quand même mieux que de s'appeler Francine, ou Laurette, ou Jeannine!

— Pis Théo, lui, y a-tu failli s'appeler Ernest lui aussi?»

Maria se reprend juste à temps. Elle allait répondre à Rhéauna que Théo porte une partie du prénom de son vrai père, Théophile Rambert, qu'elle a abandonné à Providence et qui n'a rien fait pour la retrouver depuis deux ans.

Pour faire diversion, et sentant que la conversation s'engage sur un terrain dangereux, Rose se lève de table, vient se placer derrière Rhéauna, l'entoure de ses bras.

«Imagine! Moé, je m'appelais Rose Desrosiers! Parce que la sœur aînée de ma mére s'appelait Rose pis que mon père avait pas de sœurs! J'te dis que quand on porte un nom pareil, on a hâte de le changer...»

Sentant qu'il faut continuer à alléger l'atmosphère, Simon entre dans le jeu de sa femme après avoir mimé un faux sursaut plutôt bien exécuté.

«C'est quand même pas juste pour ça que tu m'as marié!»

Elle se redresse, vient lui ébouriffer les cheveux, déjà pas mal emmêlés.

«Non, toé j't'ai marié pour ta grande beauté, innocent!»

Les adultes rient. Rhéauna reste songeuse. Simon se penche sur la table, étire le cou en direction de la fillette.

«Moé, ma petite fille, j'm'appelle Simon. Juste Simon. Rien d'autre. J'me sus jamais connu d'autre nom parce que j'ai jamais connu mes parents. J'ai juste su que c'étaient des Cris. Je sais même pas si c'est mon nom propre ou mon nom de famille! Peut-être que je m'appelle Simon Simon, on sait jamais! Ça serait aussi pire que de s'appeler Rose Desrosiers, non? Au fond, c'est pas grave comment tu t'appelles, Nana, d'abord que c'est juste à toé qu'on pense quand on dit ton nom, même si y en a d'autres qui le portent... »

Rhéauna penche la tête.

« Tant qu'à ça... »

Simon se lève, fait une pirouette derrière sa chaise et se dirige vers la cuisine.

« Et sur ce, mesdames, je le répète, c'est l'heure du dessert pis de la boisson. J'pense que vous me devez ben ça après la situation que je viens de sauver... »

Les portions de tarte à la framboise sont énormes et, noyées sous une couche de ce qu'on appelle à Duhamel de la crème d'habitant – plus épaisse, plus onctueuse et plus riche que tout ce qu'on peut trouver en ville –, absolument délicieuses. Rose a passé la journée de la veille à cueillir les fruits derrière sa maison, pas loin des bécosses – elle prétend cependant qu'il n'y a pas de danger de contamination puisque la fosse d'aisances est plus basse, plus près du lac, ce qui n'est guère rassurant pour l'eau du lac –, et consacré l'après-midi de la journée qui s'achève à les confectionner. C'est à la fois sucré et piquant, ça brûle un peu la bouche au premier abord pour ensuite gorger les papilles gustatives d'un parfum unique de fruit frais, comme si on mangeait à pleines poignées des framboises agrémentées de sucre et de crème. Les enfants et Simon en auraient bien repris, mais on a découpé les deux tartes en huit portions égales et il n'en reste plus une miette. Rose a déclaré qu'elle pourrait promettre d'en refaire d'autres, mais qu'il ne restait qu'une journée de vacances aux visiteurs de la ville et qu'elle n'a pas du tout l'intention de se tenir la bedaine sur le poêle toute la journée du lendemain pour boulanger. Elle veut profiter une dernière fois de ses invités et passer la journée au complet au bord de l'eau.

Elle a fini par se pencher vers Maria pour lui glisser, tout bas :

« En fait, j'en ai préparé six. Y en reste quatre. Vous vous les séparerez en arrivant à Montréal... Mais dis-le pas à Ernest ni à Simon, pis attends à demain pour en parler à tes sœurs, sinon y en resterait pus la moitié d'une, demain matin ! »

Le dessert terminé, les quatre femmes ont accepté un tout petit verre de caribou pour accompagner Simon qui continuait d'insister tout en entamant sa sixième ou septième *shot*, les yeux déjà brillants et le rire encore plus sonore que d'habitude.

« C'est criminel de laisser un homme boire tu-seul, mesdames ! Surtout quand y veut pas garder sa boisson pour lui, pis qu'y vous en offre ! »

Après tout, un verre, ça n'engage à rien... Au grand étonnement des femmes de la ville, ça ne goûte pas du tout ni ne sent la térébenthine. En fait, ça n'a aucun goût particulier, et si les sœurs Desrosiers ne connaissaient pas la réputation de cette décoction faite maison – l'alcool qui monte à la tête et la fait tourner, l'impression de chaleur partout dans le corps, l'ivresse rapide et prolongée –, elles ne s'en méfieraient pas et continueraient à boire avec Simon. Mais dès l'apparition du premier vertige, Tititte a en quelque sorte déclenché l'alarme. Elle s'est mise à s'éventer, la face et le cou rouges, la respiration rapide, le front couvert de sueur...

« Ça fesse, c't'affaire-là ! »

Les autres femmes ont ri et se sont mises à l'éventer avec des serviettes de table et des linges à vaisselle...

« Bon, la v'là repartie avec ses chaleurs, elle !

— T'es ben rouge, ma Tititte, on dirait que tu vas nous faire une crise d'aploplexie ou ben la danse de Saint-Guy ! »

Pour sa part, Simon lui tend déjà un deuxième verre.

« Prends-en un autre, prends-en un autre, ça va passer ! Pis, tu vas voir, tu vas t'habituer !

— Es-tu fou, Simon, si j'en prends un autre, j'me rappellerai pus comment je m'appelle pis j'vas m'écrouler en dessous de la table ! C'est ça que tu veux, je suppose !

— Ben non, ben non, bois moins vite, c'est toute !

— Pantoute ! J'arrête là ! J'arrête à un, un point c'est toute ! »

On a envoyé les enfants jouer dehors – il ne fait pas encore tout à fait noir – et Maria a fait remarquer à Rhéauna qu'il serait bientôt l'heure de préparer Théo pour la nuit. Vaines protestations : grand souper ou pas grand souper, l'heure du coucher reste la même !

Et c'est à ce moment-là qu'une chose plutôt étonnante s'est produite. Sans jeter un regard dans sa direction, Teena a parlé au petit Ernest avant qu'il ne sorte de la maison.

« Si tu veux coucher ici, à soir, Ernest, ça me ferait plaisir. »

Il y a eu un moment de silence. On s'attendait presque à voir le petit Ernest se jeter dans la nuit ou se réfugier dans les bras de Rose. Au lieu de quoi, il s'est contenté de répondre d'une toute petite voix :

« Correct. »

Puis il est sorti sans rien ajouter.

Plus bouleversée qu'elle ne voudrait l'avouer, Teena s'est lancée sur le deuxième verre de caribou que Simon vient de déposer devant elle.

* * *

Les enfants partis – on les entend courir et crier dans la nuit qui tombe –, les femmes décident de lancer une petite partie de cartes. Ce qui est loin de faire l'affaire de Simon, peu fervent des jeux qui vous enferment dans la maison au lieu de vous permettre des exercices physiques à l'extérieur.

«J'sais pas comment vous faites pour passer des heures assis devant des petits bouts de carton!»

Sa femme ne prend même pas la peine de le regarder pour lui répondre.

«Pis moi, je sais pas comment tu fais pour passer des heures à surveiller des lièvres qui tournent autour de tes pièges...

— T'es ben contente de les manger, mes lièvres...

— Mais t'es pas obligé de les regarder mourir avant de me les rapporter!

— Tu comprendras jamais rien à la chasse...

— C'est même pas de la chasse! Quand tu pars, à l'automne, pour tuer un orignal ou un chevreuil, je comprends, mais quand tu vas surveiller tes pièges pendant des jours pis des jours...»

Ils arrêtent de discuter tout d'un coup. Ils ont eu cette conversation à d'innombrables reprises et savent qu'elle ne mène jamais à rien. Rose sait très bien que ce n'est pas de surveiller les lièvres gigotant au bout du lasso de métal qui intéresse Simon, mais la vie au grand air, l'errance, l'impression de liberté qu'il a si souvent essayé de lui décrire et qu'elle ne comprend pas parce qu'elle voudrait que son homme reste toujours avec elle. Il l'a même plusieurs fois invitée à se joindre à lui, mais elle a toujours refusé en disant qu'elle détestait dormir à la belle étoile, toute Crie qu'elle était, et que la place de Simon n'était pas dans le fond de la forêt devant un feu de bois et une casserole de lièvre qui brûle, mais à côté d'elle dans le lit...

Simon se lève de table, s'étire, se passe la main dans les cheveux.

«J'vas vous laisser entre femmes...»

Rose, qui s'est levée pour aller chercher un paquet de cartes neuf dans l'armoire, reprend sa place, toujours sans regarder son mari. Elle décachète la petite boîte de carton, sort les cartes qu'elle étale sur la table d'une main experte.

«Bois pas trop...»

Il se penche, l'embrasse sur le dessus de la tête.

«Toé non plus...»

Elle lui donne une tape sur la main.

«Non, mais laisse-nous quand même la bouteille... De toute façon, y en reste pus beaucoup... Pis je sais que t'en as d'autres, en bas...»

Il sort en se dandinant. On dirait qu'il sait que les quatre femmes le regardent s'éloigner et fait l'important, roulant les épaules et se déhanchant un peu pour donner de la souplesse à sa démarche pourtant déjà élastique et gracieuse.

Teena se passe la main sur le front.

«C'est plate de le laisser partir de même...

— Laisse-lé faire. Y va s'occuper. Y va aller réparer quequ'cabane à moineaux ou ben gosser quequ'branche de sapin... Y s'ennuie jamais, lui, y se trouve toujours quequ'chose à faire...»

Elle se lève, fait le tour de la table avec la bouteille que Tititte repousse tout en s'éventant avec un vieux journal que vient de lui donner Teena.

«Pas pour moi, merci, j'en ai assez pour aujourd'hui! Je sais même pas si j'vas pouvoir suivre la partie de cinq cents... Chus toute confuse...»

Maria se tourne vers Rose qui passait derrière elle.

«Ça fera pas grand changement...»

Tititte l'a bien sûr entendue.

«C'est ça, fais ta comique, Maria... Ça fait longtemps qu'on a pas joué au cinq cents parce que d'habitude on est juste trois, mais si tu te rappelles bien, chus pas battable à ce jeu-là!»

Maria hausse les épaules.

«T'étais pas battable y a quinze ans en Saskatchewan, *Reona*, mais y en est passé de l'eau sous les ponts depuis ce temps-là! J'en ai joué, des parties de cinq cents à Providence!

— Les Français de France, ça joue au cinq cents, ça?

— Y a pas juste des Français de France, en Nouvelle-Angleterre, insignifiante! Y a quequ's'Américains, aussi! Mais si t'es trop fatiquée pour jouer au cinq cents ou ben si t'as trop chaud, on peut se passer de toi, t'sais, on jouera au poker!»

Piquée au vif, Tititte se lève à moitié de sa place et dépose le journal sur la table.

«C'est pas une petite chaleur qui va m'empêcher de te battre aux cartes, Maria Rathier! J'te gage... j'te gage trente sous que j'te bats tu-suite à la première levée!

— Tu vas regretter ce que tu viens de dire, ma vinyenne! Tiens, v'là mon trente sous, pis j'en ajoute un autre! La soirée va être longue pis a' va te coûter cher, ma petite fille!»

Elles éclatent toutes les quatre de rire. Elles ont quinze ans, elles ont bien mangé, la nuit est tombée, la vaisselle est faite, une longue soirée de cartes les attend parce qu'il n'y a rien à faire, les soirs d'été, à Sainte-Maria-de-Saskatchewan, et elles se lancent des défis comme elles ont entendu leurs pères le faire, à grandes tapes sur la table, les sourcils froncés, le verbe haut, mais pas sérieux pour deux sous.

Elles sont sur le point de choisir au hasard laquelle d'entre elles va distribuer la première levée lorsque Rhéauna arrive en courant.

«Y faut que vous veniez voir ça! C'est tellement beau, dehors! C'est tout rouge! On dirait que le ciel est en feu!»

Se saisissant de leur petit verre de caribou, elles se lèvent et vont regarder le ciel flamber.

Tititte, qui s'est un peu attardée à sa place, se verse un petit verre d'alcool avant de les suivre.

* * *

Après leurs courses effrénées autour de la maison et dans le chemin en pente qui mène à la grand'route – Théo était un méchant Indien de deux ans qui attaquait tout ce qui bougeait à grands coups de tomahawk personnifié par la petite pelle récupérée au bord de la grève après l'orage et Ernest, un valeureux cowboy qui protégeait comme il le pouvait son troupeau contre ce brigand des grandes plaines dont le nom seul, Théo-la-Terreur, faisait frémir la Gatineau au grand complet depuis des mois, leur bataille sanglante et sans merci éclairée de majestueuse façon par le rouge et l'or qui couraient dans le ciel alors que menaçait la nuit, une importante page d'histoire se déroulant là, sous les yeux des femmes qui, cependant, au lieu de lancer des cris d'effroi, contemplaient tout ça avec un œil attendri –, les deux petits garçons sont tombés comme des pierres dans le lit de Théo, trop étroit pour deux. Aucune guerre n'a été gagnée, le combat a été nul et il faudra tout recommencer le lendemain. En inversant les rôles, cette fois : Théo sera le cowboy et le petit Ernest le méchant Indien.

Ne sachant pas si Teena avait l'intention de garder son fils avec elle dans la grande maison ou de le leur confier pour la nuit, à elle et à sa mère, Rhéauna décide d'aller le lui demander. Elle enfile son chandail de laine qui va la protéger du *cru* qui est vite tombé après le coucher du soleil et traverse la petite bande de terrain qui sépare le hangar de la maison suspendue. Il fait plus que frais. Ce qui lui pèse sur les épaules, cette masse presque mouillée de brume blanche qui la transperce jusqu'aux os malgré la laine dont ses épaules sont enveloppées, pourrait très bien s'appeler du froid. Presque une nuit d'automne. Un vent coulis descendu des montagnes lui ébouriffe les cheveux et elle doit protéger sa lampe à huile pour l'empêcher de s'éteindre.

En montant les quelques marches qui mènent au perron, Rhéauna est étonnée de ne pas entendre d'éclats de voix ni de rires provenant de la table où sont installées les quatre femmes. Elle étire le cou, jette un coup d'œil dans la pièce. La conversation, d'habitude si animée pendant les parties de cartes hebdomadaires de sa mère et de ses tantes, se fait languissante : les femmes ont la tête penchée, les mains à plat sur la table et une seule d'entre elles, sa tante Rose, parle. Et à voix basse. Curieuse, la fillette tire une chaise berçante près de la porte restée entrouverte pour laisser circuler l'air et s'y installe en resserrant son chandail encore plus près de son corps. Elle va écouter, comme elle le fait derrière la porte de sa chambre, à Montréal, quand elle sent que la conversation risque de devenir intéressante pendant les parties de cartes. Elle éteint la lampe à huile pour ne pas révéler sa présence et tend l'oreille.

« Si vous saviez ce que cet homme-là peut faire à une femme ! »

De quoi sa tante parle-t-elle ? Qu'est-ce que son mari peut bien lui faire pour qu'elle s'exprime à voix aussi basse ? Est-ce qu'il la bat ? Rhéauna sait, par des élèves de sa classe, qu'il existe des hommes qui battent leur femme et leurs enfants.

C'est sa mère qui répond à ce que vient de dire la tante Rose.

« On parle pas de ces affaires-là devant des femmes qui vivent sans hommes depuis si longtemps, Rose. »

Cette dernière penche la tête un peu plus près de la table. Son front touche presque le bois où gisent quatre petits verres et une bouteille vides. On dirait qu'elle est à confesse, qu'elle n'ose pas regarder en face celles à qui elle est en train de se confier. Parle-t-elle d'un péché si grave qu'on doit le confesser à voix basse et tête penchée ?

« J'veux vous en parler parce que je sais que tout le monde jase sur mon compte, dans la famille, depuis que j'ai choisi Simon plutôt que l'insignifiant maître d'école que mes parents auraient voulu que je marie, à Sainte-Maria-de-Saskatchewan, y a vingt ans. On a été obligés de se sauver comme des voleurs parce que parsonne, parsonne, aurait accepté d'admettre qu'on pouvait être heureux, Simon pis moé, dans notre pauvreté pis notre misère ! Oui, ça fait déjà vingt ans que j'ai marié Simon, vous étiez encore des jeunes filles, dans ce temps-là, vous perdiez votre grande cousine, pis peut-être que vous compreniez pas, que vous me jugiez, vous autres aussi, mais laissez-moé vous dire que je l'ai pas regretté un seul jour, un seul instant ! Parce que y a pas une femme dans Sainte-Maria-de-Saskatchewan, entendez-vous, y a pas une femme icitte, à Duhamel, où on a été obligés de venir se cacher, y a pas une femme dans la Gatineau au grand complet depuis vingt ans qui a été aussi comblée que moé par son mari ! Pas une ! Pis y faut que ça se sache ! Que le prix à payer était pas aussi cher qu'on peut le penser parce que… parce que… Si vous saviez… Si vous saviez ce que c't'homme-là est capable de faire à une femme… Sa façon de caresser, sa façon d'embrasser, sa peau, ses cheveux, son poil, son odeur… Son odeur ! Quand y a chaud, y sent le bois, pis quand y a frette, y sent le bois brûlé ! Quand y fait chaud, y me rafraîchit, pis quand y fait frette, y me réchauffe ! Quand y arrive de trapper, y sent la fougère, pis quand y arrive de chasser, y sent l'animal ! Pis quand y a bu, je bois moé aussi pour aller le rejoindre ! Pis les chicanes que vous avez entendues toute la semaine, les reproches qu'on se fait l'un l'autre, les chamaillages, c'est juste un jeu, des étriveries qui mettent un peu d'excitation dans nos journées…. Je le sais que vous risquez de pas me croire, que vous allez peut-être choisir de continuer à penser que je faisais pitié, tout ce temps-là, dans ma cabane de bois rond, en tout cas jusqu'à ce que Teena achète la maison de Josaphat-le-Violon pis qu'on vienne s'installer ici-dedans avec le petit Ernest, que j'ai gelé sur mon plancher de bois mal équarri, que j'ai pleuré en me tordant les mains, mais y a rien de ça qui est vrai. Ce qui est vrai, c'est qu'on est pauvres, ça je peux pas vous le cacher, mais j'aime mieux être pauvre et vivre ce que je vis toutes les nuits, *toutes les nuits,* que de me retrouver riche, en ville, avec parsonne pour me faire ressentir c'que c't'homme-là me fait ressentir! »

Les autres femmes n'osent pas intervenir. Elles ne se regardent même pas. Tititte a connu un mariage blanc catastrophique avec un Anglais frigide, Teena a aimé avec passion un homme qui l'a laissée tomber quand il a appris qu'elle attendait un enfant de lui, Maria a quitté deux ans plus tôt un vieux monsieur bien gentil et fort généreux mais qui était loin de combler ses attentes après avoir été mariée à un marin toujours absent et qui ne revenait que pour lui faire des enfants. Et voilà que leur cousine disparue de la Saskatchewan des années avant elles, celle qu'on a tant conspuée dans les soirées de famille, dont on disait qu'elle était allée s'enterrer dans le fond des Laurentides, dans l'Est du pays, pour cacher sa vie de misère avec un batteur de femme, celle qu'on donnait en exemple, pour faire peur aux jeunes filles qui voulaient quitter leur village à la recherche du grand amour, Rose Desrosiers, qui portait presque un nom de sorcière, se révélait être la seule comblée d'entre elles, sans doute la plus heureuse, en tout cas la plus satisfaite de son sort.

« Je prie tous les jours pour que je parte avant lui, comprenez-vous? Parce que si y fallait qu'y parte avant moé, je pourrais pas le supporter, je m'arrangerais pour aller le rejoindre le plus vite possible. Y est pas trop tard pour vous autres, vous savez, même pour toé, Tititte, qui as commencé tes chaleurs... J'vous souhaite de connaître ça, de crier comme j'ai crié, de demander que ça finisse pus, de pleurer de frustration quand l'homme qui vient de vous honorer se lève pour aller fumer une pipe sur le perron parce que vous auriez voulu que ça continue... Je vous le souhaite vraiment. »

Rhéauna sursaute dans sa chaise. Quelqu'un s'est approché de la maison sans qu'elle s'en aperçoive. C'est Simon, qui tient une lanterne allumée d'une main et, de l'autre, un paquet enveloppé dans une guenille. Il lui tend le paquet.

« Tiens, c'est pour toé.

— Qu'est-ce que c'est?

— J'ai remarqué pendant toute la semaine que t'aimes ça lire, pis je garde ça chez nous depuis des années sans l'avoir jamais lu... On sait jamais, ça va peut-être t'intéresser... »

Une voix sort de la maison.

« C'est toé, Simon? »

Il fait trois pas en direction de la porte.

« Chus venu te charcher, Rose. Je sais que t'aimes pas ça te promener dehors tu-seule, le soir... »

Il se penche sur Rhéauna avant d'entrer.

« J'ai rien entendu de ce qui s'est dit à mon sujet, tout à l'heure... »

Il lui fait un clin d'œil, un sourire dévastateur, et entre dans la maison.

Rhéauna le regarde de dos. Habillé, cette fois.

Elle n'a rien compris de ce que sa tante Rose vient de dire et se demande ce qu'un homme peut bien faire à une femme pour déclencher chez elle de tels aveux après vingt ans de vie commune. Elle se doute que ce sont des choses importantes, et qui pourraient compter dans l'avenir, mais elle aurait besoin qu'on lui en dise plus, qu'on lui explique ce qu'elle ne comprend pas, surtout qu'une nouvelle sensation la trouble pendant qu'elle contemple Simon resté immobile sur le pas de la porte, les bras croisés et la tête haute. Ce serrement au niveau du cœur, cette drôle d'impression dans la région du corps, située sous son ventre, qu'on lui a enseigné à ignorer et même à mépriser... Qu'est-ce que ça veut dire? Elle est sur le point de percer un secret, un secret d'adultes, un secret grave, essentiel, mais elle se bute encore une fois à ce maudit mur de pudeur imposé par la religion qui oblige au silence et à l'ignorance. Surtout aux femmes. Si elle lui posait des questions, à lui, le si beau Cri, est-ce qu'il lui répondrait? Elle n'oserait jamais, bien sûr. Elle ne le connaît pas. Et c'est un homme. Non, c'est à une femme qu'elle doit s'adresser. Sa mère. Et le plus vite possible.

Dans la maison, les femmes ont quitté la table, ramassé les cartes, les verres vides, la bouteille. Mais aucune ne regarde dans la direction de Simon. Il a bien sûr écouté une bonne partie de ce que sa femme disait, un peu plus tôt, et gonfle le torse. Si seulement ses amis – qui le traitent toujours de menteur et de vantard lorsqu'il parle de ses prouesses au lit avec sa femme – avaient pu entendre Rose parler de l'effet qu'il lui fait, et depuis si longtemps, il n'y aurait plus de quolibets quand il entre dans le *blind pig* situé derrière chez Charles Trudeau, à Duhamel, plus de haussements d'épaules derrière son dos, et on ne le ferait plus taire quand il aborde le sujet.

Le silence s'éternise et commence à être gênant. Simon, qui n'a pas du tout l'intention de le briser, se contente de sourire.

Les trois sœurs Desrosiers finissent par disparaître dans la cuisine en emportant les vestiges de la partie de cartes et du repas. Rose s'approche de son homme.

«J'espère que t'as pas quequ'piège à aller vérifier, à soir?»

Il se penche, l'embrasse.

«Oui. Mais y est devant moé, pis c'est le plus dangeureux.»

Ils disent bonsoir à la cantonade, reçoivent des réponses qui viennent du fond de la cuisine. On se dit de part et d'autre qu'on va se revoir le lendemain, au bord du lac, pour la dernière fois cette année.

Avant de quitter la maison, Rose élève la voix pour remercier ses cousines de tout, le repas, la compagnie, la partie de cartes.

Et ils sortent, main dans la main.

En passant à côté de Rhéauna, Simon pointe le paquet du doigt.

« As-tu regardé ?

— Non, mais j'm'en allais justement le faire... »

Rose est étonnée de trouver Rhéauna sur le perron.

« T'étais là, toé ?

— Oui.

— Depuis longtemps ?

— Non. »

Simon fait un deuxième sourire dévastateur à la fillette, qui rougit jusqu'à la racine des cheveux parce qu'il sait qu'elle vient de mentir. Rose et Simon disparaissent dans l'obscurité. Aussitôt que leurs voix se sont éteintes – elle peut encore voir la faible lueur de la lanterne, comme un feu follet qui virevolte entre les arbres –, Rhéauna défait le paquet après avoir rallumé sa petite lampe à huile.

Sous la guenille mangée aux mites se trouve un de ces cahiers à couverture rigide qu'on appelle à l'école des cahiers de professeurs, ligné en bleu et dont la marge est marquée en rouge. Il est rempli d'une écriture fine, aux belles lettres bien formées, qui n'est pas sans rappeler celle des religieuses. C'est donc un cahier écrit par une femme ? Elle n'a pas pris le temps de vérifier s'il a un titre. En tout cas, il n'y a rien sur la couverture. Elle regarde sur la première page, se penche pour lire ce qui y est écrit.

Les contes de Josaphat-le-Violon.

Elle a déjà entendu ce nom-là quelque part. Oui, là, ça lui revient... C'était l'ancien propriétaire, c'est à lui que la tante Teena a acheté la maison suspendue. Ce serait donc un cahier – on pourrait presque appeler ça un livre tant il est épais et l'écriture fine – écrit par lui. De cette belle écriture de religieuse ? C'est tout de même curieux, un habitant qui écrit de façon si soignée. Mais elle a aussi entendu dire de lui que c'était une espèce d'original, une sorte de poète. Ce sont peut-être là des poèmes que personne n'a jamais lus, qu'elle sera la première à découvrir? Non, c'est bel et bien indiqué que ce sont des contes. Comme c'est excitant! Elle referme le cahier en se disant qu'elle profitera de la journée du lendemain pour le commencer…

* * *

Dans la cuisine, les sœurs Desrosiers ont un peu honte.

«Franchement, on aurait pu aller les reconduire au moins jusqu'au chemin! Y vont penser qu'on sait pas vivre!»

Tititte s'évente une fois de plus. Cette fois avec un linge à vaisselle.

«J'savais pus où me mettre, moi, après avoir entendu tout ça… Le voir arriver, tout d'un coup, comme ça, j'ai pas pu m'empêcher de penser des affaires… plutôt troublantes…»

Maria se penche sur le poêle où elle a mis un canard à chauffer pour l'eau de la vaisselle.

«En tout cas, moi, je pourrai pus jamais regarder c't'homme-là dans les yeux, ça c'est sûr! J'aurais trop peur d'avoir envie de sauter dessus! Une chance qu'on s'en va après-demain!»

Elles éclatent de rire en attachant leurs tabliers.

Teena commence à puiser de l'eau froide dans le baril posé près du poêle et en vide un grand seau dans l'évier.

«Tu peux apporter l'eau chaude, Maria. Mais arrange-toi pas pour m'ébouillanter comme hier soir!

— Mets pas tes mains dans mon chemin, pis je t'ébouillanterai pas!»

Lorsque l'eau est chaude juste à point, Teena commence à y jeter les premiers verres sales.

«En tout cas, je sais pas si vous êtes comme moi, mais quand j'vas me coucher, à soir, j'vas penser à rien qu'une affaire!»

Ses sœurs sourient. Maria lui pose une main sur l'épaule.

«Pis c'est certainement pas Charles Gill qui va y être mêlé!»

* * *

Rose, Violette, Mauve et leur mère, Florence, s'étaient elles aussi installées sur le perron de la maison suspendue pendant la partie de cartes. Elles ont donc entendu la conversation entre les quatre femmes et ont vu Simon arriver et donner le paquet à Rhéauna.

«Moman, Simon a donné le livre à Nana!

— Je le sais.

— C'est lui qui l'avait?

— Ben oui.

— Vous le saviez?

— Je le sais depuis des années... J'étais là quand Simon l'a trouvé au fond de l'armoire de la chambre. J'pensais qu'y l'avait lu, mais y vient de dire le contraire...

— Pis vous laissez faire ça... Vous allez laisser partir le livre de Josaphat!

— On va le suivre, ce livre-là, on va partir avec après-demain, tu le sais...

— J'ai peur, moman. J'ai peur de la ville.

— Moi aussi, j'ai peur de la ville, ma petite fille, mais qu'est-ce que tu veux, y faut ce qu'y faut...

— Moi, j'ai pas peur, moman, au contraire, j'pense que j'vas aimer ça, la ville!

— J'te crois pas!

— Crois-moi pas si tu veux pas, mais j'aime mieux penser ça que de partir en ayant peur...»

Florence lève la main pour apaiser ses filles.

«Au fond, je pense qu'on n'a pas à avoir peur. Personne va se rendre compte qu'on est là, comme d'habitude...

— Sauf si on trouve Josaphat.

— Sauf si on trouve Josaphat, bien sûr.

— Qu'est-ce qu'y va dire quand y va nous voir arriver?

— Y va être content, je suppose. Y nous a pas vues depuis des années.

— Pensez-vous qu'y écrit encore, moman? Pensez-vous qu'y a continué ses contes?

— On le saura quand on l'aura trouvé.

— Si on le trouve.

— Si on le trouve, oui. Mais chus convaincue qu'on va le trouver. Pis si jamais y a rien fait depuis qu'y a quitté Duhamel, on va essayer de l'encourager.

— C'est-tu vrai, moman, que Victoire est partie en ville pour marier un autre homme?

— Oui, c'est vrai.

— Est-tu malheureuse?

— J'sais ben des affaires, ma petite fille, mais pas ça…

— Elle aimait trop son Josaphat pour être heureuse avec quelqu'un d'autre…

— Mais elle avait pas le droit d'être avec lui, c'tait son frère.

— Pis leurs enfants, moman, qu'est-ce qu'y sont devenus, leurs enfants?

— On le saura quand on les aura retrouvés… En attendant, va falloir guetter la petite Rhéauna Rathier pour voir si elle va lire le livre de Josaphat avant de partir… »

C'est la plus belle journée de toute la semaine. On se croirait en pleine canicule de juillet : la chaleur humide est revenue, le ciel est dégagé, le soleil arrive même à réchauffer un peu l'eau du petit lac. Les sœurs Desrosiers, suivies des trois enfants, ont débarqué tôt chez Rose et Simon pour bien profiter de leurs dernières heures de vacances. Elles ont préparé dès le matin un magnifique lunch avec les restes du repas de la veille – Teena se vante d'ailleurs d'avoir réussi la meilleure graisse de rôti de sa vie, elle le sait, elle y a goûté au petit déjeuner, d'abord pour la tester, puis sur une deuxième tranche de pain rôtie sur le poêle à bois parce que c'était trop bon. Après la troisième baignade de la matinée, la plus longue depuis leur arrivée et peut-être la plus joyeuse, elles ont déballé leur énorme panier et étalé les victuailles sur une nappe de coton blanc prêtée par Rose. Au bout de la jetée de bois, pour qu'on se sente flotter en mangeant. La bonne humeur règne, les sandwichs au rôti de porc et au rôti de veau sont délicieux, les enfants, la bouche pleine, laissent tremper leurs pieds dans le lac, les femmes ont mis des chapeaux pour se protéger du soleil, Simon, au contraire, lève souvent la tête en plissant les yeux. Rose a fourni des marinades de l'année précédente, des betteraves toutes tendres, du ketchup rouge, du chow chow, des cornichons salés. Simon est prévenant avec toutes les femmes et remarque, un petit sourire au coin des lèvres, que les cousines de sa femme ne le regardent plus en face. Si elles savaient ce qu'il a fait à Rose une partie de la nuit, elles se cacheraient sans doute le visage dans leurs mains ! À la fin du repas, Rose surprend tout le monde avec deux des tartes qu'elle avait préparées la veille et qui sont accueillies par des cris de joie. Elle fait du café fort pour les adultes, verse des verres de lait aux enfants. Un silence tout paisible se fait pendant le dessert. Ils regardent le paysage en mangeant leur portion de tarte, Simon et Rose fiers de partager leur lac, leurs montagnes, leur ciel si bleu, les autres déjà un peu tristes d'avoir à quitter tout ça si tôt. Si la jetée bougeait juste un peu plus, ils pourraient se croire en bateau.

Le repas terminé – on dirait qu'une tornade est passée sur le ponton de bois –, Maria décrète qu'il faut attendre au moins deux heures avant de se relancer dans l'eau. Le temps de digérer. Ils ont tellement mangé qu'ils couleraient sans doute à pic s'ils se risquaient maintenant à sauter dans le lac. Tititte suggère qu'on fasse la vaisselle, mais tout le monde proteste, il fait trop beau, il fait trop chaud, on fera tout ça plus tard… Les deux garçons retournent donc pour la dernière fois à leur château en perpétuel état de projet. Les adultes s'installent à l'ombre pour jaser, les quatre femmes étendues sur des couvertures, Simon assis sur le sable, sculptant sur un bout de bois ce qui pourrait ressembler à une tête d'animal, et Rhéauna, à l'écart, pose sur ses genoux le cahier que Simon lui a donné la veille.

Elle l'a un peu feuilleté en se levant, le matin. Les titres des contes l'ont amusée et ont piqué sa curiosité. En effet, des histoires qui s'intitulent *La lune au fond du lac*, *Le lutin dans la huche à pain* ou *La dame du lac Long* ne peuvent pas être inintéressantes ! Elle a décidé qu'elle en lirait une – elle a terminé *Le trésor de l'abbaye* la veille et se trouve justement sans lecture – pour voir ce que ça donnait, si le cahier valait la peine qu'elle le glisse dans ses bagages. Elle a d'abord décidé, si jamais le conte l'ennuie, qu'elle laisserait le cahier bien en vue sur le lit qu'elle partage avec sa mère depuis quelques jours, puis elle a pensé que ce ne serait pas poli, qu'on doit toujours garder un cadeau, même quand on ne l'apprécie pas, pour ne pas insulter la personne qui l'a offert, alors elle n'a pas encore trouvé ce qu'elle en ferait…

Elle n'a jamais lu de manuscrit et espère qu'elle n'aura pas trop de difficulté à déchiffrer l'écriture de monsieur Josaphat-le-Violon. Mais la main d'écriture de l'auteur, elle l'avait déjà constaté la veille, est régulière, bien ronde, la lecture s'annonce donc plutôt facile.

Avant d'ouvrir le cahier, elle lève la tête. Sa mère la regarde d'une drôle de façon depuis la veille et elle se demande ce que ça peut signifier, si quelque chose se prépare, un de ces coups de dépression subits dont Maria est parfois frappée, un coup de tête trop vite décidé, un rire faux pour oublier ou cacher ce qui fait mal…

Elles s'envoient la main, se sourient.

Non, tout semble bien aller.

Elle penche la tête, ouvre le cahier…

La lune au fond du lac

Je sais pas si vous connaissez la légende de la chasse-galerie, mais moé, Josaphat-le-Violon, j'en connais une version ben intéressante qui me vient de mon grand-père, Thomas-la-Pipe, qui prétendait qu'y était là, sur place, en plein bois, au fin fond du fin fond du nord de la Gatineau, quand ça s'est passé ! Y prétendait même qu'y aurait pu faire partie du voyage, si y avait voulu, ce qui l'aurait empêché de nous raconter la chose puisqu'y aurait été mort. Ce qui veut dire, aussi, que je serais pas là, moé non plus, en train de vous répéter l'histoire parce que je serais jamais venu au monde… Alors profitez donc du fait que chus vivant, que mon grand-père a pu se marier, faire des enfants, voir pousser des petits-enfants, pis approchez-vous, assisez-vous près du poêle, sortez vos pipes, vous autres, les hommes, pis vous autres, les femmes, si vous avez les oreilles trop chastes, mettez vos bougrines, chaussez vos raquettes, allez faire une promenade dehors pis revenez dans une petite demi-heure ! Ce que j'ai à dire est pas très catholique pis je voudrais pas faire de vous autres des renégates pis vous obliger à courir vous confesser demain matin…

On est ben entre hommes, là, c'est correct, je peux y aller? Mettez donc une bûche de plus dans le poêle à bois, je voudrais pas être dérangé pendant mon récit.

Y faut d'abord que je vous dise que la vie dans les chantiers, dans ce temps-là, était encore plus dure qu'aujourd'hui, à ce qu'y paraît. Si la chose est possible. Des camps en bois rond à peine isolés avec de la tourbe mal tassée entre les billots, de la nourriture, toujours la même, immangeable et impossible à digérer, des journées de travail de forçat, de l'aube à la brunante, et une paye ridicule distribuée dans le temps de Pâques pis pas avant. Les dimanches, les hommes devenaient fous d'ennui pis finissaient toujours par se battre parce qu'y avaient rien d'autre à faire… Ça s'appelle la *cabin fever*, ça existe encore, c'est le fléau des chantiers. La boisson était défendue, dans ce chantier-là, ça fait qu'y pouvaient même pas se consoler avec de la bagosse ou ben du caribou. Pis ceux qui se faisaient prendre à tricher étaient mis dehors à coups de pied au cul. Ça durait pendant des mois. Des mois! À partir du premier gel jusqu'au premier dégel. Et que je bûche toute la journée, et que je mange les mêmes maudites fèves au lard qui font péter et le même maudit ragoût de pattes de cochon qui reste figé dans l'estomac, et que j'essaye de dormir au milieu des ronflements des autres et de la senteur des corps pas lavés depuis le mois d'octobre. Sans femmes. Jamais. Pas la moindre petite créature à se mettre sous la dent. De toute façon, avec la senteur qu'y dégageaient, les bûcherons de la Gatineau auraient eu de la misère à se trouver de la compagnie, laissez-moé vous le dire.

En tout cas, tout ça pour vous dire que cette année-là, selon mon grand-père, Thomas-la-Pipe, qui avait la réputation de toujours exagérer mais de jamais mentir complètement, l'hiver était arrivé de bonne heure, la neige était tombée avant le temps pis le camp avait été coupé du reste du vaste monde presque aussitôt les hommes installés sur leurs couchettes de bois pis les scies pis les haches distribuées.

Quand le temps des Fêtes est arrivé, deux gars avaient déjà fait des crises de folie furieuse pis trois autres présentaient de sérieux symptômes : y se mettaient à délirer au milieu de la nuit, ou ben y sautaient à la gorge des autres bûcherons sans raison, ou ben y se prétendaient malades pis refusaient en pleurant de sortir du camp pour aller travailler. Les gars voyaient donc venir Noël avec un peu d'appréhension, vous comprenez. Deux jours de congé de plus, c'est vrai, des assiettes plus remplies que d'habitude, peut-être même une belle dinde que le cook du chantier aurait fait congeler sous le camp depuis des mois pis rôtie avec de la farce faite de vieux pain gardé pour la circonstance, des abats de la bête, pis de la sarriette en masse, mais quoi d'autre, à part la messe de minuit dite par un prêtre itinérant loué pour l'occasion, qui aurait eu toute la misère du monde à se rendre jusqu'à eux autres, quelques morceaux de musique massacrés à l'accordéon, à la ruine-babines ou au violon, les mêmes chansons à répondre qu'on connaissait depuis toujours pis qui faisaient pus rire personne?

Là, y faut que je vous dise qu'un gars était arrivé après les autres, un gars que personne connaissait, qui venait pas de la région, pis qui se tenait pas mal toujours tout seul dans son coin. Y était pas malavenant, mais y était pas avenant non plus. Mais les autres bûcherons s'en méfiaient parce qu'y parlait pas comme eux autres : son accent de la ville, où perçait peut-être même une petite pointe d'anglais, les intimidait. Y travaillait dur, comme tout le monde, y avait de la misère à digérer, comme tout le monde, y y arrivait de produire un pet ou deux, comme tout le monde, mais y essayait pas de se faire chum avec les autres pis les autres essayaient pas de se faire chum avec lui. Je vous dis ça, parce que c'est important pour ce qui s'en vient…

Imaginez-vous donc que le vingt-quatre décembre au soir, le prêtre était toujours pas arrivé pis que le chef du chantier commençait à pas mal s'inquiéter. La neige avait tombé dru, les chemins étaient peut-être impraticables même en raquettes, ça se pouvait donc que le Petit Jésus vienne au monde cette année-là sans que les gars du chantier puissent entonner le *Minuit, chrétiens* en présence du bon

Dieu. Y serait donc obligé, lui, le chef de chantier, de remplacer le prêtre pis d'improviser une sorte de cérémonie religieuse, sans dire la messe, ben sûr, y en avait pas le droit, au cours de laquelle y faudrait qu'y raconte lui-même la légende de Noël, Jésus, Marie, Joseph, les anges, l'âne, le bœuf, les Rois Mages, pour que ses hommes se sentent un peu en période des Fêtes, qu'y se mettent pas à chercher la bataille par pur désœuvrement, pis qu'y deviennent pas des sans foi ni loi.

C'est là que le nouveau gars dont j'ai parlé tout à l'heure devient important dans mon histoire.

Surtout qu'on aurait dit que les hommes, ce soir-là, étaient encore plus en manque de femmes qu'à l'accoutumée. La plupart étaient mariés, avec des enfants pis toute, y s'ennuyaient de leurs familles, y se décrivaient leurs femmes qu'y embellissaient un peu pour faire l'envie des autres, y faisaient des farces d'un goût douteux où y était question d'une partie du corps plutôt éloignée de la tête, pis on sentait que la nuit serait plus agitée de rêves troublants que d'habitude. Vous comprenez ben que ceux qui étaient pas mariés, les plus jeunes, écoutaient les autres en se demandant comment y feraient pour venir passer leurs hivers dans les chantiers quand y auraient une femme, des enfants, pis l'habitude de faire brasser le lit pendant une petite demi-heure tou'es soirs.

La nervosité grandissait à mesure que la soirée s'étirait, des jeux de cartes, pourtant interdits eux autres aussi, avaient été extirpés des matelas ou du fond des oreillers sales. Le chef de chantier osait pas trop protester, y fallait ben que les hommes fêtent un peu, y en avaient le droit!

Vers les onze heures, on avait perdu tout espoir de voir retontir le curé avec son calice, son ciboire, sa patène, pis ses hosties à consacrer. Les hommes grognaient, le chef de chantier savait pus où donner de la tête, que'qu'chose couvait, que'qu'chose de pas très beau pis qui pourrait entacher la réputation de son chantier jusque-là l'un des mieux tenus pis des plus respectés de toute la Gatineau.

Et c'est là, au milieu des grognements qui commençaient à ressembler à des protestations, que le nouveau gars de chantier, Jack Black, j'avais oublié de vous dire son nom, s'est levé en prenant la parole pour la première fois depuis son arrivée, en novembre.

— J'connais un moyen, moé, de passer une rôdeuse de belle nuit de Nowël, qu'y dit. Vous avez juste à me suivre, pis vous le regretterez pas, qu'y ajoute.

Les gars le regardent. Qu'est-ce qu'y y prend, celui-là, ce gars-là qu'on connaît pas? Y dit jamais rien, d'habitude, pis v'là-t'y pas qu'y nous promet une rôdeuse de belle nuit de Noël! Y a-t'y de la bagosse de cachée sous son lit? Si c'est ça, au moins on va avoir une consolation! On va peut-être avoir mal à la tête demain, mais on va avoir eu de l'agrément pendant la nuitte!

Le gars Jack Black s'est avancé au milieu de la pièce, un grand sourire aux lèvres pis ses drôles de z'yeux tout plissés. On aurait dit qu'y trouvait déjà ça plaisant, le malfaisant!

— Aimeriez-vous ça voir de la belle pitoune, les gars, qu'y dit, pis pas de la sorte que vous coupez dans le bois tou'es jours, mais d'la belle rose ben grasse, avec des rondeurs à la bonne place pis des bras comme des *octopus* des mers du Sud? Des bras qui prodiguent des caresses que vos femmes connaissent même pas pis qui peuvent rendre son homme fou?

Les gars se regardent. C'est lui qui est fou, certain! Ces femmes-là existent juste dans les grandes villes, Morial, ou ben Ottawa, ou ben Québec... Y peut quand même pas en faire apparaître une douzaine d'un coup, juste pour leur faire plaisir! Pis où c'est qu'y prendraient l'argent pour les payer, parce que faut payer ça, c'te sorte de femmes-là, non? Où c'est qu'y veut en venir, le sacripant?

C'est là que ça se corse. Écoutez-moé ben. C'est là que ça devient intéressant. Le gars, Jack Black, que personne connaissait pis qui avait tout fait pour se faire oublier dans son coin depuis son arrivée, y a sorti six feuilles blanches qu'y a brandies sous le nez des bûcherons.

— Ça me prend six hommes. Pas plus, pas moins. Vous avez juste à signer ce papier-là, pensez pas à l'argent, l'argent est pas important, vous avez juste à signer en bas de c'te contrat-là, avec une croix si vous savez pas écrire, pis je vous promets une nuitte que vous oublierez jamais !

Quand y était rendu là, mon grand-père, Thomas-la-Pipe, se penchait sus nous autres pis y nous disait avec des airs de conspirateur que c'est à ce moment-là qu'y avait compris ce qui se passait ! Ce gars-là, là, Jack Black, tout habillé en noir, pis la peau trop pâle pour être un vrai gars des bois, avec ses bras trop longs pis ses cheveux qui y tombaient jusque sur les épaules, imaginez-vous donc que c'était l'envoyé du *yable* ! Y disait le mot yable en l'étirant, ça faisait un drôle de son : *yaaaaable,* pis nous autres on mourait de peur ! Y continuait en pompant sur sa pipe : c't'homme-là, c'était l'envoyé du yable, de Satan en personne, de Belzébuth, de Belphégor, qui l'avait envoyé pour recruter des hommes pour la chasse-galerie ! Rien de moins ! Un canot volant viendrait les chercher pour les emmener en ville, probablement à Morial où c'te genre de femmes-là est courant comme du petit change, ça a l'air. Si y signaient ça, ce papier-là, y allaient peut-être passer une nuitte inoubliable avec des fumelles de toute beauté de voir ça, qui sentent bonnes, pis fortes, mais y allaient aussi *perdre leur âââme* ! Nous autres, les enfants, on savait pas trop ce que ça voulait dire, *perdre son âââme*, mais laissez-moé vous dire que ça nous faisait peur sur un vrai temps !

Les plus catholiques parmi les gars de chantier, ceux qui craignaient Dieu, ses œuvres et ses pompes, ont vite viré le dos à Jack Black, y paraît. Mais y a toujours des mécréants, dans les chantiers, des malveillants, des repris de justice qui ont peur de rien pis qui respectent rien. Ceux-là, y en avait justement six, se sont approchés de Jack Black pis ont tendu la main pour signer le contrat. Mais, vous allez voir, c'était pas fini, l'envoyé du démon avait autre chose à ajouter.

— C'est bon, vous êtes six, c'est parfait comme ça, mais y faut que j'ajoute autre chose. Votre âme va m'appartenir à partir de demain matin aux aurores, a' va descendre en enfer à votre mort, dans dix ans ou dans cinquante ans, vous le savez pis vous l'acceptez, mais y a une règle à suivre, une règle ben importante, pis si vous la suivez pas, le contrat va être annulé subito presto pis le canot va tomber comme une roche, que ça soye sur le top d'une montagne, sur son flanc ou ben dans un lac gelé!

Les gars ont un peu froncé les sourcils. Leur âme, c'tait pas assez, Jack Black en voulait plus? Y a levé les bras avant que les protestations commencent.

— En fait, c'est comme un jeu, qu'y dit. Mais un jeu ben important. Sinon, je viens de vous le dire, le contrat est annulé pis votre âme m'appartient tu-suite! Vous allez juste connaître l'enfer plus tôt que prévu! Écoutez-moé ben : y est défendu, vous m'entendez ben, y est complètement défendu de sacrer pendant le voyage! Mon boss dit que c'est une façon de vous faire taire parce que vous parlez trop, mais moé je pense que si vous sacrez, si vous sortez un seul blasphème, ça va attirer l'attention des anges de la Crèche qui pourraient ben se mettre dans la tête de vous sauver pour fêter Nowel! Pis vos âmes, mon boss y tient! Vous avez ben compris? Pas de sacre! Pas un seul!

Les gars sont soulagés, vous comprenez, y ont juste à pas parler pis tout va ben se passer! Ça va être dur, mais c'est faisable.

Jack Black sort un couteau de sa poche, fait une entaille au milieu de la main de chaque mécréant, juste sur la ligne de vie, y leur donne ensuite une plume de cygne noir, une affaire longue de même pis aiguisée comme une aiguille. Aussitôt que tout le monde a signé, une signature pis cinq croix rouges, Jack Black court vers la porte, l'ouvre, pis crie dans la nuit oùsque la lune, tout d'un coup, est devenue pleine même si c'est pas le temps du mois :

— *Acabris ! Acabras ! Acabram !*

Fais-nous voyager par-dessus les montagnes !

Rendu là, mon grand-père retirait toujours sa pipe de sa bouche pis y prenait un long moment avant de continuer. Parce que ce qu'y avait vu ce soir-là était la chose la plus surprenante de toute sa vie.

Imaginez-vous donc qu'un canot d'écorce, vide, est apparu dans le ciel aussitôt que Jack Black a eu fini de dire sa formule magique ! Le canot a glissé devant la lune, que mon grand-père disait, y s'est approché du chantier, pis y est venu se poser devant la porte de la cabane des bûcherons. Les gars les plus scrupuleux ont été se cacher dans leurs lits, mais les plus braves ont regardé ça avec les yeux ronds... Depuis le temps qu'y en entendaient parler, vous comprenez, y avaient la preuve drette là devant eux-autres, que la chasse-galerie existait pour de vrai, pis y en revenaient pas ! Les six hommes, j'me rappelle de deux ou trois noms, y avait un dénommé Théophile Thibodeau, un Tancrède Pilote, pis un Tit-Pit Tousignant, les six hommes ont sauté dans le canot, suivis de Jack Black lui-même qui tenait une lanterne allumée, y ont pris les rames qu'y ont trouvées sur les bancs, pis... m'as dire comme on dit : *vogue la galère !* Le canot a regrimpé dans le ciel, y a repassé devant la lune, pis y a disparu derrière la montagne...

Là, y faut que je vous dise une chose : la suite de mon histoire est peut-être pas vraie parce que mon grand-père était pas là pis que personne a pu y conter ce qui s'était passé, vous allez comprendre pourquoi quand j'vas avoir fini, mais comme c'est une belle histoire, que mon grand-père la contait ben pis que moé j'la conte encore mieux, je continue pareil...

C'qu'y'ont vu là, y paraîtrait, ceux qui étaient dans le canot, là, ceux qui ramaient, était tellement beau que y en a deux ou trois qui se sont mis à chialer! Quand on est sur le top d'une montagne, on est haut pis tout ce qu'on voit, en bas, est tout petit, mais imaginez-vous *quand on est dans le ciel*! La pleine lune éclairait les Laurentides, la neige était toute blanche, le ciel était noir foncé avec plus d'étoiles que les gars en avaient jamais compté! Y ont eu ben de la misère à pas sacrer, au commencement, vous comprenez, avec toutes les belles affaires qu'y voyaient! Mais y y pensaient toujours à temps, pis y se retenaient en se mordant la langue. Y ont vu les villages passer en dessous d'eux autres, Duhamel, Chéneville, Saint-André-Avelin. Quand y sont arrivés à Papineauville, le canot a tourné à gauche tout seul pour se diriger sur le grand Morial. Pis c'est là, entre Papineauville pis le grand Morial, que Jack Black s'est mis à chanter, pour encourager les gars à pagayer parce qu'y voyait ben qu'y commencaient toutes à être pas mal fatigués.

Mon père n'avait fille que moi,
Canot d'écorce qui va voler,
Et dessus la mer il m'envoie,
Canot d'écorce qui vole, qui vole,
Canot d'écorce qui va voler...

C'était une chanson à répondre avec des couplets à pus finir, une chanson qui pouvait pas avoir de fin, si on voulait, une chanson qui poussait les gars à ramer, qui leur donnait du courage, qui leur mettait de la force dans les bras. Jack Black chantait de plus en plus vite, ça fait que les gars ramaient de plus en plus fort...

Pis, tout d'un coup, là-bas, au fond de la nuit... un tapis de lumières est apparu! C'est comme ça que mon grand-père, Thomas-la-Pipe, décrivait ça, un tapis de lumières avec un trou noir dans le milieu! C'tait Morial, tout éclairée pour fêter Noël, avec sa grosse montagne plongée dans le noir! Toutes les maisons étaient illuminées, y avait du monde qui revenaient de la messe de minuit en chantant des cantiques, pis qui levaient la tête pour regarder le canot passer. Les enfants sautaient d'excitation sur les trottoirs de bois, les adultes faisaient le signe de la croix. Y ont traversé toute la ville en chantant plus fort pour que tout le monde les entende, pour que tout le monde sache qu'y s'en allaient aux créatures, pis juste avant d'arriver au bord du Saint-Laurent, juste au-dessus du plus vieux quartier de la ville, là oùsque nos ancêtres ont débarqué, en compagnie de Jacques Cartier lui-même, avant d'aller planter une croix sur le mont Royal, qui s'appelait pas le mont Royal mais qui s'appelle le mont Royal depuis ce jour-là, juste à côté de l'église Notre-Dame-du-Bonsecours, Jack Black a levé sa lanterne pis y a crié :

— Arrêtez de ramer, les gars, on est arrivés!

C'était une maison plutôt ordinaire de dehors, mais Jack Black leur a dit de pas se fier aux apparences. Une belle créature les attendait sur le pas de la porte, tout écolletée même si y faisait froid, toute souriante, avenante pis ragoûtante comme c'était pas possible.

Y avait une enseigne qui se balançait juste au-dessus de la tête de la patronne : *Le petit chaperon rose*, pis paraîtrait que c'te maison-là portait ben son nom en s'il vous plaît!

Parce que les fumelles qu'y avait là étaient roses comme du bonbon fondant, grasses pis molles juste aux bonnes places ; c'tait blond, pis roux, pis quand ça avait les cheveux bruns, c'tait un brun qu'on avait jamais vu! C'tait même rasé en dessous des bras, c'est vous dire! Pis ça savait faire des choses que des bûcherons du fond des bois savaient même pas que ça existait, des affaires qui valaient la peine d'avoir vendu son âme pour les connaître, des affaires qu'on était sûr de pus pouvoir s'en passer pendant qu'on les faisait, des affaires qu'on aurait jamais osé demander aux femmes de la Gatineau parce que les femmes de la Gatineau auraient été insultées pis vous auraient demandé en vous criant par la tête oùsque vous les avez appris, espèce de ! C'est vous dire la nuitte d'agrément que ces hommes-là ont passée en compagnie de ces créatures-là ! M'est avis que Jack Black avait eu raison, que ça a été la plus belle nuitte de toute leur vie ! Même si ça leur coûtait leur âme !

La soirée a commencé par un bain, ça a l'air, un bain chaud dans un vrai bain, pas dans une cuvette de tôle, comme y avaient chez eux, avec du savon qui sentait des fleurs qui poussaient pas en Canada pis qui devaient porter des noms à coucher dehors, des huiles qui collaient sur la peau pis qui vous rendaient glissants comme une anguille, pis all' a fini dans des draps de satin, frais, presque froids, glissants eux autres aussi, en compagnie de fumelles en chaleur qui avaient pas de pudeur pis ben de l'imagination ! Ça se tortillait comme une chatte qui veut faire des petits, ça vous enveloppait comme une couverte de laine en plein hiver, ça criait pis ça riait comme si c'était la première fois que ça faisait ça, comme si ça faisait pas ça tous les soirs pour gagner sa vie ! La boisson, de la vraie boisson, là, pas de la bagosse distillée dans la shed derrière la maison, la boisson coulait tant qu'on en voulait, du beau gin pis du beau whisky qui venaient de l'autre côté de l'Atlantique, du rhum du fin fond du Sud, de Cuba, y paraît, des affaires de toutes les couleurs qui se mélangeaient pas mais qu'on mélangeait pareil… Ça a duré pendant des heures. Ça aurait duré pendant des jours, des semaines, des mois, que les gars se seraient pas plaints, laissez-moé vous le dire ! Y voulaient pas que ça finisse, y le criaient, pis y le prouvaient !

Y sont sortis de là vidés, soûls, y marchaient tout croche pis y sacraient de contentement ! Y en a même qui ont pleuré dans le giron des créatures en disant qu'y voulaient pus partir, mais la patronne, une dénommée Pauline Poliquin, leur a fait sentir, gentiment, mais fermement, que toute bonne chose a une fin. Y se mouchaient sur les manches propres de leurs chemises qui avaient été lavées pis repassées pendant la nuitte. Jack Black les attendait, fanal à la main, le contrat au bout de l'autre bras. Pis y leur a rappelé qu'y fallait qu'y arrêtent de sacrer pendant tout le chemin du retour. Ça, ça risquait d'être dur ! Y ont grimpé dans le canot en pinçant les lèvres pour s'empêcher de parler, y ont repris leurs rames en se demandant comment y feraient pour se rendre jusqu'à leur camp, fatiqués pis paquetés comme y l'étaient…

Encore une fois, Jack Black a crié :

Acabris ! Acabras ! Acabram !

Fais-nous voyager par-dessus les montagnes !

Pis, encore une fois, le canot est monté dans le ciel comme une flèche.

Mais comment faire pour pas sacrer ? Les gars voulaient dire, y voulaient crier à quel point y étaient contents de leur nuitte, chanter la beauté des créatures qu'y venaient d'honorer pis l'effet de la vraie boisson qui était tellement plus douce que celui de la bagosse ou du caribou ! Y voulaient que ça se sache, qu'on les regarde passer, qu'on leur envoye la main, qu'on les jalouse, oui, que même les habitants du grand Morial soient jaloux d'eux autres !

Jack Black souriait dans sa barbe. Y se doutait ben que c'était pas possible, qu'y en aurait ben un qui finirait par lâcher un tabarnac, un câlisse, un calvaire, un ciboire ou ben un beau gros hostie ! Pis qui serait obligé de le suivre en enfer en sacrant encore plus fort.

Ben, savez-vous c'qu'y ont fait, les maudits ? C'est Tit-Pit Tousignant qui a commencé ça, pis y l'ont toutes suivi ! Y a pris un sacre, là, disons tabarnac, pis au lieu de le dire tel quel, y l'a transformé, y a inventé un nouveau mot qui y ressemblait mais qui était pas tout à fait le même! Quand y ont entendu ça, les autres gars se sont mis à rire en se disant que c'était une saprée belle façon de se moquer du *yaaable* pis y ont faite comme lui!

Écoutez ben ça. Avec tabarnac, un des mots qui leur venait le plus facilement à la bouche pis qui sortait quasiment tu-seul, y font faite tabarnouche, pis tabarname, pis taboire, pis tabaslac; avec câlice, y ont faite califise, pis câlife, pis câline de binne; avec ciboire, y ont faite cibole, pis cibolaque, pis cimonaque; avec hostie, y ont faite hoston, pis hostifise, pis hostin, pis hoste; avec calvaire, y ont faite calvinusse, calvinse, calvasse... Y ont passé le reste de la nuitte, y paraît que quand y sont arrivés dans les Laurentides y faisait presque jour, y ont passé le reste de la nuitte à inventer des mots, plus comiques les uns que les autres, plus niaiseux, plus sans allure, en riant pis en se moquant de Jack Black pis de son boss qu'y avaient réussi à déjouer, pour une fois...

Pendant ce temps-là, Jack Black se mordait le dedans des joues, vous comprenez, y paraît même qu'y se permettait de lâcher les blasphèmes qu'y avait défendus aux gars de chantiers parce qu'y risquait pas d'être damné, lui, y l'était déjà! Eux autres aussi, ceux qui avaient signé le contrat avec leur sang, y étaient damnés, mais y venaient de gagner du temps, y allaient pouvoir vivre leur vie jusqu'à leur mort, pis je vous dis qu'y se privaient pas de le rappeler à Jack Black à grands coups de calvasse pis de torpinouche!

La lune se couchait en arrière des épinettes noires, sur le top d'une montagne, quand Tit-Pit Tousignant, justement lui, a aperçu les baraques de leur chantier. Y a jeté sa rame en bas du canot, y paraît, y s'est redressé de sa place, y a levé les bras, pis y a crié:

— On est arrivé, les gars! On a réussi! Tabarnac, on a réussi!

On les a jamais revus.

Les gars qui les attendaient dehors pis qui les regardaient venir ont dit qu'y ont disparu comme ça, pouf, y étaient là, pis tout d'un coup y l'étaient pus… Y ont juste entendu un grand rire de démon. Pis le bruit d'un canot qui s'écrase sur la glace.

C'est pour ça que je vous disais, tout à l'heure, que c'te partie-là de l'histoire était peut-être pas vraie… Si personne les a jamais revus, comment c'est que mon grand-père, Thomas-la-Pipe, a fait pour l'apprendre ? Hein ? Personne a pu y conter ce qui s'était passé dans le grand Morial, chez Pauline Poliquin ! Mais, dans le fond, c'est pas grave, d'abord que ça se conte ben…

Mais mon histoire est pas tout à fait finie…

Y paraît que depuis ce temps-là, si on regarde le reflet de la lune dans le fond du lac Long, c'est pus une face de monsieur qui rit qu'on voit. Non, ce qu'on voit, y paraît, mais j'ai jamais pu le vérifier, ce qu'on voit, dessiné sur la surface de la lune, c'est un canot d'écorce avec six rameurs pis un gars, deboute derrière, qui tient une lanterne. Pis que si on approche l'oreille de la surface de l'eau, on peut entendre des voix d'hommes qui chantent :

Mon père n'avait fille que moi,
Canot d'écorce qui va voler,
Et dessus la mer il m'envoie,
Canot d'écorce qui vole, qui vole,
Canot d'écorce qui va voler…

Pis, comme on dit à la fin des chansons à répondre : excusez-la !

Rhéauna referme le cahier en souriant. C'est la première fois qu'elle lit une histoire destinée aux adultes ; elle n'a pas tout compris, mais assez pour passer une demi-heure passionnante en compagnie de ces hommes rudes qui vivent six mois chaque année au fond des bois à bûcher du matin au soir pour gagner de quoi faire vivre leur famille. Elle a aimé la description de la vie de chantier, elle a été intriguée par l'arrivée de Jack Black dans l'histoire, s'est laissé aller à rêver en traversant les Laurentides en canot volant, s'est encore posé des questions sur ce que pouvaient bien faire ensemble les hommes et les femmes qui les excitaient tant et a éclaté de rire quand Tit-Pit Tousignant a sacré. C'était inattendu, elle ne l'a pas vu venir, et n'a pas pu s'empêcher d'envoyer la tête en arrière et de lancer par-dessus les montagnes un beau grand rire qui secoue les épaules et qui fait du bien. Comme à la fin d'une de ces histoires drôles que se racontent sa mère et ses tantes pendant leurs parties de cartes. Lorsqu'elle les comprend, bien sûr.

L'écriture de Josaphat-le-Violon n'était en fin de compte pas trop difficile à déchiffrer et elle s'est dit à plusieurs reprises au cours de sa lecture qu'elle écrirait dans ce genre de cahier-là quand viendrait pour elle le temps de jeter sur le papier des histoires à elle, qu'elle aurait inventées ou qui surgiraient de ce qu'elle aura vécu. Elle sait bien qu'elle n'a pas vécu grand-chose jusqu'ici, elle se promet cependant de ramasser ses souvenirs, de les emmagasiner, d'essayer de comprendre ce qu'ils peuvent signifier pour pouvoir un jour se confier à la page blanche. Elle aime beaucoup cette expression qu'elle a apprise au cours de la dernière année scolaire. Se confier à la page blanche. Dans un cahier du professeur, comme celui-ci, avec ses lignes bleues et sa marge rouge. Josaphat-le-Violon – elle suppose que c'est le cas de tous les contes que contient ce cahier – s'est d'abord servi de son imagination, en inventant des choses absurdes, sans queue ni tête mais amusantes, pour faire peur ou rire. Elle, pour sa part, utilisera ce qu'elle aura observé de la vie. Pour le confier à la page blanche…

Un peu de rouge a coloré ses joues, ses oreilles sont chaudes, elle a l'impression qu'elle sent son sang circuler, lui monter à la tête. Elle a comme un petit vertige. Elle aurait envie, là, tout de suite, de se lever, d'aller chercher quelque chose pour écrire, n'importe quoi, un bout de papier, un carnet d'adresses si sa tante Rose en a un, et de décrire ce qu'elle ressent à la fin de cette lecture si divertissante. Peindre un tableau de ce qui vient de se passer, une petite fille, au bord d'un lac, qui a lu un manuscrit trouvé dans une vieille maison de campagne, et d'en faire… d'en faire quoi, au juste? Un conte? Non, puisque ce qu'elle raconterait serait une chose qui s'est vraiment produite. En tout cas, d'en extraire un texte clair, précis, qui expliquerait ce qu'elle ressent. C'est ça, c'est ce qu'elle ressent en ce moment qui l'intéresse, plus que la simple description d'une petite fille qui lit un manuscrit.

Peut-être à leur retour à Montréal…

* * *

Maria a levé la tête quand elle a entendu Rhéauna s'esclaffer. Elle la regarde maintenant, si sérieuse après un éclat de rire si spontané. Qu'est-ce qu'elle vient de lire, au juste? Ce n'est pas un livre. On dirait un cahier d'écolier. A-t-elle commencé à écrire en cachette? Non, elle ne s'amuserait pas comme ça d'un texte dont elle serait l'auteur… Il faudra qu'elle vérifie. Rhéauna a peut-être trouvé ça dans la maison et ce n'est peut-être pas une lecture pour elle… Elle ressemble à une illustration d'*Alice au pays des merveilles* dans sa robe rouge un peu trop courte pour elle depuis quelques mois mais qu'elle continue tout de même à porter parce qu'elle se trouve belle dedans, et avec son petit livre serré contre sa poitrine encore plate. Il ne lui manque que la chatte d'Alice, Dinah, pelotonnée sur ses genoux ou en train de courir derrière un papillon ou une poussière invisible. Rhéauna est aussi curieuse qu'Alice, aussi imaginative, c'est bien ce qui fait peur à sa mère. Il faudra de plus en plus la protéger au fur et à mesure qu'elle va grandir… Le danger des hommes approche à grands pas.

Maria jette un coup d'œil autour d'elle. Ses deux sœurs dorment à l'ombre des dernières branches d'une énorme épinette, bouche ouverte et mains posées sur le ventre, abandonnées et heureuses, Rose est partie varnousser dans la maison, Simon continue à gosser son bout de bois et les deux garçons… Le soleil joue sur la surface de l'eau, juste derrière eux. Ça leur fait comme un halo qui les rend presque irréels. Ils sont penchés, sérieux comme des papes, sur leur château qu'ils arrosent sans cesse pour l'empêcher de s'écrouler. Quelle patience. Toujours refaire les mêmes gestes, un moulage de sable, un peu d'eau, un moulage de sable, un peu d'eau, d'incessants allers et retours du bord du lac à la grève. Et ce château qu'ils n'arrivent pas à terminer…

Puis, tout à coup, deux autres silhouettes se joignent à eux, des silhouettes imprécises qui semblent surgir de nulle part. Deux fillettes en robe du dimanche, issues, on dirait, du halo de soleil. Elles s'accroupissent, tapotent avec beaucoup de précaution le sable humide du château fort. Alice. Béa. Elles parlent avec le petit Ernest et

Théo, qui leur répondent. Ils rient tous les quatre. Quatre enfants qui jouent au bord de l'eau, une cinquième qui tient serrée contre elle, comme un trésor, un cahier d'écolier où sont peut-être cachés ses secrets…

La foudre. Ou une révélation. Ou…

Elle est debout en moins d'une seconde. Elle court vers Rhéauna, s'agenouille à côté d'elle, la prend dans ses bras.

« On va prendre une autre semaine de congé, Nana ! »

Rhéauna se laisse embrasser, mais elle s'est un peu raidie.

« Comment ça, une autre semaine de congé ? Qu'est-ce que vous voulez dire, moman ?

— J'vas prendre une autre semaine de congé, Nana, on va acheter des billets de train comme t'as voulu le faire, l'année passée, pis on va aller chercher tes sœurs à Sainte-Maria-de-Saskatchewan ! »

Rhéauna se dégage, pose le cahier sur le sable.

« Quand est-ce que vous avez décidé ça ?

— Laisse faire quand est-ce que j'ai décidé ça… T'es pas contente ? C'est ça que tu me demandes depuis deux ans !

— Chus contente, moman, chus contente… mais y avez-vous ben pensé ? C'est-tu juste un autre coup de tête ? La maison est trop petite, moman, vous dites toujours qu'y a pas assez de place, que c'est pour ça qu'on va pas les chercher, où est-ce qu'on va mettre Béa pis Alice ? »

Maria la prend par les épaules.

« Nana ! s'il te plaît ! Ça fait deux ans que tu te lamentes, que tu dis que tu t'ennuies de tes sœurs, commence pas à critiquer ! On déménagera, c'est toute ! Y a plein de logements à louer dans notre quartier ! On changera de logement avec les Desbaillets, le leur est plus grand pis y a une grande cour en arrière ! Avec plein de fleurs ! Pis plein de maudits chats ! J'vas te laisser adopter des chats, si tu veux, Nana !

— Mais l'école, moman, l'école commence ben vite ! Vous aurez pas le temps d'inscrire Béa pis Alice !

— Quand les sœurs vont les voir arriver, y vont ben être obligées de les prendre, c'est leur job ! Laisse faire tout ça, Nana, pis contente-toi d'être excitée de revoir tes sœurs pis tes grands-parents ! Tu vas revoir grand-moman Joséphine, Nana, pis grand-popa Méo, t'es pas contente ?

— Chus contente, moman, arrêtez de dire ça, j'ai pas dit que j'étais pas contente, mais…

— Laisse faire les mais… J'vas présenter Théo à ses grands-parents, tu vas pouvoir leur faire tes adieux… »

Rhéauna est debout, les bras croisés sur la poitrine.

« Justement ! Eux autres, moman ? Qu'est-ce qu'y vont devenir, eux autres ? Y vont rester tu-seuls en Saskatchewan ? »

Maria s'est levée à son tour.

« Qu'est-ce que tu veux que je te réponde ? Qu'on va les ramener eux autres aussi ? Tu me croirais pas ! Béa pis Alice sont mes enfants, Nana, pis je sais qu'y est temps que j'aille les chercher !

— Mais c'est tellement compliqué, moman !

— Arrête de penser juste aux complications !

— Ça va être tellement d'ouvrage !

— Tu quitteras l'école, s'il le faut, c'est toute ! T'as une septième année, c'est assez pour se débrouiller dans la vie ! »

Rhéauna recule de quelques pas. Maria tend les bras devant elle.

« Non, non, je sais que t'aimes trop ça ! Je te retirerai pas de l'école ! On va s'arranger, Nana, on va s'arranger, tu vas voir ! On va continuer comme avant, excepté qu'on va être deux de plus, c'est toute ! Notre famille va enfin être réunie ! Comme tu le voulais ! C'est toi qui le demandes depuis deux ans, Nana, change pas d'idée le jour où je te donne raison ! »

Et elle se met à rire en regardant de l'autre côté du lac. Elle choisit encore une fois de «regarder ailleurs», de bloquer tout ce qui pourrait se trouver dans son chemin, de se concentrer sur sa décision sans penser aux conséquences. Elle balaie même tout ça de la main, avec ce geste que Rhéauna déteste tant.

Rhéauna ramasse son cahier, l'époussette.

«Je sais que vous avez pas réfléchi, moman. Que c'est juste un coup de tête, comme d'habitude. Pis que vous pouvez changer d'idée demain matin si ça fait votre affaire.»

Rose sort de la maison, une pile de serviettes chaudes dans les bras.

«C'est le temps! Tout le monde à l'eau une dernière fois!»

Rose a insisté pour les accompagner jusqu'à Papineauville. Elle a enfilé sa plus belle robe, un peu trop longue, un peu trop serrée, sans doute choisie des années auparavant dans le catalogue Eaton et livrée sans espoir de la retourner si elle ne faisait pas l'affaire. Elle a mis son seul chapeau, acheté pour assister à la messe quand elle décide de se rendre à l'église, trois ou quatre fois par année, plus pour faire acte de présence que par conviction religieuse, ses gants qui ont autrefois été blancs et des bottines lacées comme on n'en voit plus depuis longtemps. Elle est mal à l'aise ainsi fagotée, se trouve insignifiante à côté des belles tenues que portent ses cousines. Elle essaie de le cacher, y arrive mal. Et elle parle haut et fort pour dissimuler sa déception de voir ses trois cousines quitter Duhamel.

« C'est trop court, une semaine. Venez plus longtemps, l'année prochaine, deux, trois semaines ! Un mois ! Tout l'été ! »

Elles répondent en riant qu'elles travaillent, qu'elles ne peuvent pas quitter leur emploi plus qu'une semaine, qu'elles ne seraient pas payées si elles le faisaient, et que ça ferait un trop grand trou dans leur budget.

Rose s'excuse. Elle avait oublié. Les exigences de la grande ville où on n'est pas toujours libre de ses actions et de ses allées et venues comme ici, à la campagne…

Tout le monde se retrouve donc dès neuf heures du matin dans la charrette à bancs tirée par un

Charbon tout guilleret parce que Simon vient de le bourrer d'une énorme portion d'avoine bien sucrée à la mélasse. Il y en aura peut-être une autre au retour... Rhéauna et Théo ont repris leurs places à côté de Simon, les quatre femmes se sont installées à l'arrière sur les bancs de bois. Ernest, assis entre sa vraie mère et sa mère adoptive, les regarde chacune à leur tour, comme s'il avait peur de les perdre toutes les deux au lieu d'en perdre juste une.

Ils traversent le village, vide à cette heure, dépassent la chétive chapelle de bois et son minuscule cimetière tout bosselé parce que le terrain autour de l'église n'a jamais été nivelé.

Une vieille dame est penchée sur une tombe et prie. Elle tourne la tête lorsque la charrette passe derrière elle, envoie la main. Rose lui répond par un joyeux «Bonjour, madame Beaupré!» qui rebondit sur la montagne toute proche et leur revient, sourd et déformé. Théo sourit. Encore monsieur Lécho. Il se demande s'il les suivra jusqu'à Montréal.

Installées comme elles le peuvent au milieu des bagages, au bout des deux bancs de bois, Rose, Violette, Mauve et leur mère, Florence, regardent défiler les Laurentides pour la dernière fois. Elles sont là depuis toujours, elles n'ont jamais quitté la Gatineau, elles n'en ont même pas eu le désir lorsque Josaphat-le-Violon, leur protégé, a vendu sa maison ancestrale pour aller courir l'aventure à Montréal, parce que leur place a toujours été ici et que le reste du monde ne les intéressait pas. Et voilà qu'un manuscrit écrit il y a des années et une petite fille dans une robe rouge les arrachent à tout ce qu'elles connaissent, à tout ce qu'elles aiment, pour les attirer à leur tour dans la grande ville où elles devront se débrouiller pour retrouver Josaphat dont elles ignorent ce qu'il est devenu et s'il les recevra à bras ouverts ou en leur criant de retourner d'où elles viennent.

Florence voudrait rassurer ses filles, les convaincre encore une fois que c'est leur rôle, une obligation pour elles, de retrouver Josaphat, sa sœur Victoire, pour les protéger. Cette fois, cependant, elle ne trouve rien à leur dire.

Le soleil joue à travers les branches, des taches de lumière courent dans le chemin de terre, ça sent le foin presque prêt à couper et les conifères en santé.

Rhéauna observe sa mère à la dérobée.

Épilogue

LE SAUT DANS LE VIDE

La gare Windsor. Encore une fois. La grande salle des pas perdus. Rhéauna se demande si elle aura à fréquenter cet endroit encore longtemps. Elle y est arrivée de la Saskatchewan, deux ans plus tôt, pour trouver dans les bras de sa mère un petit frère dont elle ne connaissait pas l'existence, elle est venue essayer d'y acheter des billets de train, l'année précédente, dans le but de sauver sa famille, du moins le croyait-elle, de la guerre qui avait éclaté en Europe et qui risquait peut-être de venir les menacer jusqu'en Amérique, elle l'a traversée deux fois lors du récent voyage à Duhamel, et voilà qu'elle s'y retrouve à nouveau, en cette dernière semaine d'août 1915, valise à la main et tenant son petit frère par le col du manteau pour qu'il ne s'éloigne pas de leur groupe.

Théo a senti sur le plancher de marbre les vibrations causées par le départ d'un train et voudrait assister au spectacle. Rhéauna a beau lui expliquer qu'ils vont en prendre un, tout à l'heure, et pour longtemps – quatre longs jours –, il rechigne et se débat. Ce n'est pas de prendre le train qui l'intéresse, c'est de le voir partir : les coups de sifflets, les gens qui s'agitent, les valises qu'on monte en soufflant et en sacrant, le *All Aboard!* lancé à tue-tête par un monsieur tout rouge qui va ensuite s'essuyer avec un grand mouchoir blanc avant de souffler à nouveau dans son sifflet, la boucane qui sort de sous les wagons en grosses volutes chaudes, la fumée noire qui s'échappe de la cheminée… Rhéauna lui promet un bonbon aussitôt qu'ils seront installés dans le train ; il se calme un peu. Et réclame le bonbon tout de suite.

Impatiente, Maria n'arrête pas de dire à Rhéauna de calmer Théo avant qu'elle ne fasse elle-même une crise de nerfs. Elle compte les valises pour la centième fois, lève la tête vers l'horaire des trains affiché sur de grands tableaux noirs – celui pour Ottawa part dans vingt minutes –, se met à la recherche d'un porteur, de préférence le grand Noir si gentil qui avait transporté leurs bagages lors de leur départ pour la campagne, deux semaines plus tôt, le trouve, lui saute presque au cou.

Les tantes Teena et Tititte sont là, sérieuses, à l'évidence nerveuses de voir leur sœur maîtriser si peu la situation. Elles ont essayé de la dissuader de quitter Montréal pour la Saskatchewan pendant toute la semaine qui s'est écoulée depuis leur retour de Duhamel, mais Maria est restée sourde à leurs arguments. Elle prétend savoir ce qu'elle fait, pourquoi elle le fait, et rien ni personne ne pourra la faire changer d'idée : Béa et Alice sont ses enfants, elle ne les a pas vues depuis sept ans et elle les veut désormais avec elle, quel qu'en soit le prix. Elle se sent capable *et elle a envie* d'être le chef d'une famille de quatre enfants. S'il faut qu'elle prenne un deuxième emploi pour les faire vivre, elle le fera. Et volontiers ! Elle a commencé à faire des démarches pour trouver un nouvel appartement. Et s'est rendu compte que ce n'est pas évident à cette époque de l'année. Mais elle ne se laisse pas décourager et a l'intention, dès son retour, dans une dizaine de jours, d'aller demander aux Desbaillets d'échanger leur logement contre le sien. Sans le dire aux propriétaires qui n'ont pas besoin de le savoir avant mai de l'année prochaine, quand viendra le temps de renouveler les baux… Les Desbaillets sont vieux, leurs enfants sont partis depuis longtemps, ils n'ont plus besoin de tant d'espace… Et madame Desbaillets pourra continuer de s'occuper de ses maudits glaïeuls, l'été prochain, si elle y tient…

Y croit-elle seulement elle-même? Que les Desbaillets, aussi gentils et aussi manipulables soient-ils, vont accepter de sacrifier leur grand rez-de-chaussée pour lui permettre, à elle, d'y être à l'aise avec ses quatre enfants? Elle rit, regarde ailleurs, agite les bras et court en tous sens sur le plancher de marbre de la gare Windsor. Plus tard, les problèmes. Ce qui importe pour l'instant c'est la joie de retrouver ses deux petites filles qui ont paru si contentes, si excitées, au téléphone, quand elle leur a appris la nouvelle. Ça a bien sûr été très différent avec Joséphine et Méo, dont les silences prolongés soulignaient la déception et le grand désarroi devant la perspective de se retrouver tous seuls après tant d'années de bonheur avec leurs petites-filles. Mais Maria refuse de penser à ça. Ce n'est pas son problème. Ses parents ont été formidables durant cette période difficile, mais leur rôle est terminé. Et, de toute façon – elle replace son chapeau, lisse son manteau de coton –, ils sont désormais trop vieux pour élever des fillettes qui vont bientôt devenir des femmes.

Le petit groupe descend à toute vitesse l'escalier qui mène à l'étage des départs. Quai numéro 2, c'est écrit en grosses lettres blanches sur fond noir. C'est là, c'est celui-là, leur train, une vieille chose toute bringuebalante qui fait un vacarme d'enfer. Maria est soulagée parce que ça veut dire que les adieux et les embrassades seront écourtés. Elle en a assez des jugements et des conseils ridicules de ses deux sœurs. Sans compter son frère aîné, Ernest, qui s'est mis de la partie et qui lui a presque interdit d'entreprendre ce voyage. S'ils continuent tous à trop se mêler de ses affaires, elle fera ses bagages et ira s'installer dans une autre ville. Québec. Ou bien Sherbrooke, qui se développe et où, dit-on, les emplois ne manquent pas. Elle l'a déjà fait, elle pourrait très bien le refaire!

Quant à Théo, il est ravi parce qu'ils vont provoquer tout un tintamarre entre Montréal et Ottawa.

Rhéauna a abandonné toute tentative de raisonner sa mère. Elle s'est vite rendu compte que c'était inutile, que quelque part dans le cerveau de Maria une décision avait été prise, définitive malgré son absurdité, inébranlable, et que le reste de leur vie va dépendre de ses conséquences. Elle se doute qu'elle va très bientôt devenir la deuxième mère de trois enfants, qu'elle devra peut-être quitter l'école pour s'occuper d'eux parce que leur mère sera vite dépassée par l'ampleur du travail et les responsabilités que représentent trois fillettes qui fréquentent l'école et un petit garçon encore aux couches. Elle doit se concentrer sur sa joie de retrouver Béa et Alice, qui est grande. Vont-elles se reconnaître? Peut-être pas, deux longues années ont passé depuis qu'elles se sont vues... Mais la complicité va vite revenir, elle en est persuadée. Sinon, il lui restera bien la lecture. Et peut-être même, un jour, l'écriture. Qui sait...

Ils grimpent à bord du train après des adieux écourtés et d'une étrange sécheresse. Tititte et Teena demandent à Maria d'embrasser leurs parents pour elles, elle leur répond de ne pas s'inquiéter, que tous leurs messages vont se rendre à destination, même si les gens qu'elle va retrouver, elle le sait, ne seront plus ceux qu'elle a laissés, quinze ans plus tôt, après des années d'engueulades et de batailles. Des étrangers. De vieux étrangers.

Leur compartiment est presque vide, ils vont pouvoir prendre leurs aises. Rhéauna place Théo près de la fenêtre ouverte. Maria sort la tête pour parler à ses sœurs.

«Attendez pas que le train parte, allez-vous-en tu-suite... J'aime pas ça qu'on étire les adieux trop longtemps...»

Après un dernier geste de la main, Teena et Tititte s'éloignent. Arrivées au pied de l'escalier qui mène au rez-de-chaussée, elles se retournent pour regarder partir le train.

Six femmes, au bout du quai, deux bien en chair et vêtues comme si c'était elles qui partaient, le chapeau bien droit sur la tête, le corps corseté et raide, encadrées par quatre silhouettes invisibles, habillées à l'ancienne et mal à l'aise de se retrouver dans un endroit aussi achalandé, elles qui n'ont jamais connu que le calme de la campagne, agitent des mouchoirs blancs pendant que le train s'ébranle dans un bruit de turbines et une fumée âcre.

Key West, 5 janvier – 5 juin 2009

En préparation :

LES CONTES DE JOSAPHAT-LE-VIOLON

Un autre grand merci à Jean-Claude Pepin.

M. T.

OUVRAGE RÉALISÉ PAR
LUC JACQUES, TYPOGRAPHE
ACHEVÉ D'IMPRIMER
EN OCTOBRE 2009
SUR LES PRESSES
DES IMPRIMERIES TRANSCONTINENTAL
POUR LE COMPTE DE
LEMÉAC ÉDITEUR, MONTRÉAL

DÉPÔT LÉGAL
1re ÉDITION : 4e TRIMESTRE 2009
(ÉD. 01 / IMP. 01)
Imprimé au Canada